叶兆言短篇小说编年·珍藏版

左轮三五七

叶兆言 著

人民文学出版社

图书在版编目(CIP)数据

左轮三五七/叶兆言著. —北京：人民文学出版社，2022
(叶兆言短篇小说编年：珍藏版)
ISBN 978-7-02-017216-0

Ⅰ. ①左… Ⅱ. ①叶… Ⅲ. ①短篇小说-小说集-中国-当代 Ⅳ. ①I247.7

中国版本图书馆CIP数据核字(2022)第099366号

责任编辑 朱卫净 杜玉花 欧雪勤
装帧设计 钱 珺

出版发行 人民文学出版社
社 址 北京市朝内大街166号
邮政编码 100705

印 刷 凸版艺彩(东莞)印刷有限公司
经 销 全国新华书店等

字 数 175千字
开 本 787毫米×1092毫米 1/32
印 张 7.625
版 次 2009年12月北京第1版
印 次 2022年8月第1次印刷

书 号 978-7-02-017216-0
定 价 65.00元

目录

自序

最初的小说写在台历背面，如今回想，很有些行为艺术，仿佛在玩酷。记得是方之先生教唆，他听我说了一个故事，瞪大眼睛说："快写下来，这很有意思。"受他鼓励，我开始不自量力，撕下几张过期台历，就在纸片的背面胡涂乱抹，还没写完，方之迫不及待要去看，一边看，一边笑着说不错。

三十年前，方之是江苏最好的作家，今天再提起，知道的人已经不多，必须加些注解和说明，譬如英年早逝，譬如曾获得全国短篇小说奖，譬如当代作家韩东的爹。他是父亲最铁的难兄难弟，他们一起被打成右派，要不是这位父执，我也许根本不会成为一个小说家。

说到方之的影响，最明显不过是两件事，一是想写立刻就写出来，不要再犹豫；一是要挑剔，看看别人还有什么不足。记得方之当年经常挑剔得奖的小说，总是喋喋不休，他是个仁慈的长辈，又是一位很有脾气的作家。从一开始，我脑子里就积累了许多不是，就有许多不应该，就一直在想，不能这么写不能那么写。如果你要想写小说，首先要做的便是和别人不一样，世界上有很多好的短篇大师，后人所能努力的方向，就是必须与那些好的小说家们不一样。

转益多师无别语，心胸万古拓须开，单纯模仿很搞笑，以某位好小说家为好坏标准，罢黜百家独尊儒术，也很搞笑。短篇小说说白了，就是考虑不能怎么写，就是考虑还能怎么写。这是一枚硬币的正反两面，又好比鸟的两个翅膀，只要扇动了，就可以在高空自由翱翔。

小说是时间艺术，是岁月留下的验证痕迹，无论描写之实际内容，还是创作之特定年代，时间都会显得至关重要。我习惯随手写下具体的写作日期，可惜发表时，有的被编辑随手删除，有的反复退稿，最后虽然得以发表，真实日期也不可考。这次结集出版，尽可能根据写作顺序，实在记不清楚，便退而求其次按发表时间。

短篇的写作并没有一定之规，唯一可以界定的是字数。反正要短，最好要短，究竟多少字，大家约定俗成。我的短篇小说并不多，有几篇已接近小中篇。不过参照惯例，高矮胖瘦虽有不同，仍然还能算是短篇小说。

二〇〇九年九月二十日　河西

结局或开始

1

巨大的悲哀乌鸦似的飞过来飞过去。正像过去的日子里一样，不祥的预感一直围绕着熊伟打转。夜晚正悄悄降临，熊伟又一次感到死神扑打着黑颜色的翅膀，在空中盘旋着，很欢乐地从他身边掠过。

照片上的玲正对熊伟微笑。玲将永远这么对着他微笑。一切都是命中注定的，死亡只是一场游戏的结局或者是开始。

起因不过是乳房上一个小小的肿块。不起眼的小肿块，对于体魄结实的运动员玲来说，算不了什么。在获得梦寐已久的金牌以后，玲在熊伟的陪同下，去医院做了一个小小的切除手术。一个算不上什么的小小的切除手术。站在手术室的玻璃门外，熊伟想到玲面对年轻的男医生，面红耳赤不知所措，忍不住一阵阵想笑。

他们已经定好了结婚的日子。玲的运动员生涯使得早该举行的婚礼一拖再拖。在去参加那场被称为最后一搏的比赛之前，玲对自己是否可以取胜毫无把握。“也许我永远和冠军无缘，”玲心神不定地看着远方，忐忑不安地对熊伟说，“我老是在关键时候倒大霉。”

熊伟说：“在我的心目中，你永远是冠军。”

“这一次肯定也不行。”

“不行就不行，”熊伟不在乎地说，“行也好，不行也好，反正这是最后一次了。况且我要的是老婆，不是冠军。”

玲是优秀的柔道运动员。

熊伟怎么也不会想到，小学时代又瘦又小的玲，后来却成了一名出色的柔道运动员。

他们是小学同学。玲坐在熊伟的前一排。熊伟永远也忘不了她扎着小辫的模样。细细长长的小辫子，系着色彩鲜艳的蝴蝶结。怯生生地坐在那儿，好像总是在听课，在听老师训话。

玲永远怯生生地坐在熊伟的前一排。这是一个永远的印象，除了这个永远的印象，小学时代对于熊伟来说，短暂得像太快乐的游戏，短暂得像夏日里吹过去的一阵清爽的凉风。

中学时代的玲已经脱胎换骨，完全另外一个。再也不是熊伟记忆中的又瘦又小，她信心十足英姿飒爽地出现在运动场上，中学生运动会上大出风头。那是扔手榴弹，玲穿着一件蓝颜色的运动衫，胸脯高高地挺着，从一大群跃跃欲试的女孩子中冲出来，轻轻松松地开始了助跑，手榴弹在空中划出了一道潇洒的弧线，在人们的喝彩声中悠然落地。

熊伟记得自己当时坐在水泥看台上，春天的阳光懒洋洋地照在他的背上。

他们当时已不在一所学校里读书。

又瘦又小的玲突然变得想象不出的结实。

2

熊伟和玲的故事是一个最简单的爱情故事。

开始并不复杂，结局有些出人意料。

很长一段时间，熊伟不明白是爱上了那位小辫上系着色彩鲜艳蝴蝶结的小姑娘，还是爱上了运动场上那位已变得想象不出的结实的女运动员。无论是怯生生又瘦又小的模样，还是壮实得像一头不安分的小母马，熊伟发现自己突然间同时爱上了两个截然不同的玲。他发狂似的爱上了这两个截然不同的玲。

有时候，他这么对玲说："想当年，你坐在我前一排的那阵子，我就喜欢你了。"有时候，他又这么对玲说："那次，在运动场上，你把手榴弹远远地扔出去，我就对自己说，好，我就娶她做老婆。玲，从那时候起，你就注定是我的老婆了。"

事实上熊伟说的全是骗人的假话。玲又瘦又小怯生生的模样，玲在运动场上大出风头，所有这些印象仅仅只是印象。这些印象和爱情也许根本不搭界。这些印象也许最多只是夸大了的爱情味精和佐料。

小学同学的经历显然也没给玲留下什么太深刻的记忆。熊伟一定是太平常了，平常得在小学同学的记忆中若有若无。那年夏天在街上相遇，踌躇满志刚上大学的熊伟，按捺不住得意的春风，理直气壮地叫住了玲。

玲吃了一惊，她记不清站在自己面前傻呵呵笑着，戴着眼镜留着小胡子的小伙子是谁。

熊伟说："怎么，你不认识我了？"

玲的脸色一阵红，她确实记不起站在面前的是谁。

熊伟失望地提醒说：“我姓熊，你我小学在一个班。”

这时候的玲已经成为省队的一名专业运动员。虽然个子不是很高，也算不上绝顶的漂亮，但熊伟和玲站在一起，充分感受到了她身上透露出来的那种健康活力。健康的活力仿佛鲜花盛开时的芳香，一阵阵痒痒地直往熊伟的鼻子里钻，训练使玲应该非常匀称的身材，变得熊腰虎背愣头愣脑，和人面对面时，头永远微微地低着，好像随时随地准备向人发起突然进攻。她十分吃力地在记忆的大海中搜索，终于明白了熊伟是谁。

“你是熊——”

“熊伟。”

3

熊伟最初的目的，似乎只是为了演习一下自己征服女性的能力。

大学时代，不是一个年轻人能够安分的岁月。晚上宿舍里熄了灯，话题自然而然便到了女生身上。有性经验的同学没完没了地吹嘘自己的艳遇，吹得大家心里痒痒的，做梦都不肯安生。无数个不眠的夜晚里，梦遗和手淫困扰着处于性苦闷期的大学生。在玲之前，如何和女性打交道，对于熊伟来说是个空白。这不能不算是个遗憾。

一个偶然的际遇，弄假成真。

有一次，熊伟和几个同学去郊区游玩，路过体育学院。只是为了显示自己在这所学院里有个熟悉的女孩子，他不无得意地夸口，说要带同学进去混饭吃。

“你们的关系怎么样？”同学听见有女孩子来了劲，话里有话七嘴八舌。

“是老情人吧？”

“开玩笑，不是老情人，人家怎么会带我们去呢？”

熊伟装聋作哑，一概不予回答。他觉得自己不妨留个有趣的误会给同学。见了玲以后，他竟然变得比想象中的自己还潇洒。玲的脸刷地一下就红了，熊伟说：“喂，脸红什么，看见没有，来了这么一大帮讨饭的，有没有饭给我们吃呀？”

熊伟的同学眼睛一个劲地盯住玲，玲的同学眼睛也直勾勾地瞪着熊伟。

玲红了一会脸，回过神来，笑着说：“你们真的没吃过饭？”

“这是什么话，”熊伟神气活现地托了托眼镜架，“真的，到底能不能管我们饭，我们都快饿死了。”

“熊伟跟我们吹牛，说他的女朋友那儿的饭特别好吃，于是我们这一群饿狼，老实不客气地就跟了来。不来白不来，对不对？”一位最爱开玩笑的同学在一旁插嘴，熊伟晕乎乎地有些兴奋，任凭他的同学怎么说，也不脸红。

正好是吃饭时间，玲赶紧四处搜集餐具。体育学院的学生清一色地都是用一种小铝锅吃饭，不一会，找来了好几个小铝锅，洗干净了，匙羹一路叮叮当当敲着，浩浩荡荡由玲率领，去食堂吃饭。

一边吃，几位跟熊伟混饭吃的同学叽叽喳喳，当着玲的面，不时寻熊伟的开心。一起吃饭的，还有玲体育学院的同学，在边上听得咯咯直笑。

熊伟脸皮厚了一阵，终于也挺不住，悻悻地说：“你们这帮狗东西，跟着我混饭吃，不谢谢我，就知道在一旁出我的洋相。”

“我们谢你什么，要谢，也得谢你的女朋友。”

饭都吃完了，食堂里的人都走得差不多了，玲才想到提出纠正。

“你们别瞎讲，我可不是他的女朋友。”

4

熊伟第一次试图非礼的悲惨结局，是像一只枕头似的被抛向空中，在空中平行滑翔了一段距离以后，狼狈不堪跌趴在地上。

多少年以后，熊伟仍然为自己的狼狈不堪耿耿于怀。运动员实在吃得太好，而且太多，一吃就是一锅，而且太讲究营养学。瘦骨伶仃的熊伟常常讥笑玲那身太结实的肌肉。

“我主要不是想找个老婆，说实话吧，我不过是想找个保镖。”

在熊伟的印象中，身体过分结实的玲永远只有温柔。即使那唯一的一次，熊伟因为太心急，冒冒失失便向初次约会的玲扑过去，大惊失色的玲出于本能将他像比赛时那样摔出去，她仍然没有真的生气。像玲这样温柔的女孩子去当柔道运动员本来就是个误会。玲太温柔了，也许这就是玲终身和重大比赛的冠军无缘的原因。

熊伟虽然出生在一个经济条件非常宽裕的家庭里，但是从小就缺少关爱，他的父母向来只知道忙自己的事。有了玲以后，熊伟在她的溺爱下，越来越变得像一个任性的孩子。他常常无缘无故地向她发火，有时候故意蛮不讲理气她，害得玲甚至连训练都没心思。

有一次，玲终于忍不住委屈，孩子一样哭起来，捂着脸号开了。熊伟说："你哭我才高兴呢，你哭，你尽情地哭。"

玲继续伤心地号哭。

熊伟又说："真的，你哭了痛快，我喜欢你哭的样子。"

玲仿佛又变成当年那位坐在熊伟前一排的小学生。她梳着细细长长的小辫子，扎着鲜艳的蝴蝶结，怯生生地坐在前面。熊伟想象中的自己正伸手去拉她的小辫子。

玲哭了一会不哭了，瞪着通红的眼睛看熊伟。

玲真的生了气，就像在比赛场上输了一场不该输的比赛，气鼓鼓扭头就要走。熊伟追了上去，饿虎扑食，从后面一把抱住了玲。

"真生气了？"熊伟笑得手脚发软，想把玲抱起来。玲猛地一回身，手一抄，把熊伟像小孩子似的捧起来。熊伟慌忙中搂住玲的脖子，笑着讨饶。玲捧着熊伟走到床前，原地转了一圈，用力把他往床板上一扔。

5

重病中的玲一会胖一会瘦，死去活来。胖是因为服了什么药，人仿佛吹了气，一下子膨胀开来。瘦也是因为吃药，突然间胃口全没了，吃什么都吐，都恶心。一句话，人要是有病，有那种治不好的绝症，活着便是受罪。

熊伟老是忍不住想玲死后怎么样。他不止一次地想到，玲这样活着受罪，倒不如早点死了好。

化疗使玲的头发成片地往下掉。玲不得不戴上一个假发套。取下黑乎乎的假发套，玲一下子变得像个稚气未脱的男孩子。都以为玲不行了，都想再见她最后一面，不断地有人来看她，拎着大包小包的礼物，说不完无用的安慰话。

在照料玲的日子里，熊伟发现自己终于成了男子汉。送玲去医院是一件了不得的苦差事。背着体重超过自己的玲，每上一层楼，熊伟都想停下来，喘一会气。"要是我得病，你背我就好了，"在喘气休息的片刻，大汗淋漓的熊伟发自真心地和玲开玩笑说，"要是你背我，连三轮车都用不着买了。"

熊伟特地去商店买了一辆小三轮车。无论刮风下雨，还是烈日炎炎冬雪飘飘，都坚持不懈地送玲去医院治疗。这是一场和死神进行的力量悬殊的战斗，必输无疑，没有一丝胜利的希望。虽然还没结婚，他们开始很现实地像一对恩爱的夫妻一样住在一起。在死神的阴影下，熊伟和玲像正常人一样享受着属于他们的性生活。突如其来的性高潮可以使玲暂时忘却对死的恐惧。熊伟意识到自己正在和玲一起享受着他们共同生活中最后的欢乐。

就像玲不肯在重病中轻易流眼泪一样，直到经过整容的玲躺在灵车上，胸前的白被单上堆着鲜艳的康乃馨，被送进熊熊燃烧的焚尸炉，熊伟才悲痛欲绝地大哭起来。他才真正地在死神面前认了输。

一切只是刚刚开始的时候，一切就已经毫不犹豫地结束了。

熊伟发现自己又成了伶仃孤苦的孤儿。他仿佛回到了小学的课堂里，坐在他前排梳着小辫子怯生生的女孩子已经永远消失。

6

照片上的玲正对熊伟微笑。玲将永远这么对着他微笑。

一切都是命中注定的，死亡只是一场游戏的结局，或者是开始。

宋先生归来

宋先生坐在那块凸出的石头上抽烟。这是他恢复记忆后做的第一件事，哈德门香烟还剩下最后三支，他掏出火柴，一根接一根划着。火柴似乎有些潮，当划到第十三根的时候，才“嚓”的一下燃起红色的火苗。与此同时，宋先生对自己所处的环境感到很大的不理解。他不明白自己是在什么地方，怎么糊里糊涂就到了这里。一切都是陌生的，是典型的春天的景象，麦子一片翠绿，菜花一片金黄。宋先生像个钓鱼人那样坐在凸出的石头上，觉得自己高高在上，模样一定十分滑稽。他是个教书的人，为人师表不苟言笑，如此孤零零地坐在孤零零凸出的石头上，与他平时的性格和身份都不相符。

宋先生还没想明白他怎么才能从那凸出的石头上下来，远远地已经有一群年轻人过来了。这些年轻人的衣着打扮和宋先生以往熟悉的完全不一样。他们也注意到了他的存在，都抬起头来，像打量怪物似的看着他。就像宋先生不明白自己怎么才能下来一样，人们也在想象他是怎么爬到那块极难攀登的石头上去的。一个小伙子突然意识到可能是在拍摄电影，他的提醒使所有的人都掉过头来，徒劳无益地寻找着也许潜藏着的摄影机。宋先生从眼前这些年轻人的目光中，感觉到了自己的异常。

年轻人把宋先生从那石头上搀了下来，一边搀扶，一边忍不住暗笑。年轻人相信他们正在和一位精神失常的人打交道。他们用和一个三岁小孩说话的口吻向宋先生提问，当宋先生回答自己是某某街上的人时，年轻人终于哈哈大笑起来，因为恰巧他们就是这条街上长大的。他们从来就没见过这个打扮得非常滑稽的怪人。

起初没有人相信宋先生说的是真话。大家把这位穿着长袍的人送到他所说的那个家时，只不过是为了进一步地逗笑取乐。宋先生发现自己完全到了一个陌生的地方，他的后面跟着一大群人，嘻嘻哈哈笑着，不住地戳着他的后脊梁说长道短。熟悉的乡音似乎也发生了不小的变化，有些词宋先生从来就没听说过。人们笑够了以后，指着一个老太太对他说，既然那个叫长生的是他儿子，这个老太太便应该是他的儿媳妇。

这个老太太的年龄完全可以当宋先生的老母亲。宋先生明白自己正在被人取笑，这样的玩笑太过分了。宋先生是一个教书的先生，多少年来，没有人不尊重他。他不习惯人们用这种办法对待他，那个被戏称为自己儿媳妇的人的孙子很气愤地走到他面前，指着他的鼻子呵斥道：你这个神经病，滚远一些。

宋先生生气地说："你怎么能这样对我说话?"

一旁的人笑得前仰后翻，大家都觉得这位神经不正常的人，恰巧这句话说得有些正常。既然老态龙钟的老太太可能是他的儿媳妇，老太太的孙子便应该是重孙。重孙自然不应该用这样的口吻和自己的太爷说话。老太太的孙子意识到自己正被大家一起取笑，他冒冒失失操起了一把扫帚，怒气冲冲地要撵宋先生走。宋先生有些狼狈，他说，不是他要到这里来的，他不知道人们干吗要把他带到这里来。他十分沮丧地又一次声明他想去的那条街。他又一次告诉大家他的儿子是谁，他的儿媳妇叫淑芬。

一直不吭声坐在门口晒着太阳的老太太，瞪大眼睛走到宋先生面前，她的眼睛向来是眯着的，严重的白内障使她处于半失明的状态。她盯着宋先生模糊的脸看了半天，伸出手摸了摸宋先生穿着的长衫，犹豫了好一阵，以不敢相信的口气问："你的儿子真叫长生？"宋先生毫不含糊地点了点头，他明白自己这样表示，老太太可能还不明白，便大声告诉她是的。老太太说："我听听你的声音也像，你的儿媳又叫什么？"宋先生再次报出儿媳妇的名字叫淑芬以后，老太太吓傻了一般哆嗦开了，突然失声地叫起来："爹，我就知道你还没死！"

记者们是在宋先生出现后的一个月，开始纷纷涌入这条位于梅城郊区原来并不起眼的小街的。他们带着不同的目的，出现在小街不同的角落里，收集着对各自写文章有利的证据。什么样的新闻记者都有，有那些专在小报上制造新闻的无聊记者，也有那些专抢独家新闻的大腕记者。一时间，在街面上出现的形迹可疑的人，全是这样那样的记者。

一部分记者想通过宋先生的出现，证实一个曾经由几百年前的明朝人说过的故事，这个故事后来又被一个叫做华盛顿·欧文的美国人重新讲述。华盛顿·欧文享有美国文学之父的盛誉，他的代表作《瑞普·凡·温克尔》是西方高校文学系必须选读的教材。这些记者们相信，宋先生的出现不仅仅是明朝人说过的故事和华盛顿·欧文的小说的简单翻版，而且有着重要的人类科学尚不能认识到的奥秘。

有很多确凿的证据可以证明这位宋先生是五十年前失踪的那位宋先生。宋先生的媳妇淑芬由于患有严重的白内障，人们不得不去寻找那些健在的其他老人。五十年过去了，该走的已经都走了，一个叫作海粟的老人，看着由众人陪着走过来的宋先生，不敢相信地说："这，这当然是学校的宋先生。"

宋先生说："我说我是，可他们还是不相信。喂，你是谁?"

海粟老人已经有一百岁了，他的不肯衰老的记忆力，在小街上一直被人津津乐道。当他也被宋先生指认出就是当年的李家二叔时，海粟老人突然站了起来。"怎么样，这些年，都传说你没死，果然你还活着。"老人哆哆嗦嗦地看着宋先生，"你还活着，可你当年的那些学生，有许多已经入了土了。"五十年前，海粟老人只是一个比宋先生大十岁的老汉，他的孙子在宋先生的学校里念书，放学的时候，海粟老人常去就在隔壁的学校接孙子。

海粟老人的记忆中，宋先生喜欢在放学以后，站在学校门口抽哈德门牌香烟。旧时的小学校还在，小学校的基本格局还没有变，海粟老人兴致盎然地将宋先生带到学校门口，让宋先生重新站在门框已经换过的传达室边上，用一种曾让人十分熟悉的姿势把香烟点上。宋先生抽烟的时候，海粟老人上前拿过他的烟盒，看着，放在鼻子底下嗅了嗅，不容置疑地点点头。

所有在五十年前见过宋先生的人，都争先恐后地赶来见他。有许多都是宋先生当年的学生，这些学生看到了和五十年前几乎没有二样的宋先生，一个个目瞪口呆，说不出话来。如今，他们都成了比宋先生还老的老人，他们甚至已想象不出宋先生当年的准确模样。岁月如流，事实上，他们只能根据今天的宋先生，去想象当年的宋先生。当他们说今天的宋先生和当年完全一样的时候，他们的意思是，当年的宋先生和今天的宋先生差不多。

目睹宋先生离去的人都记得，那是日本人走了以后的第二年春天，宋先生陪一队执行特殊任务的国军乘船经东湖去桃花岛。宋先生为什么会卷入这个神秘的活动多少年来一直是个谜。穿着美式军服的国军先是在小街上住了几天，他们和当年小街上最漂亮的美人李姑娘说着笑话，其中一个在上衣口袋里揣着口琴的小伙子，太阳一落山便没完没了吹一首欢快的曲子。

船是在太阳刚刚升起的时候离开码头的。许多人都去码头送行，这中间有宋先生过门不久的儿媳妇淑芬，他的将近一个班的学生，未来的海粟老人当年的李家二叔，以及小街上让许多男人魂不附体的李姑娘。驾船的是人们公认最好的船老大罗洪，关于罗洪的水性之好，有不少接近神话般的传说。人们记得宋先生心不在焉地站在船头上等着开船，他掏出了哈德门香烟正准备抽，却发现忘了带火柴。

淑芬跑到离码头不远的小杂货店买了一包火柴，人们看见那包火柴在空中划过一道弧线。那个喜欢吹口琴的国军小伙子潇洒地跳了起来，像运动员空中断球那样，一把抓住了火柴。随着火柴被传到宋先生的手中，船老大罗洪驾驶着船离开了码头。船上的人和码头上的人挥手告别，宋先生向儿媳妇淑芬摆了摆手，将手指围拢过来擦火柴。人们看见在宋先生的手指中间冒出一团红色的火苗，那火苗照亮了宋先生的脸。

这是人们记忆中关于宋先生的最后印象。那船迎着太阳越驶越远，越变越渺小。大家毫无眷念地扭头就走，许多人是冲着美人李姑娘来的，都跟着李姑娘走，李姑娘一回头，众人也跟着回头，即使是那些小学生们也一样。春天的气息随着新生的太阳在半空中飘浮，色彩艳丽的花蝴蝶在李姑娘的头上飞来飞去，有人让小学生们唱歌，小学生咿里哇啦唱了起来。

没人预感到会有什么不幸发生。没有任何异常，没有风，也没有浪。桃花岛是个美丽的地方，没有人去想宋先生他们应该在什么时候平安到达。第二天中午，船老大罗洪的尸体被冲向码头的时候，人们感到最大的不理解，是为什么一个水性如此好的人最后竟然会有这种结局。有人去派出所报了案，一名警官带着一位医生查看了没有任何伤口的罗洪，结论是罗洪无疑溺水身亡。

在以后的二十四天里，几乎每天都有一名国军的尸体，被冲到靠近码头的岸边。显然是出了什么严重的问题，当第五名国军的尸体被发现以后，派出所已将这可怕的消息报告省城。十二天以后，省城派来了军队，调集了大量的船只在湖面上搜索。搜索的结果等于零，湖面上除了偶尔有几条受惊的鱼跳起来，连一片沉船的木片也没有发现。到了第二十四天的黄昏，那个爱吹口琴的国军小伙子出现在码头的附近，他脸部十分安详地仰天躺着，胸口的衣兜里还插着那支口琴。

由于宋先生的尸体从来没有被找到过，关于宋先生失踪的可能性便有了种种戏剧性猜想。军队包围了小学校，对宋先生的家进行了彻底的搜查。通过宋先生枕头底下压着的一本政治经济学课本，当局认定宋先生似乎和共产党有什么关系。这种课本一度曾在省城的书店里公开出售，无论是当局，还是小街上的公众都不可能是真正的相信，但是硬把宋先生和共产党联系起来，无疑是一种不是办法的办法。只要宋先生是共产党，这件蹊跷的无头案起码可以有一个简单的交代。

多少年来，对宋先生的猜想始终没有停止过。共产党得到天下以后，曾经对宋先生是否是共产党进行专门的调查。没有任何人，也没有任何文件可以证明他和共产党有过这样那样的接触。就像宋先生不是国民党那样，宋先生也不是什么共产党。他只是一个普通的教书匠，凑合着让小孩子识几个字就心满意足。他枕头底下的那本政治经济学是从梅城的图书馆借来的，从日期上看，宋先生根本就来不及把那书看完。

多少年来，人们相信宋先生也许还活在人间。对宋先生家的搜索，从一开始就奠定了怀疑的基础。在宋先生失踪的第八个年头，即将进入更年期的宋太太，突然腆起了大肚子。一时间，宋先生的儿子长生和媳妇淑芬被这样的丑闻折磨得无地自容，尽管小街上什么样的怪事都可能发生，可是一个已做祖母的女人令人难以置信地老蚌怀珠，而恰恰又是在没有宋先生的日子里，毕竟是跳进了黄河也洗不清。这年的冬天，宋太太生下了一个据她说是和失踪的宋先生梦交而怀孕的女孩。起先这话只是用来搪塞儿子媳妇的，不久这骇人听闻的话便在小街上到处流传。

多少年来，不止一个人声称自己曾亲眼见到过失踪的宋先生。有人曾在月光下，看见宋先生像会飞的鸟一样，飞回到家里和他的太太相会。一位自称是宋先生相好的女人，在枕头边，毫无保留地对自己的妹妹吐露了她和宋先生如何继续保持偷情的秘密。随着时间的推移，人们怀疑还活在世上的宋先生，事实上已经成为一个想象中的幽灵，一个能飞善跑，关键时能化作一道青烟的怪物。在纳凉的日子里，人们津津乐道地谈论宋先生的故事。到了冬天，宋先生又成为大家坐在热被窝里的话题。

多少年来，宋先生的话题一次次被重新提起。多少年过去了，人们终于差不多失去了有关这个话题的兴趣。

正当不少记者在报纸上鼓吹宋先生归来的新闻时，有几位想戳穿所谓宋先生重新出现这一骗局的记者，紧张地收集着另一类材料。关于宋先生的报道正在报刊上到处转载，一个比一个说得有鼻子有眼。爱因斯坦的相对论被莫名其妙地广泛应用，当代科学正遭受着无情的践踏，几位富有正义感的记者拍案而起，他们为了捍卫科学，对宋先生进行了狂轰滥炸似的采访，设下了一个个圈套让宋先生钻。

记者首先从宋先生抽的哈德门香烟中发现了破绽。他们发现哈德门烟盒中装着的，其实正是目前市面上可以买到的普通香烟。甚至哈德门烟盒也不是历史上的那一种，宋先生拥有的只是一个老牌子新包装，这种新包装的哈德门香烟眼下在北方的小城市里到处有得卖。

宋先生对记者许多提问的拒绝回答，似乎也证明了他的心虚。对宋先生的提问总是不成功的，关于宋先生以往的历史，宋先生说的别人都不知道，别人说的宋先生自己也不知道。驴头不对马嘴洋相百出的事显而易见，好像是隔着一层极薄的纸，只要一伸手指，就可以轻而易举地将纸戳破。

在距离梅城五十里路的一家精神病医院，有一位男病人在半年前失踪了，由于医院建在人迹罕至的深山里，记者出现在医生的办公室时，医生对外间闹得沸沸扬扬的宋先生归来的消息一无所知。匆忙中的记者对医生话没说清楚，一个长着络腮胡子的医生，便认定宋先生就是那位失踪的病人。他不由分说地套上白大褂，让记者立刻用摩托车带他上路。

仿佛前去缉拿逃犯的医生坐在摩托车后面，和记者一起奔驰在山间的小道上。他们的心中揣着不同的得意，医生想着如何把病人重新带回医院，记者构思着自己具有爆炸效果的重头文章，结果在一个拐弯口，他们摔倒在了山坡下面，跌得鼻青脸肿。直到天黑的时候，医生和记者才慌慌忙忙地赶到宋先生的家里。这时候，宋先生刚刚吃完了晚饭，正坐在门口和儿媳妇淑芬像母子一样说话，宋先生的孙媳妇在一只昏黄的灯泡下洗着碗。

淑芬向宋先生谈着丈夫长生的过世，她说她在守灵的日子里，曾看见宋先生来灵前和儿子告别。“那天，你穿的也是这件长衫，”患有严重白内障的淑芬，看不到宋先生脸上惊恐万分的表情，自顾自地说着。“我真的来过?”宋先生充满疑虑地摇着头，两只眼睛直直地看着儿媳妇淑芬。淑芬说:“是你，真的是你，我认得出的。”

记者和长着络腮胡子的医生甚至连门也没有进。他们显然听见了宋先生和儿媳妇的对话，但是医生失望的表情，让记者感到非常沮丧。毫无疑问，医生发现面前的不是他的病人，记者发现自己白白高兴了一场。

过去的五十年对宋先生来说，是一个空白。他说不清楚自己到底是怎么一回事，脑子已经完全被现实世界绕糊涂了。有人想拼命证明他是五十年前的那个宋先生，有人又拼命想证明他不是。就好像做梦一样，有时候，宋先生清楚地知道自己是谁，有时候，他自己也弄不清他究竟是谁。在船驶向桃花岛和宋先生坐在那块凸出的石头上抽烟之间，缺少了一种必要的联系。从此岸到彼岸缺少一种必要的过渡。宋先生自己说不清楚，别人更说不清楚。记者们总是把事情越弄越糟糕。宋先生自从回到家里，永远情不自禁地向自己发问，如果他不是宋先生的话，那么他又是谁，如果他是，眼前的这些人又是谁。

五十年前记忆犹新的事，是他跨上了驶往桃花岛的那条船，挥手向儿媳妇淑芬告别。宋先生感到尴尬的是他对儿媳妇淑芬的记忆，要比对自己的媳妇记忆更深。五十年这个空白对宋先生来说，其实只是等于不存在。一切都是昨天刚发生过的事。有些事是他想忘掉的，一眨眼五十年过去了，可是想忘掉的那些事，一样也没忘。宋先生不明白究竟是他在捉弄别人，还是别人在捉弄他，也许只是大家在互相捉弄。也许他宋先生只是一个由别人想象出来的人，也许眼前的这些人又是他想象出来的。

宋先生说什么也不能接受自己的孙子，看上去要比自己苍老许多的现实。现实正在成为非现实。事实上，宋先生的归来，要比想象中的有趣糟糕得多。时过境迁沧海变桑田，宋先生的重孙也是一位快娶媳妇的小伙子，正是这位血气方刚愣头愣脑的重孙，动不动就把宋先生当作形迹可疑的外来骗子。也正是这位不问青红皂白的重孙，光天化日之下，就在门口的那株枣树下面，堂而皇之地搂着女朋友亲嘴。重孙的女朋友老是用似信非信的目光打量宋先生，她穿着一条绷得很可怕的紧身踩脚裤，肥大的屁股在宋先生眼前晃来晃去。五十年前，刚进门的儿媳妇淑芬正是这样的年纪。五十年后，孩子们便成了白发苍苍的老人。历史成了一个最简单的玩笑，于是宋先生不过是这种玩笑的例外。

一九九四年八月二十一日

小磁人

小磁人这名字是王德育给她起的。王德育从师范学校毕业，分配在老街小学里当体育教师。他的同学大都在中学里教书，他所以会去教小学，据说和读书时喜欢追女孩子有关。王德育长得挺漂亮，很像当时走红的一位电影明星年轻时的模样，他刚出现在老街小学的时候，整条老街上女人的眼睛都亮了，都说来了一位贾宝玉似的人物，都说王德育可能是那位电影明星的侄子或外甥。小学校里没结婚的年轻女教师也为之震动，一个学期没过去，关于谁谁谁和王德育好上了，就有几个不同的版本。

王德育刚开始教六年级的体育，这时候正是三年自然灾害刚结束，男孩子一个个都面黄肌瘦的，女孩子也只有一部分才发育。王德育教孩子们在软垫子上翻跟头，会翻的便去自由活动，不会翻的，由他相帮着一次次反反复复练。校长隔着玻璃窗在办公室里看他上课，她是个极古板的老太太，眼睛直直地盯着王德育的手。她注意到他在帮着女学生翻跟头的刹那间，手总是不怀好意地在女学生的肚子上搓几下。这显然是一个多余动作，和翻跟头毫无关系。校长注意到软垫前剩下的已经全是女孩子，她们排着队，争先恐后地等着自己的机会。叽叽喳喳的女孩子显得有些轻浮，王德育不仅搓她们的肚皮，而且不失时机地在她们鼓起的小屁股上拍一下。

校长先是不相信自己的眼睛，当她明白看到的都是事实之后，很长时间里不知道怎么办才好。她的丈夫已经去世许多年，她唯一的女儿也在这所小学里当音乐老师。王德育的行为让她想起了电影上的花花公子，她立刻意识到这位新来的漂亮男人很可能给学校带来一系列的丑闻。

王德育很快便被调去教一二年级的体育。那些他教过的高年级女孩子很有些舍不得，背后老是情不自禁地要议论他。关于王德育不是太正派的消息不胫而走，不仅是在学校里，整整一条老街上的女人都在说。王德育显然有些不太检点，他开始和不同的年轻女教师约会，不管对方长得漂亮不漂亮，见到谁都嬉皮笑脸。他满不在乎的样子吓唬住了不少人，有关他的流言蜚语更使得姑娘们对他保持高度警惕。她们喜欢他的漂亮脸蛋，但是不愿意轻而易举地就落入陷阱，成为他的猎物。

第一位成为王德育猎物的恰恰就是校长的女儿苏老师。苏老师的耳朵里早灌输了很多王德育如何不是的教训，从一开始她就注意和他保持距离。人们都在想谁谁谁可能会上王德育的当，可就是没想到结果竟然是稳重端庄的苏老师。有一天，校长对女儿说，昨天下午，有人看见王德育在宿舍里和谁谁谁亲嘴了。苏老师说她不相信。校长冷笑说，你凭什么不相信，这家伙，什么下作的事做不出？苏老师说，反正我不相信，你怎么说，我也不相信。校长说，我告诉你，王德育不是好东西，谁谁谁也不是好东西。

没人看见王德育和苏老师约会过。苏老师长得不难看，也不漂亮。她和王德育之间的事，多少年来，一直是个难解的谜。

暑假里的一天，有一个女学生跑到校长家里，说王德育正在和别人搞流氓。校长不相信大白天真有这样的事，但是想到王德育的为人，立刻来了精神。她和那位女学生穿过空荡荡的操场，悄悄来到王德育的宿舍前。王德育本来是和另一位老师同住的，放暑假，那位老师回乡下探亲，宿舍里就剩下他一个人。

校长听见了宿舍里轻轻的说话声。她没有贸然闯进去，而是示意陪她去的那位女学生不要发出任何声响。她是个过来人，知道什么时候闯进去最合适，时间一分一秒地过去，她躲在窗下，一直等到里面响起细微的脱衣服的声音，一直等到里面的女人发出压抑的叫声，才猛地打门要冲进去。门被从里面闩住了，校长大声说："王德育，你锁门也没有用，我知道你在里面干什么。这次你想赖也赖不掉！"

房间里顿时没了声音，校长气势汹汹地抡拳头打门，说你今天不开门，没那么容易的事。王德育被逼急了，结结巴巴地说："我们在里面没干什么。"校长说："哼，没干什么，你们在耍流氓。"王德育说："我们真没干什么。"校长不依不饶地说："我都听见了，别跟我说没干什么，你们再不开门，我就把全学校的人都找来，你信不信？"校长的嗓门已经大得不得了。

房门被打开了，校长差一点晕过去，房间里自然是有一位衣衫不整的女人，可是这女人就是她的女儿苏老师。校长回头不是，不回头也不是，她一眼瞥见挂在蚊帐钩子上的胸罩，这是她女儿苏老师的东西，校长认得胸罩的花边。

那个陪校长去捉奸的女学生就是小磁人。当时过于混乱，王德育没去想校长怎么就会从天而降，几年以后，他才知道是小磁人捣的鬼。这种事校长自己不会对别人说，然而好事不出门，王德育和苏老师有一腿的消息很快家喻户晓。校长拿出了吃奶的劲，才把王德育和苏老师这一对鸳鸯拆散开。她本来想告王德育拐骗罪，可是事实上苏老师比王德育还大三岁，派出所的警察说案子恐怕不能成立。

苏老师后来嫁给了一个高个子的复员军人，转到别的城市当音乐老师去了。王德育臭名昭著，继续尝试着勾引别的姑娘。他给已经调走的苏老师写过信，苏老师不回信，他便接二连三地写。最后信都退了回来，统统锁在校长的抽屉里。这些信在文化大革命开始时，被抄了出来，然后用大字报的形式，用毛笔重新誊写，刷在了墙上供大家批判。校长成了走资派，高年级的学生给她剃了阴阳头，领着她在老街上游街。校长戴着纸糊的高帽，挂着小黑板从老街上走过，洋相出足威风扫地。这条街上所有的年轻人都曾经是她的学生，她做梦也没想到这些往年的学生会这么恨她。

王德育也是陪着校长一起游街的人。即使是在这时候，校长也仍然羞于与王德育这样的人为伍。王德育的罪名是坏分子，说他流氓成性乱搞女人。愤怒的年轻人用一个酱油瓶从他的裤腿下面往上塞，王德育穿的是一条当时据说香港才流行的小裤腿，那酱油瓶只塞进去一半便动弹不得。年轻人用剪刀剪开了他的裤脚管。紧接着又剪去了他的一头长发，他的头发平时总是往后梳，抹了凡士林，亮锃锃的，连苍蝇也别想在上面歇住。

替王德育剪头的仍然是小磁人。小磁人的个子矮，她就站在一张凳子上，由于王德育不停地挣扎，小磁人一手夹住了他的头，另一只手替他剪头发。那是一把极钝的剪子，王德育的头皮仿佛狗啃似的，青一块白一块，还附带有了好几道口子。正是通过这一次交道，王德育对小磁人有了刻骨铭心的印象，他不明白那些女孩子为什么会如此恨他，而恨他的女孩子中，又属小磁人最厉害。

王德育不得不一次次交代自己的罪行。他必须交代自己为什么和怎么样与作为走资派的校长的女儿私通。这是一个很难说出口的话题，但是只要他露出一些犹豫之色，那些审问他的年轻人就接二连三地打他的耳光。结果王德育不仅如实交代了事情经过，而且无中生有地编造了许多生动的细节。为了满足年轻人的好奇心，王德育交代了一系列和自己有男女关系的名单，有的确有其事，有的完全是他的想象。

王德育的交代害得学校一位年轻的女教师悬梁自尽，另一位女教师从此失踪。一对夫妻吵着要离婚，一对新婚夫妻双双来到造反派的司令部，丈夫用人格担保说妻子和他结婚时，百分之一百的是处女。这时候有人开始怀疑王德育的交代，他的交代牵涉到许多已婚和未婚女人的名誉问题，于是那些没有结婚的女人都集中去医院做了体检。

体检那天医院的妇科病房前排起了长队。小磁人的母亲是这荒唐仪式的领队，她是老街的居委会主任，有不少去体检的待业姑娘都归她管。医院的妇科医生因为榨取病人的钱财，被医院的造反派隔离审查。替姑娘们体检的是外科的男医生李医生，李医生是造反派的漏网之鱼，他和小磁人的母亲都是在一个月以后被打倒的。小磁人的母亲也成了老街上的走资派，她的对头揭发了她和李医生的私情。李医生替小磁人的母亲缝过针，她的手被菜刀划了一道口子，这道口子造成了小磁人母亲一生中唯一的一次对丈夫不忠实。

不止一位姑娘是流着眼泪体检的。虽然病不瞒医，男医生和一般的男人不能简单等同，可是对于那些未婚的女孩子来说，让一个胡子拉碴的瘦老头用戴着橡皮手套的手指，在自己最私密的地方摸来摸去，怎么说也是一场末日一般的灾难。这些姑娘大都是由愤怒的家长押送来的，愤怒的家长们想通过体检来证明女儿的清白，同时也更想打消自己的怀疑。不管体检的结果如何，人们都恨死了王德育。

臭名昭著的王德育第一次和小磁人单独在一起说话，是在来年的暑假里。王德育作为坏分子，即使是在放假的日子，也被勒令天天扫地，冲洗厕所。那天，他拎着铅桶正准备去冲洗厕所，恰巧遇到了从女厕所出来的小磁人。小磁人的家紧挨着老街小学，老街上很多人都习惯到学校来上厕所。是上午九点钟光景，学校里见不到其他人，小磁人恶狠狠地喊了一句："王德育！你站住，我有话对你说。"王德育懒洋洋站住了，莫名其妙地看着她。小磁人对四周看了看，口气柔和下来，说："你知道我是谁？"

王德育破罐子破摔地说："我怎么不知道，你是这个学校毕业的学生，是留级生，刚毕业的。你妈是居委会主任，是个靠边的黑主任。"

小磁人说："你老实一些！"

王德育想反正周围没别的什么人，嘴硬说："我不老实又怎么样，你一个小磁人似的小女孩，能吃了我？"

这是小磁人第一次听王德育喊自己小磁人。小磁人生得又矮又小，皮肤惊人的白，用小磁人来形容真是再合适也不过。王德育这个暑假里已不是初次在厕所前碰巧遇到小磁人，好几次她都好像有话要对他说，可都是话已到了嘴边，没敢开口。他对小磁人有一种与生俱来的恐惧，忘不了她夹着他的脑袋剪头发的情景，现在，他只能做出自己不害怕她的样子。小磁人看上去毕竟还是个小女孩，王德育想自己用不着害怕她。

远远地有人过来了，小磁人很神秘地对王德育说，下午去体育室，她在那儿等他，有话要对他说。王德育不明白小磁人有什么话要对自己说，他偷眼看着她离去的背影，注意到她圆鼓溜秋的屁股十分结实。这种窥视在他心中漾起了一阵波澜，他装作若无其事的样子走进了厕所。进了厕所，他站在那儿小便，隔了好半天，才发现自己其实没有撒尿的欲望。

直到太阳快下山的时候，王德育才想起小磁人和他的约会。他觉得自己根本不会理睬这个乳臭未干的毛丫头，然而他还是鬼使神差地去了。穿过空荡荡的操场，王德育来到位于学校西北角的体育室。体育室的门是锁着的，他对四处看了看，没有小磁人的影子，正准备掉头回去，却听见体育室里小磁人压低了嗓子在招呼他。他走到窗前，小磁人示意他翻窗户爬进去，他犹豫着不知是否应该遵命。小磁人急得直招手，王德育心一横，糊里糊涂地真爬进了体育室，跟着小磁人走到一个不易被外面人察觉到的角落。

从西边的气窗里，夕阳射了进来，王德育发现自己和小磁人面对面站在堆成厚厚一叠的软垫前。他才来这所学校给学生上体育课时，就是在这些软垫子上教学生翻跟头。小磁人说：“你还记得怎么给我们上课吗？你这个不要脸的东西，趁机摸我们的肚子，拍我们的屁股。”小磁人不容王德育抵赖，由于她说这话的表情没有什么愤怒，王德育除了尴尬，并没有什么进一步的表示。

过了一会，小磁人又说：“你怎么到现在才来，我已经等了你一下午。”

王德育忐忑不安地问：“你找我有什么事？”

小磁人说：“没事就不能找你？”

王德育耸了耸肩膀，不知道小磁人究竟搞什么名堂。两人先是无话可说，后来小磁人胡乱找些话和他说，王德育越来越有些摸不着头脑。突然小磁人赤裸裸地问他，要他老实交待自己到底和多少女人睡过觉。王德育说这问题我没办法回答，又说，我和多少女人睡觉，和你这样的毛丫头有什么关系。小磁人说，怎么没关系，你的事，我不能不管。她说这话的表情，让王德育突然想起了一个人，他突然明白正是眼前的这个女孩子，领着校长前来坏他和苏老师的好事。在这以前，他一直只想到小磁人剪了他的头发，在批斗他的时候，动不动就扇他的耳光。一阵莫名的恐惧出现在王德育的心头。

小磁人说：“你这人怎么这么不要脸的。”

很多人都对王德育说过这样的话，连他自己也觉得自己是有些不要脸。他承认自己老想着和女人睡觉，只要有机会就绝不愿意放过。不过他对苏老师却真的有感情，一想到苏老师，王德育对眼前的小磁人便有些真的仇恨。王德育说：“我是不要脸，可你也不像是个好东西。”小磁人瞪着一双大眼睛看着他，突然很孩子气地说：“你要是不再和别的女人好的话，我就和你好。”王德育不相信自己的耳朵，人完全傻了，眼睛呆呆地看着小磁人。小磁人又说：“我说的是真话，是真的真话。”她说完，羞得满脸通红，像是蒙上了一块红布，不好意思再看王德育是什么表情，跑到窗口，从窗户里爬了出去。

几天以后，差不多是在同一时间，王德育又一次在体育室里和小磁人见了一面。这一次王德育没有含糊，他带着几分愤怒，把小磁人抱到了软垫上，先脱去她的长裤，然后是小裤衩，不管三七二十一就把事情给办了。小磁人自始至终没哼一声，事情结束了，她还是一动不动地躺在那儿。从天窗射进来的夕阳正好落在她赤裸的腿上，王德育发现她的腿像玉一样，白得近乎透明。时间过去了好半天，小磁人还是那样躺在那儿，王德育有些害怕了，喊她把裤子穿起来。她孩子气地不肯穿，王德育便真急了，手忙脚乱地替她把小裤衩套上。

分手时，两人没讲一句话。又过了几天，王德育明知道不妥，明知道这是陷阱和火坑，还是溜进体育室里又和小磁人胡搞了一次。转眼就要开学了，小磁人人小主意大，一看就知道有心计，她继续偷偷地约王德育。王德育看见学校里人一天天地多起来，再也不敢赴约。此后的一个月里似乎没什么事，有一天小磁人跑到他那里，告诉他如果她妈来找他算账，他用不着怕，把什么事情都推在她身上好了。王德育由此知道事情已经暴露，心惊肉跳，充满一种大祸果然来临的感觉。小磁人匆匆来，又匆匆走了，王德育做贼心虚，那几天听见周围有脚步声就害怕。

幸好小磁人的母亲，是被批判的居委会主任，也属于靠边站之列，她没有冲上门大吵大闹。出面找王德育谈话的，是小磁人在派出所当民警的二姐夫。二姐夫穿着制服摸黑找到了王德育的宿舍，开门见山地和他挑明了利害关系。小磁人还没有满十六岁，其实她才十五岁多一些，这样的年龄，无论她是多么主动，王德育的行为仍然算是强奸。有关王德育的道德败坏众所周知，他的罪行真吃起官司来，连枪毙也没问题。王德育好像早就想到事情会这么严重，但他还是吓得屁滚尿流。

二姐夫说："小四子也是的，书不好好读，这一点点大就不学好。"小磁人在家排行老四,二姐夫该威胁的话都说了，临了要王德育表态。王德育说我也不知道怎么办才好。二姐夫说："现在怕了，你知道，小四子闹着要嫁给你。"王德育如释重负，立刻表示同意。二姐夫说："你他妈的，有便宜总是要捡的。"

隔了一天，王德育被小磁人喊回家签字画押。自然又被威胁了一通，小磁人舍不得家人教训他，得空和他单独在一起的时候，很认真地问他究竟什么时候打算娶自己，有些等不及的样子。王德育这些年来一直是别人的批斗对象，陡然发现小磁人不嫌弃自己，不仅不嫌弃，而且喜欢，心里很感激。回到宿舍，想想小磁人的模样，不说心满意足，起码是感到充实许多。

这以后，小磁人常常创造机会去找他。她也不怕别人会怎么议论，俨然像个未婚妻那样照顾王德育。风言风语自然不会少，王德育拿她毫无办法，公开接待不是，不接待也不是。她毕竟还是个小孩子，对王德育那张电影明星一样的脸蛋，有一种不同寻常的迷恋。她总是执著地讨王德育好，而且根本不把家里人的忠告放在耳朵里。她母亲警告她，像她这个岁数，肚子就让人搞大了，以后一辈子都没办法做人，又说你轻易就让王德育得逞，他以后就不把你当回事，可是小磁人一看到王德育流露出一些什么不高兴，就找机会满足他。那时候，她对于性事还谈不上任何乐趣，只是出于本能地知道王德育喜欢这么做。

小磁人在离十七岁生日还差三天时，正式成为王德育的妻子。大家在小馆子里吃了一顿，也没放爆竹，也没发糖，更没有闹新房。在过去的一年多的时间内，小磁人变得令人难以置信地成熟起来，她成了个地道的小妇人，身上所有的部位都是结实的，胃口好得几乎是王德育的一倍。她仿佛一直在等待着这一天。她在街道的小工厂里找了个临时工作，用糨糊糊纸盒子。高兴时就去上班，不高兴就赖在家里。既然王德育是她男人，就有义务养她，她年纪虽轻，这道理却明白。

从一开始，小磁人对王德育就看得十分紧，她不肯去上班的一个重要原因，是害怕他在家不老实。她永远担心他和别的女人有事，王德育的名声不好众所周知。他的眼睛总是不怀好意地在女人的敏感部位迅速扫过，他看着别人的眼睛时，总有一种想勾引人的意思在里面。事实上，在他们的夫妻生涯中，王德育唯一的一次婚外偷情成功，便是和小磁人的二姐。那是在小磁人生第二个小孩的时候，王德育已经又重新当上了教师，不过不是教体育，而是教小学生的自然和地理。小磁人躺在床上哼哼哈哈地坐月子，二姐来照顾她，二姐夫去山西出差了，两个人不知怎么就眉来眼去上了。小磁人在里间闹够了，呼呼睡觉，王德育和二姐来到外面的房间，将教学用的大地图摊在地上，很费力地寻找着二姐夫所在的地理位置。好不容易找到了，二姐说："难怪小四子会看上你，你长得可真像个小白脸。"王德育听她这么一说，就手把她按倒在了地图上。二姐说："你要死了，连我都不放过！"

王德育和二姐的事，几年以后才暴露。小磁人因此和二姐成了生不来往死不吊孝的仇敌。二姐夫和二姐闹了一阵离婚，最后还是二姐夫让了步。“我他妈活丑，当警察是管人的，你让我戴了绿帽子，人家会怎么想我？”二姐夫想到这事就揪心。二姐说：“王德育能睡我，你有能耐，为什么不能把小四子也睡了？”二姐夫气急败坏地说：“我知道这狗日的恨我，当年要不是我压着他，他怎么会娶你们家的小四子。”

王德育即使是有一千张嘴，也休想证明自己的清白。铁证如山，前有苏老师，后有小磁人的二姐，也难怪小磁人要吃醋。女人的吃醋是正常的，可是小磁人的醋坛子劲，在整条老街上都大名鼎鼎。自从她成了王德育的老婆以后，老街上没有女人再乐意当着小磁人的面，和王德育说话。小磁人虎视眈眈地注意着在王德育周围出现的每一位女人。她不惜采取一系列最极端的手段来对付自己的男人。刚开始的时候，小磁人动不动就用去法院告王德育来威胁他，她可以告他强奸罪，可以让他去吃官司。她甚至威胁王德育，说自己还藏着当年的血短裤。女人吃起醋来是没有分寸的，小磁人在这方面完全丧心病狂。小磁人说：“你不相信试试看，我们谁也别想过安生日子。”

一个女人在吃醋时能够运用的手段，小磁人都试过，她上过吊，喝过一点点敌敌畏，所有这些全是当着王德育的面进行的，因此结局自然是有惊无险。王德育有时候恨不得她真的死了拉倒，从正式结婚的当天晚上，他就发现了她身上的种种不是。首先他发现了她的腋臭，以往办事偷偷摸摸，也没怎么觉得臭。结婚后睡在同一张床上，才发现这气味好生了得。随着时间流逝，气味也习惯了，夫妻毕竟是夫妻，在一起生活多少会有些感情，可就是她好吃醋的恶毛病不仅有增无减，而且一再成为整条老街上的笑话，害得他一次次出丑。

过去，王德育为自己生着一张电影明星的面孔感到得意，小磁人没完没了地和他闹，他有时真希望自己是丑八怪算了。他的大儿子长得和他如出一辙，在学校里不好好读书，年轻的女教师却对他很有好感。儿子要上中学了，王德育对他说，赶明儿娶老婆，千万别找他妈那样的醋坛子。儿子把这话说给小磁人听，小磁人说："你要是像你爹那样，非气死我不可。你爹是天生的流氓阿飞，我看你以后也好不了。"

小磁人总觉得王德育一娶了她就后悔。一想到这一点，她就烦神，就坐立不安。她实在不知道自己怎么样才能真正讨男人的喜欢。她常常是什么工作也做不长，动不动就装病。王德育那点工资又养老婆又养孩子，有时候竟然到了吃了上顿就没下顿的地步，然而小磁人也不着急。她反正从小苦惯了，缺吃少穿她不在乎，就怕王德育的脑子里会想别的女人。王德育上街，她总是情不自禁地跟在后面盯梢。她有事离开家，回到家第一件事就是去检查洗脚的毛巾是否湿了，然后把被单拿出去对着太阳照，要不就是反反复复闻王德育的内裤。每次她都能发现一些蛛丝马迹，然后便和王德育闹。王德育气急了，说："我去找医生阉了，总行了吧？"

还没到四十岁，王德育便发现自己已经有些阳痿。小磁人刚开始也不在乎，后来急了，找医生治，闹得整条街都知道王德育的那玩意儿有毛病。胡乱吃了不少药，情况反而更糟糕。王德育说："也好，这样省得你闹了。"可是小磁人依然要闹，她吃准了他不行，是对自己没兴趣，于是继续让他胡乱吃药。药不管用，晚上睡觉时自己便冒充别的女人。黑暗中，她挨个用老街上女人的名字来唤起王德育的情欲。这样的游戏常常一闹就是大半夜，要是王德育听到了谁的名字真有些兴奋，事情还没完小磁人就会和他翻脸。没多久，王德育只要一听到小磁人自称是谁谁谁的时候，他的小肚子那里就抽筋。

小磁人的母亲到了六十几岁，还是当她的居委会主任。这差事好像没什么人肯当。有一次，她一本正经地询问王德育，怎么年纪轻轻的，身体就那么不好。王德育明知丈母娘所指，回答说自己身体挺好。小磁人在一旁说："还好意思说自己挺好，我爹和我娘那么大年纪了，十天半个月还来一次呢。"这话顿时让老太太脸红，小磁人说话向来口无遮拦，把私下里说的话，大明大白地摆到了桌面上。

王德育也觉得自己的脸没地方搁，悻悻地说："我有病，有什么办法？"

小磁人说："你有屁的病！"

王德育对小磁人最忍无可忍的，就是她没有任何秘密可言。什么事都喜欢嚷，什么事都敢嚷。老街上的人因此不仅都知道小磁人喜欢吃醋，而且都知道王德育不行了。小磁人和王德育的故事，成了老街上人们聊天最有趣的笑话。女人们不约而同地开始公开调戏王德育，一来没什么风险，二来让小磁人吃吃醋，也可以提高自己在丈夫面前的身价。男人和女人都是一个毛病，自己的老婆要别人看中了，才会觉得好。

王德育的大儿子不好好地读书，成了老街上最早做生意的人。先是开服装店，以后又办了个舞厅，他成了老街上臭名昭著的花花公子。王德育在学校里成了多余的人，他从来就不是个好老师，学校的围墙拆了，改成门面房，大搞第三产业。王德育的大儿子将那些门面房承包下来，让父母开店做生意。王德育对做生意毫无兴趣，对小磁人说："让我开店，我就开一爿春药店，专卖治阳痿的药。"小磁人骂他不要脸，说你卖春药，没人会相信的，又说你卖的春药管用，先把自己的病治好算了。

结果是开了一爿书店。进了不少花花绿绿的图书，买书的人并不踊跃，却有许多人翻着看。小磁人怕书翻坏了没人买，动不动就撵人走。有一个胖胖矮矮的小女孩，很有些像少女时的小磁人，只是没有小磁人白，五官也没有小磁人整齐。她常常一个人躲在角落里，以十分专注的神情翻看琼瑶的小说。有一次匆匆离开，甚至把书包都丢在了书店里。王德育检查了她的书包，发现她是一个差生，作业本上到处都是老师用红笔打的叉。在铅笔盒里，用透明胶粘着一张香港男歌星的照片。第二天，王德育将书包还给了小女孩，眼睛在她身上扫来扫去。小女孩转身离去，他十分轻薄地在她鼓起的小屁股上拍了一记。到晚上上床前，又如法炮制地在小磁人的屁股上来了一下。小磁人说："白天肯定是看到什么女人，这会儿来劲了。"

王德育有时候很满足。作为小磁人的丈夫，因为她太拿他当回事，王德育觉得自己好歹也是个人物。有时候他甚至自己也觉得真有许多女人喜欢他，觉得整条老街上的女人都梦想着和他睡觉。小磁人总是把最好的东西省给他吃，他一有个伤风感冒就急得死去活来。她真心地爱王德育，他是小磁人的精神支柱，小磁人活着的意义，就是她拥有了王德育。她太爱王德育，爱得过分了一些。

苏老师再一次出现在老街上，是她早已退休的校长母亲病逝以后。那位古板的老太太已经快被人遗忘了，在学校门口，老太太被自行车撞了一下，卧床两个月后一命呜呼。前来奔丧的苏老师，带着一个已成为大姑娘的女儿从街上走过。她们在书店门口停了下来，苏老师的女儿走进书店想买一本书，胳膊上绑着黑纱的苏老师便站在门口发呆。她无意中看到了坐在柜台前的王德育，王德育一眼就看出了她是谁，她却完全忘记了王德育这个人。她注意到一个男人在偷眼看自己，于是出于好奇地多看了对方几眼。这时候，她发现不远处一个矮矮胖胖的女人，眼睛里仿佛冒着火似的，怒视着自己。她不知道这个有些面熟的矮胖女人是谁，她想自己在这条街上当过老师，小磁人也许只是她当年不喜欢的一个女学生。

一九九四年九月七日

陈陇老师

陈陇老师和老街小学教体育的王德育是师范学校的同学。虽然不是一个系，但是同一年毕业，又分到同一个区域当老师，就算是熟人了。多少年以后，王德育改行不教体育，教自然和地理，于是不得不去找陈陇请教。陈陇在学校就是高才生，不像王德育，动不动就追女孩子，追着了这一个，又去追另一个。陈陇在学校里有口皆碑，谁都知道他是个好学生。

陈陇毕业以后在群英中学任历史教师。王德育来找他的时候，发现他和过去读书时，没有多大变化，脸上仍然一片青春痘。陈陇总是戴着一副黑框眼镜，他的近视眼很厉害，而且十分迂腐。有一次，调皮的学生和他开玩笑，他们趁他把眼镜取下来擦眼睛的时候，将他的眼镜收了起来。陈陇在讲台上摸什么似的摸着，一直到上课的铃声响了，还是没有摸到。同学们坐在下面忍着笑，陈陇最后终于急了，说："你们谁拿我的眼镜了？"

王德育在教师办公室里见到了陈陇，陈陇正好没课，说你怎么来了，我刚泡的茶，你喝一些。王德育早就听说陈陇得过肝炎住过院，是有名的老肝炎，怔了怔，拿起杯子看了看茶叶，没有喝。陈陇又问，怎么会让他一个学体育的去教自然和地理。王德育说："谁他妈知道，我又不想教。工宣队说教，你就得教。"工宣队是这期间学校的最高领导人，说话一句是一句，违抗不得。陈陇在学校也碰到类似的事，工宣队找他谈话，让他兼初一的数学课，他想推，工宣队板着脸说，怎么一个大学毕业生，党花了那么多的钱培养你们，连初一的孩子都教不了，真是改造不好的臭老九。于是只好教，过去学过的东西早就忘得差不多了，老老实实重新再自学。

王德育从陈陇那儿借了一大堆书，临走时，他看着陈陇一脸的青春痘，忍不住问他为什么还不赶快找个对象。他以为老同学会脸红。但是陈陇立刻接着王德育的话，说就等着老同学帮忙。那样子很有些迫不及待。王德育说："陈陇你这话是不是当真的？"

陈陇苦笑着，说自己当然是当真。

王德育不当一回事地说："不就是想找个老婆吗，这容易。"

王德育果然热心过度地替陈陇介绍对象。他自己因为有花花公子的名声，不敢亲自张罗，便让妻子小磁人去委托丈母娘。王德育的丈母娘是老街多少年的居委会主任，专爱管那种三姑六婆的杂事，一听说中学的一个老师要找对象，这人又是女婿的同学，忙得就像自己打算娶媳妇一样。她把老街上没男人的女人仔细筛了一遍，很快列出一组名单，然后把一大叠照片交给女婿王德育，让他去和陈陇敲定约会时间。

太多的照片让陈陇有些眼花缭乱。小磁人陪王德育一起去的，事后她对丈夫说，你那位老同学，真是没见过女人的样子。王德育不明白地问，什么叫没见过女人的样子？小磁人说，废话，就是没和女人睡过，这下懂了吧？王德育说，你怎么知道他没和女人睡过？夫妻俩为这话题莫名其妙地吵了一通，最后只能不了了之。

陈陇开始和老街上的待嫁姑娘见面。自然是从漂亮的开始，这秩序是王德育替他排定的，陈陇换上了当年刚时兴的新白的确良衬衫，由王德育和他的丈母娘陪着，挨个地去见姑娘。由于陈陇人长得又矮又胖，看上去有几分像日本人，他梳着改良过的分头，额前总是有一绺头发挂在那儿。虽然他的心很诚，人也是一看就知道老实，可是他和姑娘见面的效果，令人难以置信的不好。大家情不自禁地要拿他和名声不好的王德育相比较，情不自禁地便想到陈陇会和王德育一样好色。王德育长得像电影明星，姑娘见了，明知道他这人可能不好，但是仍然喜欢。陈陇的相貌全是欠缺，鼻子太塌，而且鼻孔朝天，他的一双眼睛也太不老实，见到女人就直了。

一连见了许多位姑娘，没有一位姑娘松口愿意和陈陇见第二面。中学教师这一差事对姑娘来说，没有任何吸引人之处。那时候，给学生做作文，常见的一个题目就是“批判读书做官论”，或者是“批判读书无用论”。教书属于臭知识分子之列，远没有正经八百地当工人或当兵来得吃香，而且陈陇也没什么钱。他读书前是地道的乡下人，家里还有一个需要他抚养的老娘。姑娘们一个个实际得很，陈陇这人太一般了，实在没特殊的地方，要什么没什么。

王德育的丈母娘首先意识到了问题症结所在，她毫不犹豫地把一旁陪同的王德育打发回家，一再叮嘱陈陇不许提到自己在乡下的老娘。她别出心裁地导演了一幕幕活报剧，害得老街上的人一提到陈陇相亲的事就哈哈大笑。陈陇在王德育丈母娘的安排下，尝试着用不同的方式和姑娘见面。他装着到店里去买什么东西，若无其事地为那些自己并不需要的货物付钱。他是个十分蹩脚的喜剧演员，拎着面粉口袋去粮店买米，由于他记不住自己应该是去相哪一位姑娘，结果他只好东张西望，把粮店里所有的女人看了个够。

陈陇的吃相一定很难看，不要说是那些没结婚的姑娘，就是那些早就当了孩子母亲的年轻妇人们，提到他时，也神色诡秘地捂着半边嘴说话。陈陇被描述成了一名色中饿鬼，他急猴猴地追逐着每一个有可能的对象，八字还没有一撇就想把事情敲定下来。遭到了一连串的拒绝以后，一个女人看见陈陇开始跟在杂货店老板的女儿后面盯梢。他远远地盯在后面，整整地跟踪了一条街。杂货店老板的女儿是老街上名声最不好的女人，传说中她已经和三名不同的男人堕过四次胎，卫生院的董医生也公开宣布她不可能再次怀孕。

连王德育也觉得自己的丈母娘为陈陇介绍一个名声如此不好的姑娘，有些对不住老同学。丈母娘说："这可不能怨我，整条街上的女人他都见了，他临了看中谁，这和我有什么关系？"

陈陇和杂货店老板的女儿，果然有了些眉目。杂货店老板的女儿大家都叫她凤。关于凤的堕落是一个非常复杂的故事，有人说杂货店老板自己就不是个东西，有人说凤是让酱油店的伙计小蒋破的苞。反正凤这丫头早在十三岁的时候，就对男女之间的事有所了解，并且有着不同寻常的强烈兴趣。她和王德育的老婆小磁人一样，都是小学校的老牌留级生，学校的教师提到她们就头疼。

刚开始陈陇对凤的历史一无所知。他在街上来来去去盯了无数回梢，终于引起了凤的注意。凤在街道办的纸盒厂里糊纸盒，听见人们都在议论陈陇找对象的事。谈到陈陇穷凶极恶的样子，大家一边糊纸盒，一边肆无忌惮地说着荤话。都是些结过婚的女人，不结婚也是像凤这样的过来人，什么粗俗的话都说得出口。争到临了，为陈陇还是不是童男子吵得不可开交。老街上的女人都对陈陇究竟是不是和女人睡过觉感兴趣。凤赤裸裸地对小磁人说："这家伙和你男人是同学，他是不是童男子，你男人一定知道！"

小磁人得意地说："我男人当然知道。"

凤说："也不一定，男人呢毕竟隔一层，这种事，派个女人试一下，就全知道了。"小磁人听了不入耳，反驳说："也用不着派别人，你亲自出马好了。"凤玩世不恭地说："当然是你最合适，是你男人的朋友，肥水不流外人田，你男人好尝鲜，你正好一报还一报。"小磁人正记着凤和自己男人王德育眉来眼去的仇，端起糊纸盒的糨糊桶，便往凤的身上倒。凤也不含糊，抓起桌子上的纸片，接二连三地向小磁人掷过去。

凤正是在这天下班的路上，开始注意到陈陇在盯她的梢。她从厂里出来，看见陈陇呆头呆脑地站在厂门口。自从王德育的丈母娘把他引入老街以后，陈陇似乎注定要在这条街上找个女人。他形迹可疑地在街上蹿来蹿去，徒劳地胡乱盯梢。让人想不明白的是，既然他已经熬了那么多年，为什么会突然之间方寸大乱，急得像到处寻找发情母狗的公狗一样。也许凤在不知不觉中曾向他使过什么眼色，也许是别的什么误会，反正陈陇错误理解了凤的意思。他屁颠颠地跟在凤的后面，一连许多天都是这样。

终于有一天，凤忍不住了，说："你这人真滑稽，天天跟着我干什么？”

陈陇满脸的青春痘一粒粒都充血红起来。

“这年头也是的，怎么像你这样的读书人，也会如此不要脸。你老实说，跟着我干什么？”陈陇的窘相引起了凤的好感，凤长得并不漂亮，她不太相信有男人会真的喜欢自己。陈陇透过眼镜凸起的玻璃片，眼珠子瞪得直直地看着她。她让他看得有些不自在，掩饰着自己的慌张说：“找女人也不是像你这么找的，难道就不能悠着点？”她不想让陈陇太难堪，然而接下来的话，却是越说越尖刻，越让人下不了台。

陈陇结结巴巴地说了句什么，落荒而逃。凤看着他的背影，哈哈哈大笑起来。三天以后，陈陇似乎经过了深思熟虑，又一次出现在老街上，继续锲而不舍地盯凤的梢。他远远地跟在凤的后面，自以为行动神秘没人察觉，事实上整条街上对他的一举一动无所不知。螳螂捕蝉，黄雀在后，凤突然发现自己因为陈陇的跟踪，成了老街上众目睽睽的人物。她有些按捺不住自己的得意。一个女人，只要意识到有男人真心喜欢她，怎么说也是好事。从街上走过的时候，她老是忍不住偷偷地回头，只要发现陈陇不在远处跟着，便感到一种说不出的失落。有时候，她甚至站在路中间等，一直等到陈陇的身影出现，她才洋洋得意地继续往前走。

要不是王德育出来干涉，陈陇差一点就要和凤结婚。真正是差一点。陈陇已经三十多岁，人们先是不太相信，一旦发现他和凤之间真有了意思，立刻主张他们尽快结婚。最迫不及待的是陈陇在乡下的老母亲，老太太就一个儿子，刚打听到一点点风声，便让人把门前的两株树砍了，打算替儿子打一房家具。陈陇还是个小孩子的时候，就听他娘念叨，这两棵树日后给他娶媳妇时派用场。

陈陇脸上旧的青春痘还没消失，新的一片又如火如荼地蹿了出来。凤显然被陈陇执著的精神所打动，她也是一个老大不小的姑娘，有男人占她的便宜吃她的豆腐，可是并没有男人真心想娶她。有一天她正糊着纸盒子，突然把手中的活一扔，痴痴地说："我就嫁给陈陇那个书呆子，又怎么样?"

第二天，人们看见陈陇和凤惹人注目地从老街上走过。以往都是凤扭扭捏捏地在前面走，陈陇鬼头鬼脑地跟在后面，大家当西洋景看。这一次，凤好像存心要让大家跌落眼镜，故意十分亲热地挽着陈陇一起走。陈陇脸上的紧张和凤的做作正好形成鲜明对比，从街的这一头一直走到了那一头，凤回过头来，大大咧咧地对那些窥探者喊着："喂，有什么好看的!"

整条街上都在议论陈陇和凤的婚事。小磁人对王德育说："你那个老同学太没出息，什么样的女人不能看中，非要看中这么一个破鞋。"她忘不了和凤吵架的事，非逼着王德育去找陈陇，让他把凤的历史问题说说清楚。王德育说："人家都快结婚了，我干吗去拆台。"小磁人说这不叫拆台，是对老同学负责任，又威胁说王德育，如果舍不得去，她便要亲自去和陈陇谈。王德育知道小磁人亲自出马，事情更麻烦。她肯定会瞎说他和凤也有一手，会编出许多根本不存在的故事。

王德育是在一个下雨的日子里和陈陇谈话的。多少年以后，王德育每到阴雨连绵的日子，便会记起这次揪心的谈话。他想尽量说得轻描淡写，尽量把自己撇清。他告诉陈陇，类似的话，即使他不说，也会有别人来说。他反复强调，以往的过错也许并不在凤身上。陈陇一声不响地听着，他的眉头紧锁着，眼珠子发直了，透过厚厚的眼镜片，呆呆地看着王德育。王德育说到后来，有些害怕了，他看着陈陇，结结巴巴地说："你没事吧？"

陈陇说了一句让王德育震惊的话。这句话王德育从来没和第二个人说过，他觉得老实巴交的陈陇不该这么说，这绝不是陈陇的口吻。陈陇冷不丁地说："我知道她不是个好货，还没和我结婚，她就想和我睡觉！"

王德育说："你已经和她睡过觉了？"

陈陇说："没有，她想和我睡，她一个女人，主动想和男人睡觉，我就知道她不是好货。"

没人知道陈陇和凤是怎么分手的。没人听见他们争吵，甚至没人听他们大声说过话。原来打家具的木料，被高高挂到了房梁上，人们注意到陈陇像一个轻浮的浪荡子一样，又开始在老街上盯别的女人的梢。他的做法就像是电影上的坏人，整条老街上的人都被他的举止弄得莫名其妙。人们只知道花痴差不多的陈陇，突然对凤没有了兴趣。人们只知道凤堵着王德育宿舍的大门，跳手跳脚骂了一下午。

凤在第二年的秋天，嫁给了剃头店的老王。她和陈陇分手后，发誓要嫁到外地去。只要是能把她从老街上带走的男人，不管是什么样的丑八怪，她都乐意嫁给他。一个来自青海的复员军人曾来相过亲，但是凤很快就和剃头店的老王有了一手。老王已是快五十岁的人，有老婆有小孩，而且据说还在外面欠了一屁股债。凤和老王勾搭成奸，晚上便在剃头店的皮椅子上寻欢作乐。夏天最热的时候，老王的老婆害了一场恶性疟疾，上吐下泻折腾了一天一夜便咽了气。有人去派出所报了案，结果请了法医验尸，也说不出所以然。什么样的议论都有，谋杀不能排除，可是没有确凿的证据。

陈陇被派出所找了去问话，和他谈话的派出所的同志是一位老警察，问他对老王妻子的暴死有什么看法。陈陇说："我瞎讲讲可以不可以？"

派出所的同志说："你瞎讲讲看。"

陈陇取下近视眼镜，用衣服角擦着，慢腾腾地说："要说凤会干这样的事情，也不是不可能。"

陈陇在老街上整整追逐了十五年的女人。十五年来，除了上课，即使是刮风下雨，陈陇也总是形迹可疑出现在老街上，不考虑任何可能性地胡乱盯女人的梢。没有一个女人真正害怕过他，大家都觉得很有趣，尤其是那些半老徐娘，由于陈陇锲而不舍的跟踪，更相信自己风韵犹存，魅力不减当年。谁都相信陈陇是一个典型的花痴，人们和他说话，三句话没完，便逗笑要为他介绍对象。陈陇的脑子里只有女人，就爱听这些话，谁说要为他介绍对象，他就傻呵呵地对别人笑。

有时候，陈陇甚至会搬张小竹椅子，坐在老街上看女人。作为中学里的历史老师，他的课依然上得十分出色。课堂内外的陈陇是两个截然不同的人。见怪不怪，一旦人们习惯了陈陇的做法，便再也不把他的那点怪癖当回事。群英中学在老街的拐角上，陈陇多年来一直住集体宿舍，刚开始，是和一个老婆在乡下的老教师合住，老教师得癌症死了，又和一名新分来的年轻教师同室，年轻教师结婚，于是继续和新的重新组合。陈陇的房间里住进来一位大学刚刚毕业的年轻人。那年轻人刚来报到的第二天，便把女朋友带了来见陈陇，小两口当着陈陇的面亲热得不行，打情骂俏异口同声地高唱流行歌曲。

陈陇最初在老街上盯女人梢的时候，他不过是一个三十出头的小伙子，随着岁月的无情流逝，他已成为一个两鬓斑白的小老头。是王德育触动了他要在老街上找一个女人的念头，他于是不管三七二十一，认定了一个死理，十五年如一日，铁了心要在老街上找个女人做老婆。那些被他追逐过的女人，夸张地谈论陈陇出的洋相。其中一个著名的例子就是，有一天陈陇跟踪一个女人一直跟踪到女厕所的门口，那女人正好身上来女人的玩意儿，突然发现自己身上的卫生纸不够了，于是拎着裤子出来，问陈陇身上有没有带纸。陈陇张口结舌地摇了摇头，然后屁颠颠地去小店里买卫生纸。等到他买回来，那女人早就偷偷溜走了，陈陇傻呵呵地在门口等，一直等到天黑。

有关陈陇在老街上追逐女人的笑话太多太多。这笑话即使到了他准备和李寡妇结婚时，仍然不存在任何恶意地广泛流传。李寡妇是在一个阳光灿烂的春天里，带着一儿一女再嫁到老街上来的，她以前结过婚，丈夫在一次车祸中丧生，留下的两个孩子中，大的那个才七岁。李寡妇的第一任丈夫姓陈，嫁到老街上的这位男人也姓陈，是电瓶厂的一名技术不错的车工。李寡妇嫁到老街上的第二年，又生了一个女儿。女儿三岁的时候，李寡妇的男人说是有心脏病，心脏的某根血管有堵塞，说不行就不行了，李寡妇于是又一次成为标准的寡妇。

乘虚而入的陈陇在李寡妇第二任丈夫病故的三个月以后，向她正式提出了结婚的请求。李寡妇已是快四十的人了，人长得不难看，只是有些憔悴。两头都有人劝，都觉得大家将就将就，不失为一桩好事。李寡妇有三个小孩，不找个男人这日子没办法往下过。陈陇虽谈不上有太多积蓄，但是人们看他熬光棍的日子实在太苦，赶快成个家比什么都现实。李寡妇先是哭着不肯答应，说自己命里克夫，说什么也不想再找男人了，哭到最后，不说话，擦了擦眼角，算是同意。

在这一年的暑假里，陈陇将高高挂在梁上的木料取下来，请了当地最好的一名木匠打家具。地点就在学校操场的一棵大树下面，那家具的图纸，是从当时最流行的家具书上复印下来的。烈日炎炎，陈陇帮着木匠做下手，东奔西走到处采购。一会儿去买胶水，一会儿去买不同规格的铰链，一会儿去配镜子和玻璃。他不会骑自行车，来来去去都靠两条腿。好不容易把家具打好，最后一道工序是油漆，请了一个大老爷差不多的漆匠，指手画脚吆五喝六，活干得不怎么样，却派头十足。中午和晚上必定要喝些酒，陈陇不会弄菜，便只好上街去买熟菜。群英中学门口就有一爿鸭子店，漆匠是一张刁嘴，一定要陈陇到老街的另一头熟菜铺去剁鸭子。鸭子剁来了，那漆匠又嫌一个人喝酒没什么意思，非要拉着陈陇一起喝。

一房家具前前后后漆了十几天。那漆匠三天打鱼，两天晒网，天天到吃饭前的一个小时，才来象征性地干一阵子活。牛皮吹得不能再大，仿佛天下只有他一个人懂得如何油漆。陈陇惦记着十月一号结婚，凡事都得过且过，好不容易忙完家具，学校已开学了。陈陇人瘦了一圈，又硬撑着布置新房。李寡妇毕竟是结过两次婚的人，对又一次结婚并没有太多的热情。陈陇忙里忙外，好像和她没什么太大关系。一直到陈陇带着人前来粉刷新房时，她才带着几分尴尬地从墙上取下第二任丈夫的遗像。挂遗像的镜框原来是挂结婚照的，第二任丈夫死了，只是在老地方换了一张照片。时间久了，挂镜框的地方留下了一个很难抹去的痕迹。新的石灰水刚涂过，还没等完全干燥，那旧的痕迹便隐隐约约地又显出来。

陈陇是在打家具的时候开始发低烧的。去医院看过，配了些药，吃了没一点用处。人眼见着越来越瘦，瘦得让人看了都怕，熬不过，又去医院。医生说是要验血，一验了血，毛病便来了，说是肝有问题。陈陇是老肝炎，在读师范的时候，就因为肝不好住过医院。他的肝炎是血吸虫引起的，小时候在河里洗澡，糊里糊涂就染上了。他的家乡是血吸虫病高发区。

医生说要和家属单独谈话。李寡妇还没和陈陇正式结婚，扭扭捏捏算是去做了代表，被医生的一番话吓得魂飞魄散。她已连续死了两个丈夫，不能不相信自己真是注定命中克夫。医生说陈陇的肝已经硬化，现在还不能确诊是肝癌，但是问题的严重性明摆着。医生说到临了，毫不掩饰地说陈陇这人活不长了，干脆让他多吃些好的，准备后事拉倒。李寡妇面无人色地陪着陈陇离开医院，她过分的惊慌失措让陈陇预感到了某种不祥。十月一日就要到了，陈陇突然预感到这一天对他来说，也许不是好日子。

在十月一日到来之前，李寡妇找了各种借口要求延期结婚。她声称天天做梦都遇到死去的两个丈夫。在挂第二任丈夫遗像的老地方，尽管按着陈陇的意思已换了一张挂历，但是一到夜深人静的时刻，那挂历上的电影明星就交替成为她过去的两任丈夫。到了十月一日这一天，李寡妇索性把推迟结婚的请求，改成取消他们之间的婚约。虽然他们已经领了结婚证书，从法律上来说已是夫妻，然而老天爷可以作证，他们从来没有干过夫妻的事。他们现在就分手，还来得及。

陈陇明白李寡妇的突然赖婚，和自己的肝炎复发有关系。他从李寡妇反反复复用开水烫他使用过的杯子，感觉到了事情的严重。一切都是事先就安排好的，多少年来，陈陇一直在等待着成亲结婚变为事实。十月一日是他一生中最重要的日子。在这样的日子里，李寡妇提出取消婚约，无疑是宣告世界末日的来临。他觉得有把刀在他心中搅了一下，很疼，一种说不出的疼。他能想象血在他的胸腔里向四处喷溅。既然是很严肃认真的谈话，他用商量的口吻问李寡妇，有没有不解除婚约的可能性。李寡妇先是不肯答复，可是她的表情已说明这绝对不可能。

李寡妇最后说，她不能总是为男人送终。这话太直露，太赤裸裸，陈陇除了苦笑，没别的话可说。一种宿命的感觉像青藤一样缠住了他，他想对李寡妇说，说自己十五年前幻想着找一个大姑娘，找一个没有任何污点的处女。他说后来对是不是原封的姑娘并不看重，他当年和凤分手，不是因为她生活中有过别的男人，而是因为她不能再生小孩。无后为大的传统思想束缚了陈陇，他为此后悔已经来不及了。他如今已是个快五十的人，没别的什么想法，只盼着半夜里醒过来，身边有一个能暖暖身子的女人。男人的强烈欲望已在他身上逐渐消失，也许，他只是不想一辈子都是个光棍，也许，他只是想把自己剩余的那些激情和不多的积蓄，毫无保留地花在一个女人身上，也许，他是真的爱上了李寡妇。这些话，他曾经对李寡妇说过，现在再说，也没什么用。陈陇在心里把这些话重复了一遍，晚上睡觉，又反复把这些话重新说给自己听。说到后来，陈陇都为自己的话感动了。

陈陇告诉别人，自己的婚事，将推迟到元旦举行。到了元旦，又说要推迟到春节。春节期间他缩在学校的单身宿舍里不敢见人，一直到学校开学，他才若无其事地逢人就宣布，说自己五月一日结婚。这是一个铁定的日子，再也不可能改变。

陈陇是在五月一日那天失踪的。在这之前，人们曾经怀疑过，他和李寡妇的婚期，是否能够像他所说的那样如期举行。因为人们注意到陈陇根本不到李寡妇那里去，而且还情不自禁地继续在老街上盯女人的梢。一个两鬓斑白的男人，在大街上追逐女人永远是件可笑的事情。陈陇的盯梢和以往一样，没有任何攻击性。他只是远远地跟在后面，有贼心没贼胆，用高度的近视眼表达他对女人质朴的情感。

随着五月一日的迫近，人们对陈陇即将举行的婚事开始深信不疑。陈陇几乎买下了老街上的一爿小店中所有的糖果，装在红颜色的小塑料口袋里，当作喜糖到处散发。学校的领导为陈陇的婚事终于有了下落感到欣慰，委托一位善于办事的女同志出面买了结婚礼物送给陈陇。接到喜糖的王德育，也和小磁人一起联名送了一百元给老同学陈陇当贺礼。陈陇的人缘不错，送礼的不仅有他的熟人和同事，甚至有一些学生的家长也跟着凑热闹。

没人想到陈陇会选择五月一日这一天投河自尽，谁也不可能想到。人们问他究竟是旅行结婚，还是在老街的馆子里办酒，陈陇的回答每次都不一样。他随口答应着，脸红红的仿佛又快要长出新的青春痘似的。尽管有传闻说陈陇的肝已经糟糕得不能再糟糕，但是大家相信喜事会冲掉一些不幸。人逢喜事精神爽，大家注意到陈陇整天乐呵呵的，完全是一副新郎官模样。

王德育的老婆小磁人曾经见到过去河边的陈陇。当时她正忙着自己的事，没去想今天是什么日子，只是匆匆地和陈陇点点头。时间是大清早，陈陇若无其事地从老街上走过，他穿着一身新衣服，一路走，一路直直地盯着那些从老街上路过的女人。他在河边盘桓了好半天，耐心地等在河边洗衣服的一位安徽籍小保姆离去才悄悄下了河。安徽籍小保姆是最后见到活着的陈陇的人。

陈陇在自己的腿上和脖子上各绑上了一块大石头。他的尸体在第二天才漂上来，浮在水面上的只是他灌满了水的肚子。人们远远地看见水面上浮着一个球一样的东西，划船过去，终于明白是怎么一回事。陈陇的脸已经完全变了形，他常戴着的那副眼镜和一块上海牌手表也落在水里了，尸体被捞上来搁在岸边，没人能认出他是谁。派出所派人来看了看，打了电话给医院。尸体送医院当然不是幻想救活，只是为了借用医院太平间的大冰箱。报纸和电台都公布了认领尸体的消息，但是一个星期过去了，又一个星期快结束的时候，人们才突然想到失踪的陈陇。校方领导从李寡妇那里了解到，所谓五月一日的婚礼根本不存在。

陈陇没有留下任何遗言。

一九九四年九月二十一日

作家林美女士

林美女士死于一九八三年年初，那一天正好是大年三十，家家都在忙年夜饭。几个淘气的小孩在门外的巷子里放着爆竹，不时地发出怪叫。林美女士已经难受了好几天，她一直病歪歪的样子，药大把大把地吃，吃了也不见好。那药是女婿用公费医疗证配的，反正不要钱，隔一段时候，女婿就拎着一大包药来看她一次，问问她的病情，再坐一会，又问她有什么事要做，然后离去。

林美女士有三个女儿，经常来看望她的是二女婿。除了这个女婿，其他的两个女婿和三个女儿，长年累月不见一面。他们和林美住在同一个城市里，可是他们很难得来看她一次。林美女士早就说过，要想指望他们一起来，只有等她咽了气。“我真咽了气躺在这儿，你们不来，也得来。”林美十分平静地对自己说着。她似乎知道自己最后的节日就是死亡。她知道自己在这个世界上，要想引起别人的注意，最后的也是唯一的一招，就是死亡。她注定要伴随着寂寞走过一辈子。除了死亡，她别想再引起别人的注意。和这个世界上所有的普通人一样，林美还不想死。和这个世界上所有的普通人一样，她最终也逃脱不了一个死。

二女婿在小年夜那天来过，他将新配的药搁在梳妆台上，问林美大年三十打算怎么过。林美看着鬓角已经微微泛白的女婿，做出一种很古怪的笑来。她反问说你们打算怎么过，女婿顿时显得尴尬，犹豫了一会，邀请林美到他家去吃年夜饭。林美说："算了，大过年的，我不想害你们吵架。"女婿无话可说了，过了一会，才说："今年说好了，大姐一家到我们家来。"林美的三个女儿性格都倔强，互相之间不来往已经有好几年。林美说："蛮好，一起吃顿年夜饭，不过别再吵架。"女婿也不再提喊林美去吃年夜饭的话题。

林美的脸色很难看，女婿只想到她心里不痛快，没想到她是走到了生命的尽头。女婿已经太熟悉林美的古怪，对她所有的乖僻都不足为奇。林美执意要女婿看看她屙在痰盂中的大便，让他注意大便里面黑颜色的血块。女婿随口安慰了几句，临走时，斜躺在床上的林美有气无力地说："你把门锁上，我不想起来关门了，听见没有？"

在林美死后的第十个年头，两位读博士的年轻人，出现在林美咽气的那间破房子里。城区正在大规模地改造，要是这两个年轻人迟来几天，成片的老房子将成为一片废墟。陪同这两位博士生的是林美女士的小女婿，他是梅城中学的副校长，穿着不是很考究的西装，很随便地系着一根花领带，站在房间的中央，指手画脚地说着什么。

那位女博士生正在撰写关于女作家林美的学位论文。自从海外出现评论林美女士的论文以后，国内以林美研究为题的研究生已有好几位。女博士生的硕士论文是研究林美的，如今要写博士论文，仍然是关于林美。由于市面上一切和林美有关的书籍都能卖钱，一家出版社已经决定要出这本关于林美的专著。

女博士生长得很漂亮，桃子脸，唇红齿白，天生了一双勾人的眼睛，她这时候正从梳妆台的镜子里，看着林美的小女婿，看着他振振有辞地说着什么。男博士生是女博士生的男朋友，他此行的目的完全是陪同，关于林美的故事他已经从女朋友那里听说不少，他突然发现林美的那位小女婿，其实对林美的事知道得很少很少。

房子里除了林美生前用过的那张老式梳妆台，一切都搬空了。女博士生一边听介绍，一边在脑子里想象林美生前这房间里的摆设。从墙上留下的印痕，似乎还能见到当年的蛛丝马迹。房间很小，一张床，一张梳妆台，一张吃饭的方桌，剩下的地方也就不多了。“林美当年是在什么地方写作呢，”女博士生忽然想到地问，“是在吃饭的桌子上写，还是在梳妆台上写？”这问题林美的小女婿根本没办法回答，他从来就没看见过林美写任何东西。他目瞪口呆地看着她，笑了笑。

女博士生说：“我想她应该是趴在梳妆台上写作。因为从她的文风看，她一直是在对着镜子里的自己写作。她到后来，写的文章只有她自己看。”在堆满杂物的楼道上，女博士生看见了一张刚粉碎“四人帮”时候的招贴画，林美女士当年就在这里做饭，招贴画上全是油污。林美的小女婿说，他的岳母本来是和人家合用一间厨房的，但是合用的那家太霸道，老是和林美吵架，结果林美只好搬到楼道里来做饭。他指着角落里的一个铁皮煤油炉，告诉女博士生这就是他岳母当年用过的遗物。在底朝天的煤油炉旁边，还有一个满是油污的塑料筷子笼，几只已有了裂缝的破碗。林美女士是女博士生心中的偶像，她十分恭敬地弯下腰，用脚在杂物中踢来踢去，想找一件能够留下来作为纪念的东西，但是她什么也没有找到。

林美在文坛上走红，是一九四二年。有一天，她捧着一叠手稿，怯生生地走进《红色》杂志社，把那手稿留在了主编的桌子上。主编当时正在和一位戴眼镜的胖女人隔着桌子说话，这位胖女人是当时文坛上的一位红人，她十分傲慢地看着林美，有意无意地拿起了那手稿。林美在女作家把眼光投向自己手稿的一瞬间，像犯了什么错误似的，仓皇逃走了。

林美后来才知道，自己的那部手稿，恰恰是因为女作家的推崇，才使得主编决定刊用。林美早就读过这位女作家的小说，她觉得她的小说写得很糟糕，自己所以会在她的面前仓皇逃走，最重要的原因，是羞于和这位名噪一时的女作家为伍。林美女士从一开始，就是一位傲气十足的作家，她看不上别人写的文章，也不是太喜欢自己的小说，她知道自己写小说，完全是迫不得已。

林美像一颗耀眼的流星出现在了文坛上。成名来得太容易了，她的带有自传色彩的小说，使得一家很一般的文学刊物，从此销量大增。报纸也开始连载她的小说，是那种供平民百姓看的小报，林美的故事一边写一边刊登，她故事中人物的命运，很快成了人们茶余饭后的重要话题。这是在日本人统治时期，南京作为汪政府的首都，空气说不出的沉闷。商女不知亡国恨，隔江犹唱后庭花，没人谈政治和国家大事，大家都在醉生梦死。

林美成了故都南京当年最重要的女作家。她的小说，沿着交通线逐渐蔓延到邻近的城市里去。到了一九四四年，在上海和武汉的街头，很容易地就能找到她的书，都是盗版书。林美的原版书都由南京的钟英书局出版，封面的题字全是集汉《乙瑛碑》。

在父亲的影响下，林美从小就在汉碑上下过功夫，她临得最多的是《华山庙碑》。林美性格的古怪，通过小说的名字就可以看出来，她所有的小说名字，前提一定是在《乙瑛碑》上必须找得到。她总是有了合适的小说名字才不急不慢地开始写小说。她的小说只要一旦写起来，其速度便是让人难以置信的快。每天五千字对她来说，是平常不过的事情。

林美最著名的一本书叫《平行》，这本书在初版的六个月内，先后再版了七次。仅上海一地，就有三种盗版本。《平行》是一本颇具现代意义的小说，有些像英国的女作家维吉利亚·伍尔芙的文笔，又有些仿佛曹雪芹《红楼梦》的章法。对于别的女作家来说，这几乎是不可能的事，但对于才华横溢的林美来说，却显得轻而易举。林美上大学读书，就是念的外国文学，她不仅熟悉伍尔芙，还熟悉伍尔芙同时期所有著名的英国女作家。她写过关于凯瑟琳·曼斯菲尔德的论文，翻译过曼斯菲尔德的日记。伍尔芙在一九四一年的投水自尽，是林美决定写小说的一个重要契机。当时第二次世界大战正打得昏天黑地，伍尔芙自尽的消息通过英吉利海峡，传到尚未沦陷的香港，再传到南京。林美被这条消息震惊了，十年前，她上大学的时候，曼斯菲尔德已经病死了，伍尔芙曾经因为曼斯菲尔德的不幸早逝，觉得自己将鹤立鸡群，从此孑然一身没有对手，现在，尚未写过小说的林美女士也开始尝到了这种寂寞的悲哀。

在林美女士成名五十年以后，那两位博士生下榻在粮食局办的一家招待所里。春节期间放假，招待所的客人只剩下两位博士。雇的农民工也回家过年了，招待所里还剩下一名看门的老头和一位值班的中年妇女，她是招待所的副所长，是那种忍不住就要管管闲事的女人。从招待所的窗户里，可以看见林美的故居，孤零零地立在一片废墟之中。要不是因为过年，女博士将会发现她千里迢迢地赶来，结果什么也没看到。

根据所能收集到的资料，女博士生知道林美出生于一个名声显赫的世家。林美的父亲前后娶过七个姨太太，林美是父亲的六姨太生的。到林美出生的时候，已经走下坡路的林美父亲依然保持着最后的威风，他回到了梅城定居，过着悠然自得的日子。林美的童年，是在六个活着的姨太太的明争暗斗中，在成群的用人照顾下无忧无虑地度过的。林美从九岁开始跟比她大十岁的侄子学英文。学习英文是满清遗老遗少很重要的一个家教，学好了英文可以留洋，在一个全新的时代里，遗老遗少们除了学会把钱存到外国银行，还学会了把人也送到国外去镀金和避难。

林美的父亲对林美特别疼爱，原因并不是因为他喜欢六姨太。事实上，在所有的姨太太中，他最讨厌的就是六姨太。六姨太爱嫉妒，男人不会喜欢那些爱嫉妒的女人。老人家所以喜欢林美，是因为偶然发现林美对旧诗词有一种惊人的感悟。林美似乎天生就应该是写诗的人，她小小的年纪，对平仄声和押韵一点就通，对古人所讲究的意境一说就明白。古典诗词作为一种即将失传的技艺，已经被同时代的许多年轻人所抛弃。林美的父亲带着少年的林美，频繁出席由梅城的名士们轮流举办的诗会，在这些老人酬唱的聚会上，林美不仅学会了即席做诗，而且因为诗做得好而屡获嘉奖。她还是在很小的时候，旧诗词方面的天赋便体现了出来。

女博士生曾经翻阅过林美父亲留下的诗集。老先生当年颇有些诗名，能留下诗集来就是明证。可惜女博士自己对旧诗词的学问所知甚少，读是读了，实在说不出什么好来，别人指出这一首不错，那一句是名句，朦朦胧胧也觉得是这样。在林美父亲的诗集中，能见到好几处提到小女怀瑜的地方。怀瑜是林美的本名。其中有一处是贺林美新婚，把这样的贺诗也收在自己打算藏之名山的诗集之中，足见老人对林美的赏识。林美是在二十三岁那一年结婚的，那时候她差半年就可以大学毕业了，但是老太爷下了狠心，一定要她回梅城嫁人。在一个老派的人眼里，女人二十三岁还不嫁人，这太过分。

林美的父亲买下了半条街的四十间房子，送给林美作嫁妆。林美的丈夫比她还小一岁，是一位留学日本的破落户败家子。和林美结婚，兴趣似乎不在林美是个才女，而是看中了她的陪嫁。七年以后，林美的丈夫带着林美去南京税警局谋职的时候，作为嫁妆的四十间房子已经被他卖掉了一半。这时候，林美的父亲死了，嫡母和庶母不是死了，就是被自己的子女接到国外去住了。林美已是有两个小孩的少妇，她丈夫借助老丈人的名望，开始混出些人样了，常常外面有交际，有时还去吃花酒。又过了一段时候，林美的丈夫家也不要了，偷偷地和一个姓叶的女子姘居，把钱都花在了这女子身上。

没有工作的林美只好一趟趟去找丈夫，打过，闹过，为了钱，她也顾不上要脸面。她丈夫终于落水当了汉奸，钱也多了，怕她闹，到时间就派人给她送钱过来。林美想离婚，又怕离了婚养活不了两个女儿，于是就不离。她丈夫和姓叶的女人之间有了什么不痛快，也回来和她住一阵，这一住，林美便又多了一个女儿。有三个女儿的林美开始用写小说来赚些钱贴补家用，那年头的稿酬并不丰厚，林美很轻易地就成了名，可是她从来就没有靠写小说发过财。林美的丈夫在抗战胜利的第二年，被国民政府判处无期徒刑，林美的小说也因此立刻没有了销路。先是小报造谣说林美窝藏了丈夫侵吞的金银财宝，以后又说林美所以能够成名，是日本人有心捧她的缘故。

林美和三个女儿之间几乎没什么亲情。刚开始，小孩都是由奶妈带的，到后来家境失势，林美对女儿们便采取听之任之的态度。林美是在一九五〇年带着三个女儿重新回到梅城的，此后的多少年里，她一直靠变卖家产度日。一九五二年的冬天，她曾去一家中学上过不到半学期的英文课。她的英文很棒，但是据听过她课的人说，她的教授方法却很糟糕。她总是嫌她的学生太笨，一堂课中，有半堂课是在教训学生。有一次正上着课，公安局的人把她从课堂上传了出去，带上一辆吉普车，直接开往南京的监狱。她在监狱里被莫名其妙地关了一年，理由是公安部门想从她嘴里掏出传说中的金银财宝。

一年以后，林美从监狱里被放了出来。没有任何结论，就跟抓她的时候一模一样，有一天她突然接到通知，说是你被释放了，没你的事了，你自己回去好了。林美乘长途汽车回到梅城，她失去了中学教书的差事，而且从此再也没有找到过任何正式的工作。她不时地找些临时的工作养家糊口，折过纸盒子，打扫过火车站附近的公共厕所，断断续续地替图书馆抄写卡片。梅城拥有一座中小型城市所不能想象的图书馆，图书馆里收藏了大量中外文图书。图书馆的旧址是前来梅城避暑度假的外国人赠送的，一九五七年的春天，梅城市政府作出决定，决定把市府机关搬到颇为壮观的图书馆大楼里去办公。

大量的中外文图书被送往位于郊区的图书馆新址。林美受聘前去重新整理混乱的图书，十分出色地完成了任务。她为十几万册的图书重新编目，编出了一份非常有利于读者查找的图书目录，并配上简明扼要的内容介绍。许多被读者翻坏了的图书，被林美细心地修补好了，经她的手重新装订过的书籍，甚至比新书还经得起翻阅。所有这些整理工作，都是由林美一个人完成的，她前前后后一共干了四年多，在这项艰巨的工作尚未最后完成的时候，她被通知用不着继续干下去了。

林美的三个女儿似乎都不喜欢她。大女儿的性子很倔强，她在中学还没毕业之际，就在心目中和关在牢里的父亲，以及刚从牢里放出来的母亲划清了界限。中学一毕业，她就和郊区的一个农民结了婚，结婚是她做出的彻底脱离林美的姿态。二女儿对林美的态度和姐姐如出一辙，她学习极其努力，考上了大学，因为成分的缘故不让她上，最后只好去当护士。她一直熬到三十三岁才结婚，丈夫是医院的一位药剂师，这位药剂师结婚多年以后，才知道自己在本市还住着一位丈母娘。二女婿是林美晚年身边唯一一位和她有些来往的亲人。除了这位二女婿，其他的女儿女婿都不来探望她。

晚年的林美性格十分古怪，在文化大革命中，和许多历史不清白的人差不多，她逃脱不了一场非人的折磨。她的一根肋骨在一次批斗中被打断了，多少年来，她老是觉得自己就快要死了，然而却一直让她自己都感到吃惊地顽强活着。只要有一点可能，她便昂起那颗生性傲慢的头颅，得理不让人地和别人大吵一场。她从来不轻易放弃属于自己的权利，而且从来也没有和邻居搞好过关系，文化大革命前，她作为房东，为了房租不时地向人逼债，因此落得了一个黄世仁的骂名。黄世仁是样板戏《白毛女》中的坏人，房客们后来干脆联合起来，大家都不给她钱，不给就是不给，她哭，她闹，她撒泼，全没用。

林美的二女婿是天生的和事佬，他是个很善良的人，没办法调和林美跟女儿之间的感情沟通，也没办法改变林美和邻居之间的水火关系。他曾经努力做过一些工作，一点用也没有。他改变不了林美的寂寞处境。他去看望林美，实在是觉得她孤立无援的一个人，太可怜了。可是林美却看不起他，有一次，林美把自己的诗稿让他看，他看了半天，说不出好来。他红着脸，不好意思地说：我不懂诗。林美鄙夷地看了他一眼，说：你当然不懂。

直到九十年代，梅城的人才意识到他们居住的这座城市里，曾经生活过一位非常不错的女作家。由市政协赞助出版的《文史资料》出了一期纪念专号，这本厚厚的专号中，不仅收集了海内外的评论文章，还发表了林美当年写的一篇小说。早就死去的林美父亲也跟着沾光，他的诗在文章中不断地被引用。一位本地的小学教员，写文章要求建立关于林美的纪念馆，理由是在梅城的历史上，找不到比林美更出色的女作家。

这位小学教员的建议，刚开始的时候，大家都觉得荒唐。但是很快就有了进一步的反应。先是香港和台湾组成的一个女作家代表团，专程前来梅城瞻仰林美的故居，她们在大街上溜达，终于问到了林美的住处。人去楼空，一把已经生锈的锁，锁住了空空的只剩下一张梳妆台的房间。女作家们争先恐后，轮番从门缝往里窥探，嘻嘻哈哈有说有笑。终于一位穿着红衣服的女作家忍不住了，她是林美的崇拜者，鼻子一酸，坐在堆着破烂的楼梯口，捂着脸，孩子一般大哭起来。

在由市政府出面招待港台女作家的宴会上，女作家们向市长重复了小学教员的建议。干完了一杯表示祝贺的烧酒以后，那位穿红衣服的女作家，带头表示愿意为修建纪念馆捐款。市长随口就答应了女作家们的请求，他提出的要求就是，如果修好了纪念馆，希望这些女作家能够经常到梅城来做客，经常来看看。市长说：幸好你们早来了一步，要不然，你们连林美女士当年住过的旧房子都见不到了。

林美的小说开始再版。最初反应平常，征订数只有两千本。出版社狠了狠心，印了五千册，推到市场上，也没什么人买。请了评论家在报纸上吹捧，仍然打开不了销路。等到出版社感到绝望之际，林美的小说却在一次南方的图书展销会上大出风头。一位颇具眼光的书商承包了林美小说的发行权，他展开了强大的宣传攻势，使得无数盲目读书的读者在没读到林美的小说之前，先熟悉了一连串关于她的传奇故事。在一系列的成功策划之下，经过全方位包装的林美小说，一夜之间风行起来。

林美的女儿女婿渐渐为书商们的纠缠感到厌倦。林美的小说成了好卖的畅销书，不时地有书商拎着装满了钱的皮箱，跑来找林美的后人要求出版林美的作品。谈论第一笔稿费的时候，林美的女儿女婿们还感到有些意外，十分扭捏地不知道怎么办才好。然而时间一长，所有经济上的谈判，都由小女婿亲自出面洽谈。稿酬的标准被越提越高，林美的小女婿俨然成为已去世的林美的最合法的代理人，接待各类来访者也成了他不得不尽的义务。刚开始，所有的接待都是免费的，他喋喋不休地向来访者介绍着林美的生平事迹，终于有一天，他开始毫不含糊地收起费来。

林美对自己的小说从来评价不高。她一直认为自己如果再用心一点，她的小说会写得更好。让林美引以为自豪的是她的旧体诗词，她的词不仅功力深厚，而且的确成了她一生的寄托。如果没有旧体诗词这种古老而且陈旧的形式，她一生的不幸将更不堪回首。早年被丈夫抛弃，后来又几乎和三个女儿断绝往来，进监狱，遭批斗，贫病交加，人生的种种愁苦，除了一字一血地在纸上呻吟，实在没有什么别的排遣办法。正因为如此，林美真应该好好地感谢旧体诗词，感谢这种在别人看来已经死亡的艺术形式。

没办法知道林美一生究竟写下了多少首词。林美的二女婿见过她用清丽娟秀的小楷抄了厚厚的几大本。晚年的林美曾让他去查找过她当年写的小说，这时候四人帮已被粉碎，林美也病入膏肓。女婿到处托人，总算找到一本民国三十三年出版的《平行》，书的主人是林美当年的崇拜者，书是答应借了，但是限日子归还，并要求一定不许损坏。女婿如获至宝，送去给林美看，林美躺在床上看了两天，第三天，便将那本纸张早就发黄发硬的《平行》扔在搪瓷脸盆里，然后点上火烧掉了。

巨大的寂寞伴随了林美的一生，越是到了晚年，她越是经常做出一些不合情理的古怪举止。二女婿是从一位老中医的父亲那里，知道他岳母的古典诗词写得不错。由于林美没有公费医疗，女婿总是用自己的医疗证为她配药，有一次，一位年龄不小、常为二女婿开药的中医，心血来潮地说自己还健在的老父亲想读读林美的词集，因为他老人家也有对这种陈旧老古董的嗜痂之癖。林美先是不近人情地拒绝了这一请求，后来勉勉强强算是答应，说既然是真喜欢，送一本给他就是了。老中医的父亲对林美的词爱不释手，读着读着，老泪纵横，从现实生活中移入词的境界中不肯出来。老人家用一句话概括了自己的强烈感受，这就是想不到自李清照之后，还有人能写出这么绝妙的好诗词来。这话传到林美的耳朵里，引起她好大的不高兴，认为这话算不上什么了不起的夸奖。林美恃才傲物，觉得自己的词本来就好，而且在李清照之后，能写出好诗词的女诗人也不在一个两个。李清照的诗词固然写得不错，可惜她的俗名太大，因此也太霸道，把别人应有的光辉全遮住了。

林美要女婿立刻把自己已送人的词集要回来。女婿感到很为难，又拗不过她，不得不硬着头皮去讨。老中医的父亲不敢夺人所爱，赶紧马不停蹄亲自动手抄，允诺一抄完了立刻归还，老人家毕竟年龄太大，字写多了，血压也跟着升高。林美知道了，更不答应，说自己写了一辈子词，过去没打算给别人看，现在也不想献丑让人看。她不停地写，只是为了给自己看。她又哭又吵，毫无道理地大闹了一场，弄得女婿里外都难做人。最后还是老中医想出了折衷办法，他将林美的词集送去复印了一份，才算把这场风波平息下去。

这本复印的词集是林美留下的唯一一本旧体诗词集。不知道这本词集在她所写的大量旧体诗词中究竟占了多大的比重。反正林美在她临终前，将她所有的诗词统统烧掉了。不仅是诗词，就连那些留有她手迹的纸片，也烧得一张不剩。大约从一九八二年的秋天起，寂寞中的林美开始屙血，是那种黑黑的柏油一般的血块。二女婿每次去，她都和他说自己屙血的事。

“我就要死了，你知道不知道?”林美叹着气说。

类似的话，林美已经说过许多遍，女婿都听腻了。

两位博士生在梅城待了近十天后离开。他们原来打算去凭吊林美女士的墓，但是据林美的小女婿说，当年根据林美女士的遗嘱，就将她的骨灰盒留在了火葬场。既然林美连自己最好的词集都不肯留下，有没有一座她的墓当然算不了什么。女博士生总感到有一种说不出的遗憾，那位男博士生安慰她说，这世界所以有趣，就是因为有了一些遗憾。要是这世界上的事情都称心如意，恐怕反而没有什么意思。美并不等于完美，美常常只是一种残缺。

在这十天里，从第三个晚上开始，两位博士生天天睡在一张床上。虽然他们要了两个不同的房间，屡屡做出十分本分的样子，然而招待所的那位留守副所长一眼就看透了他们的把戏。有一天天刚亮，这位唯一的既担任领导又负责服务的留守人员，拎着新装满的热水瓶，用钥匙打开门走进来，堂而皇之地站在他们的床头，用一种准备冷嘲热讽的眼神看着他们。两位博士生装作没睡醒，最后终于明白如果他们不作些什么解释，这位副所长就不会离去。

“我们已经领过结婚证了，”男博士生坐了起来，想做出不在乎的样子，结结巴巴地说，“真的，我们不骗你。”

副所长怔了一下，生硬地说：“你们这样不好。”

男博士生又很书呆子气地说了句什么，并且极尴尬地赔着笑脸，那副所长嘟嘟囔囔走了。这一天，因为天亮时发生的这点不愉快，女博士生一整天都板着脸。她觉得他们为了省钱，住在这家招待所就是个错误。她觉得那服务员是故意出他们的洋相。这是他们在梅城待的最后一天，临离开这座城市前，他们去了一趟市立图书馆。在图书馆，女博士生第一次亲眼见到了留在旧卡片上的林美的手迹。那娟秀的小楷是过去生活的写照，女博士生仿佛第一次真正感受到了已经逝去的林美的存在，她就存在于附近不远的地方。女博士生似乎都能感受得到她浓重的呼吸，透过时间的纱雾，她仿佛能见到林美当年正如何一笔一画，废寝忘食地写着这些卡片。

两位博士生是乘夜车离开梅城的。是一列路过的慢车，很肮脏，发车的时候就已经晚点了。在车厢里，在昏黄的车灯下面，男博士生出人意料地掏出一张图书馆的卡片。这卡片是他趁人不注意的时候偷的，他知道女博士生会喜欢这张留着林美手迹的卡片。

一九九五年二月二十日

情人鲁汉明

情人最初只是人们送给鲁汉明的一个绰号。人们喊着喊着，就喊顺了，有事没事都这么喊他。鲁汉明这人生来好说话，不会和人红脸，更不会和人急凶斗狠，别人都这么喊他，他只好默认。全厂的人都知道他默默地爱过蒋飞飞，有一阵子都拿这事寻他开心，他屡屡红着脸，让别人千万别瞎说。蒋飞飞曾是个很漂亮的姑娘，有一双不肯饶人的眼睛，她刚到厂里来上班的时候，害单相思的小伙子，像流行性感冒一样到处蔓延。这是将近二十年前的事，那个年代的小伙子和今天完全不一样，那时候的人很保守，如果有些什么爱情故事，一定都是古典的。

蒋飞飞最初是一名南京知青。她就在梅城的郊区插队，然后招工进了厂。从时间上看，蒋飞飞比鲁汉明迟进厂一年多，但是实际上她要比他大两岁。鲁汉明记得那是在一个春天，阳光特别明媚，窗外的蔷薇正盛开，车间主任将蒋飞飞带到鲁汉明的师傅处，一本正经地将她交给了他师傅。车间主任唠唠叨叨说了些什么，掉过脑袋，看着鲁汉明说："这下好了，你有个漂亮的师妹了。"

自从有了蒋飞飞，仿佛凝固了春天的气息，小伙子们开始往鲁汉明所在的车间跑。车间的人，又不断地往鲁汉明所在的小组跑。目的很明显，都是奔蒋飞飞来的，都不敢和她说话，借口只能是来找鲁汉明。总是有人来找鲁汉明，来了心不在焉地和鲁汉明说着什么，眼睛一个劲地往蒋飞飞身上扫描。鲁汉明的师傅反应有些迟钝，不问青红皂白地教训鲁汉明。师傅说：“再有人来找你，我就把他们轰走。”

鲁汉明巴不得他师傅会这么做。仍然不断地有人来，都不敢直截了当地和蒋飞飞说话。那时代有个笑话，说要是真见了某个漂亮的姑娘害怕，那就是喜欢上她了。蒋飞飞似乎很有些架子，她神秘兮兮从来不开口，知道这些小伙子是冲自己来的，故意显得非常矜持，除了偶尔和自己的师傅以及师兄鲁汉明说说话，对所有的男人都一概不理睬。

蒋飞飞矜持的时间并不长，有一天，她突然开始主动参加了小伙子们和鲁汉明的谈话。她坐在一边的凳子上，跟着别人笑起来。她的反应顿时使聪明人变得更聪明，使那些不善言辞的人变得更拘谨。蒋飞飞开始当着别人的面，和鲁汉明非常亲密地说笑。鲁汉明从别人眼光里的嫉妒，感觉到了蒋飞飞的用心，他知道她这么做，不过是为了进一步引起别人的注意。

果然很快地，鲁汉明就被冷落到一边去了。他的师傅正式开始为太多的男人来找自己的女徒弟感到不高兴，他郑重其事地和蒋飞飞谈了一次话。蒋飞飞说：“是别人来找我，我有什么办法？”师傅说：“那你就不要理他们。”蒋飞飞说：“人家又没得罪我，干吗不理他们？”师傅没想到会在女徒弟面前碰这么个钉子，板着脸说：“我知道，你其实是喜欢他们来。”蒋飞飞很厉害地说：“我喜欢了，又怎么样？”

鲁汉明都不敢相信蒋飞飞会对师傅说那样的话。他没想到她会如此理直气壮。鲁汉明的师傅是个脾气有些倔的老头，从此只要一有人来找蒋飞飞，他便放下手上的活，到别处去转悠。车间主任因此也找蒋飞飞谈话，这一来，蒋飞飞和师傅算是结了仇。来找蒋飞飞的人说减少就减少，要来也只敢在休息的时候，譬如中午吃饭，又譬如突然停了电。有一次，鲁汉明的师傅为一件小事，和别人吵了一架，差一点动起手来。明摆着是对方不对，鲁汉明想帮师傅说几句话，蒋飞飞拉了拉他，说："活该，关你屁事。"

蒋飞飞有许多一眼就能看出来的缺点，她不仅喜欢直来直去地和师傅过不去，而且还会在背后做些小动作。她为师傅起了一个绰号叫生产队长，因为她觉得师傅和她插队时的那位生产队长性格很相像。除了师傅之外，她闲着还喜欢送绰号给别的人，似乎从来不在乎把别人得罪。对这些缺点，鲁汉明都能原谅。他明知道蒋飞飞不对，心里不赞成她这么做，但她做了也就做了。在蒋飞飞进厂一年半以后，开始有人约她一起去看电影。是二车间的一个小伙子，人长得比鲁汉明还难看，突然色胆包天，托鲁汉明送电影票给蒋飞飞。鲁汉明以为蒋飞飞准会拒绝，没想到她竟然一口答应。鲁汉明为此惆怅了好几天，后悔自己在中间给他们传送电影票。好在那小伙子也就是和蒋飞飞看了一场电影，电影是看了，然而他也和鲁汉明一样惆怅，从此再不敢来找蒋飞飞。鲁汉明隐隐知道他们之间发生了什么，或者说什么也没发生。

比传送电影票更不像话的，是有一次有人竟让鲁汉明带口信给蒋飞飞，让他告诉她，说自己想和她搞对象。鲁汉明说："这种话，要说你自己说，我说不出口。"可是最后鬼使神差，鲁汉明还是带了这口信。蒋飞飞有些意外，红着脸，说："这人怎么这么无聊，你去告诉他，说我谢谢他了，说我不想跟他搞对象。”鲁汉明被弄得十分无趣，就仿佛自己求爱被拒绝了一样。

人们把情人的绰号送给鲁汉明，最初的意思，是指他充当了小伙子们的大众情人。他屡屡起着一个桥梁的过渡作用，像邮递员一样传送着爱情的信息。蒋飞飞容易让别人碰钉子的消息不胫而走，没人再敢冒险公开地追求她。当面被拒绝是一件非常可怕的事情。鲁汉明便成了人们向蒋飞飞发起爱情攻势的前沿阵地。既然他已经为别人送过电影票，带过口信，他就没理由拒绝别人类似的请求。人们把自己遭拒绝的难堪，统统转嫁给了鲁汉明。作为中间人的鲁汉明成了十足的爱情掮客。

在蒋飞飞快满师的时候，她早就有男朋友的消息，到处传播开了。刚开始鲁汉明不相信，有一天在街上，他看见她和一个穿海军制服的男人挽着胳膊一起走，才突然明白自己在过去做过的事是多么愚蠢。难怪蒋飞飞会一次次地拒绝他。那个穿海军制服的男人看上去非常健壮，鲁汉明觉得自己不仅愚蠢，而且有些被愚弄。他觉得蒋飞飞应该将自己有男朋友的事实告诉他，但是他立刻就明白她并没有这样的义务。她为什么一定要告诉他呢，他又不是她的什么亲人，他只不过是她的师兄。

鲁汉明遇到蒋飞飞和男朋友在街上走的那一天，正好是一九七六年的九月九日。他听见广播里播放着预告，说是在下午四点钟有重要新闻。街面上的人为即将发布的重大新闻作出种种猜测，鲁汉明看到角落里缩头缩脑地藏着两三个人正说着什么。也就是在这时候，鲁汉明看见蒋飞飞挽着男朋友的胳膊向自己走过来。她笑容可掬，先是没注意到他，突然看见了，很大方地对他点了点头。鲁汉明仿佛触电一般抖了一下，然后便成了木头人。

当沿街的大喇叭里播放毛泽东主席逝世的消息时，鲁汉明已像木头人似的在街上傻站了十几分钟。哀乐一遍遍地播放着，街上的人匆匆忙忙向家里奔去，鲁汉明茫然失措，心里说不出什么滋味。他觉得自己没理由为蒋飞飞有了正式的男朋友感到难过，这一天迟早会来临，他应该有这方面的心理准备。他早应该品尝到这种滋味了，他一次又一次地为她拉着皮条，一次又一次传递别人爱她的信息，他难道不是一直在等待着这一天的到来吗？回家时，他看见自己的老父亲正在为毛泽东逝世伤心落泪。也是快六十的人了，老泪纵横的样子让鲁汉明有些感动。他觉得自己也应该大哭一场，但是他知道自己哭不出来。蒋飞飞就像什么也没发生过一样，继续和他在一起干活。她有时候似乎故意给他一个询问的机会，鲁汉明能够感觉到，只要他开口问，蒋飞飞就会把一切都告诉他。她从一开始就信任他，她现在好像很想和他谈谈她的男朋友。蒋飞飞是招工进厂的女青年，在梅城并没有家，她的家在遥远的省城南京，在厂里她和好几位女工合住集体宿舍。鲁汉明知道她和合住的几位女工关系都不太好，他知道除了自己，蒋飞飞其实没什么人可以诉说。

蒋飞飞结婚搬到丈夫家去住，又离了婚搬回厂里来住，前后也不过只有两年多的时间。那已经到了八十年代初期，这期间，蒋飞飞和鲁汉明相约一起考过大学，结果是大家都没有考上。结婚和离婚使得蒋飞飞声名狼藉，她没有和那位穿海军制服的青年军官结婚，也没有和本厂的一位副厂长的侄子结婚，而是和某中学的一位美术教师成了亲。副厂长的侄子曾经为了蒋飞飞要和他断绝往来，到厂里来大闹过，他站在厂办公室的大门口，向每一个站在那儿看热闹的人倾诉蒋飞飞的不是。所有看热闹的人，都能从副厂长侄子的话中，听出他和蒋飞飞之间，已有了那种关系。他来这里大闹的目的很简单，就是为了把蒋飞飞搞臭。

鲁汉明也是站在人群中，听副厂长侄子诋毁蒋飞飞的一个人。他很愤怒，一次次地捏紧拳头，想冲上去揍那个人一顿。然而鲁汉明从来就没有打过架，他不知道应该怎么向对方发起进攻。此外，他心里还存在着一个巨大的障碍，这就是别人都听得津津有味，他跳出来又算是怎么一回事？他有什么资格跳出来打抱不平？这厂里那么多爱过蒋飞飞的人不出来说话，他们眼睁睁地看着一个没有男人味的男人，在大庭广众之下污辱他们曾经爱过的女人。最后还是一位老妇人跳了出来，像轰苍蝇似的把副厂长侄子撵走了。

内疚让鲁汉明在很长时间里，不敢单独面对蒋飞飞。他们在一起干活的机会很多，他总是找借口躲开她。蒋飞飞多心了，有一次很沉重地问他，他躲着她，是不是也和别人一样，有些看不起她。鲁汉明连连摇头，做梦也想不到她会产生这样的误会。蒋飞飞说："那总有个原因吧？"鲁汉明红着脸说，他非常后悔那天没有站出来，揍那个来厂里诋毁她的臭男人一顿。就算是打不过那个人，他也应该冲出去。他告诉蒋飞飞，自己为那天没有人站出来阻止那个人胡说八道，感到深深的遗憾。蒋飞飞听了，也有些动容，说："你真是这么想的？老实说，我倒不在乎你是否站出来替我说话，你只要在心里能这么想，我就心满意足了。"

鲁汉明是厂里唯一一个去过蒋飞飞新房的人。蒋飞飞和副厂长侄子断绝往来不久，就和那位留着女人一样长发的中学美术教师结了婚。新房就设在中学里面，是一间紧挨着传达室的平房，布置得像一间画室，是地方就贴着美术教师画的水彩画。地方很小，没有床，只有一个很破旧的可以折叠的三人沙发，到晚上放下来睡觉。蒋飞飞很听那位美术教师的话，鲁汉明去的时候，离吃饭时候已经很近了，在房间里谈了一会话，美术教师说今天他和蒋飞飞要出去上馆子。鲁汉明于是很尴尬地告辞，谁也没挽留他，美术教师的话无疑就是逐客令。蒋飞飞似乎有些歉意，但是她看了丈夫一眼，连客气一声都不敢。鲁汉明并不想跟着一起去上馆子，他只是觉得很尴尬。

有个叫许茵的女孩子和鲁汉明搞上了对象，是鲁汉明的师傅介绍的。许茵是二车间的车工，鲁汉明和她一起看了两次电影，事情便算定了下来。厂里和鲁汉明一起进厂的人都有了女朋友，动作快的已经结婚生了孩子。鲁汉明觉得许茵不错，她个子矮矮的，戴着一副眼镜，说话总是不急不慢的样子。蒋飞飞知道鲁汉明和许茵的事，笑着说："许茵这丫头不错。"

蒋飞飞离婚又搬回厂里住，还是住先前的集体宿舍。经过这一番挫折，原来很漂亮的她仿佛一下子憔悴了许多。鲁汉明心里若有所失，想安慰安慰她，却不知从何说起。他隐隐觉得自己若是早知道蒋飞飞会离婚，他说不定就不会和许茵谈对象。许茵是个很好的女孩子，可是鲁汉明眼前总是飘过蒋飞飞脸上藏不住的愁苦模样。许多人都劝鲁汉明赶快结婚算了，许茵也有些奇怪，结婚一事必须得男孩子主动才行，终于忍不住了，笑着问他是不是不打算娶她。鲁汉明便对蒋飞飞说，自己要结婚了。他的本意是想征求她的意见，如果蒋飞飞提出异议，他就立刻中断和许茵的关系。

直到鲁汉明结婚的第二年，蒋飞飞才告诉他自己对他有好感。他们同一个车间同一个小组，天天在一起碰头，这话一说出口，大家都感到不能再十分自然地待在一起。心灵之间薄薄的一层纸被捅破了，大家反而觉得心里面空荡荡的。蒋飞飞似乎有心成为第三者，有一次，就他们两个人，她十分大胆地说："鲁汉明，你和许茵离婚，我们俩结婚。"

鲁汉明吓得脸色苍白，蒋飞飞又不动声色地说："其实我早知道，你过去是喜欢我的，不是吗？"鲁汉明的脸白了一阵，又转红，红着红着，再发青，怔了好半天，一时不知说什么好。这时候，正好有人走进来，那人看着鲁汉明的脸色，关心地问："你怎么了，脸色这么难看？"鲁汉明支支吾吾，蒋飞飞冷笑着说："他呀，现在心脏有些毛病，血都堵那里像水开了似的煮着呢。"听的人不明白，继续看鲁汉明的脸色，鲁汉明已恢复了镇静，连声说自己没什么。蒋飞飞的脸色开始变难看，说："还没什么，都快吓死人了。"鲁汉明要她不要瞎说，蒋飞飞偏要说，她话里有话地看着他："我告诉你，刚刚说的话，可都是真的，你记好了。"一边听着的人更不明白了，说你们搞什么名堂。

鲁汉明心猿意马了好几天，晚上翻来覆去睡不着，眼前老是蒋飞飞说那话时的神情。他知道她平时很喜欢和别的男人开一些接近调情的玩笑。在厂里，相互之间开一些无伤大雅的玩笑司空见惯，但是蒋飞飞从来不对他露出轻薄的样子来。女人有时候表现得十分大胆，其实是一种保护自己的办法，离了婚的蒋飞飞故意在男人面前很泼辣，鲁汉明常常觉得她在这方面有时表现得过分了一些。男人喜欢女人和他们开玩笑，女人主动开玩笑，就等于给了男人进攻的机会，难怪厂里面会有各种对蒋飞飞不利的流言。这是蒋飞飞第一次用这种口吻和鲁汉明说话，他不知道她是真心的，还是也和对别人一样，只是闹着玩玩。蒋飞飞对他好像不应该这样玩世不恭。

不管蒋飞飞是不是真心的，鲁汉明觉得他应该给她一个答复。蒋飞飞说的是对的，他的确如她所说的那样，一直在偷偷地喜欢她。鲁汉明总是不断地对自己说，他只是对她有好感而已，他总是在欺骗自己，认为自己的感情仅仅只是好感。爱上蒋飞飞似乎是他不敢想象的一件事，他不允许自己在这个问题上深入下去。他现在已经是一个结过婚的人，必须非常慎重地把这件事情想想清楚。经过半个月的苦思冥想，鲁汉明自以为他已将这个棘手的问题理出了头绪。

“我在想，也许我真的应该离婚。”有一天，他很冒昧地看着蒋飞飞的眼睛，一吐为快地说。

蒋飞飞半真半假地笑起来：“你这话是什么意思？”

鲁汉明傻了眼。

蒋飞飞又说：“都多少日子了，怎么又突然想到了这话题？”

鲁汉明有些尴尬地说：“你那天说的话，不会是开玩笑。是你，是你让我离婚的。”

蒋飞飞有些悲伤地大笑，笑了一阵，眼泪都快出来了：“我当然是开玩笑！”

鲁汉明庆幸自己没有对许茵说真话。他差一点就要说出来，许茵仿佛也察觉出了他的异常。起先她以为他是有什么不舒服，但是不久就意识到他有心病。她想象不出老实巴交的鲁汉明会有什么心病，问他，不肯讲，再问，还是不肯讲，也就算了。她去医院做了检查，医生向她报喜，说她已经怀孕。鲁汉明觉得自己太对不起许茵了，他不敢对她说真话，越是不敢说真话，心里越感到内疚。

蒋飞飞想尽量做出她和鲁汉明之间什么也没发生过一样，但是事实上根本做不到。他们都害怕两个人单独待在一起。蒋飞飞变得有些疯疯傻傻，越来越爱和别的男人开些不三不四的玩笑。她甚至肆无忌惮地说起下流话来。男人们在背后议论她是想男人想得有些发狂，用最猥亵的语言形容她。鲁汉明想到她曾经是那样地爱那位美术教师，不仅是爱，而且是崇拜，他觉得她如今变成这样，美术教师有很大的责任。那些搞美术的人常常把男女之间的关系看得太随便，把一个好端端的人硬是给糟践坏了。

鲁汉明觉得有必要和蒋飞飞认真谈一次话，他衷心地希望她能好好地找一个人结婚。蒋飞飞说："我要是想找男人，为什么一定要结婚呢?"鲁汉明哑口无言。蒋飞飞又说："你不用跟我绕弯子，你心里怎么想，直说好了。你是不是觉得我现在有些不要脸?"蒋飞飞最后说，"我告诉你，现在一切都已经晚了，我知道你是好心。上次我刚和你说心里话的时候，你要是立刻表态，事情就完全不一样。可是现在一切都晚了，都完了。"

一个月以后，鲁汉明听说蒋飞飞和才进厂的一个小青工搞上了。那青工的名声很不好，本来也是有对象的，还没结婚，年龄要比蒋飞飞小好几岁。这压根就是个丑闻，消息传开的时候，人们纷纷议论着蒋飞飞的不是。鲁汉明不相信人们说的都是真的，虽然大家说得有鼻子有眼，他还是不相信蒋飞飞会如此自暴自弃。他总是记得蒋飞飞刚进厂时的样子，她吸引了当时厂里差不多所有的小伙子，鲁汉明不相信一个大家心目中的好女孩，会一下子变得那么堕落。女人离婚一定是不幸的，离了婚的女人最容易让人们想入非非。鲁汉明想，蒋飞飞肯定是不顾一切地真爱上那个小青工了。

但是蒋飞飞不久就像大家预料的那样，又和那个小青工吹了。她失魂落魄地上着班，心不在焉，脸色苍白，一副遭受了重大打击的模样。有一天，她让鲁汉明带一个口信给小青工，想约个地方再见一次面，谈最后一次话。蒋飞飞说："鲁汉明，我知道你是个老实人，过去你替别人带过许多口信，这一次是我求你了。你去告诉他，我在老地方等他，他要是不来，我就在那儿等他一夜，无论是冻死还是碰上流氓，我都不在乎。"

鲁汉明便在下班的路上等那小伙子。那小伙子和几个一起进厂的同事骑车过来，鲁汉明喊住了他，他有些吃惊，懒洋洋地一脚踮地，问找他有什么事。鲁汉明说明了自己在这儿等他的目的，那小伙子像审视扯谎的儿童似的，上上下下对他看了半天，突然怪笑起来。鲁汉明让他笑得有些不好意思，说你笑什么。那小伙子说："我笑笑还不行，我这人就这样，想笑，就笑了。我在想，她怎么想到叫你带口信的，你们过去是不是有一腿？"鲁汉明的脸顿时就红了，他感到很愤怒。那小伙子又说："你不要急，对不起，我这人说话就这样。"鲁汉明说："我不管，我反正口信是带到了。"

小伙子说："你这人真怪，我才进厂就听说了，大家都叫你情人，说是你专门喜欢给人带这方面的信。那好，麻烦你也给我带上一个口信，你就说是我说的，她蒋飞飞不要说是在外面等一夜，她等他妈一年，也不关我屁事。你告诉她，我不欠她什么，一开始我们就说好的，玩玩可以，玩真的不行。她别想纠缠着我不放。你告诉她，就说她太老了。”

鲁汉明气得浑身的血都往脸上涌，他真想向他扑过去，和他厮打一番。他知道这个小伙子是很流氓气的，曾经因为打架被劳教过。鲁汉明感到心口一阵绞疼，他恨自己不够强壮，后悔自己没有练过武术。他想象自己正冲上去，对这家伙的鼻子上就是一拳。他不明白蒋飞飞干吗非要喜欢这样的男人。女人有时候真让人想不明白。

鲁汉明气急败坏地说：“这些脏话，你自己去对她说吧。”

小伙子说：“这口信你带不带拉倒，我是一辈子也不想再见到她了。”

蒋飞飞后来回了故乡南京，她是辞了厂里的工作离去的。有人说她又一次结婚了，有人说她只是和人同居。再后来，蒋飞飞又离开了故乡南京，加入了去深圳淘金的队伍。鲁汉明经常听厂里的男人有意无意地谈起她，大家都说她如今已经老了，去什么地方也不会有多大的出息。女人不比文物和古董，越老越不值钱，她不过是胆子大一点，脸皮厚一点，裤带比别人松一点，除此便没有什么过人的地方。人们最爱赞美的常常是女人，最爱糟蹋的也是女人。女人总是最大限度地满足男人对美对丑两种截然不同的欲望。鲁汉明不愿意别人这么在背后糟蹋她，他很想站出来为她辩护，但是他始终缺乏这最后的一点勇气。这最后的勇气已一再让鲁汉明失去了好机会，因此他只好在梦中，反复梦见蒋飞飞刚进厂时的模样。梦中的蒋飞飞永远是漂亮的，美好的。

一九九四年三月一日

凶杀之都

展望是在飞机上读到这条消息的，他坐的是那种已经淘汰的小飞机。飞机在云层中晃动，像是喝醉了酒。一位空中小姐若无其事地从展望身边走过，塞了一张报纸给他。空中小姐仿佛故意选了这么一个摇摇晃晃的时候散发报纸，她以炫技的舞步，在乘客慌乱的眼皮底下走着钢丝。展望觉得在如此摇晃的飞机中行走，其难度并不低于走钢丝。空中小姐差一点摔倒。

飞机穿过了云层，展望听到他周围的人都深深地喘了一口气。有人迫不及待地赶去上厕所。展望打开了那张报纸，在右下角读到了那条标题为《约翰内斯堡被称为“世界凶杀之都”》的消息：

新华社约翰内斯堡3月1日电　南非最大城市约翰内斯堡被当地报纸称为“世界凶杀之都”。这里每两个半小时就发生一起凶杀案。

《明星报》援引警方的统计数字说，约翰内斯堡和以黑人居民为主的索韦托在一九九二年共发生3402起凶杀案，平均每天93起。据报道，曾有“凶杀之都”之称的巴西里约热内卢过去十年里平均每年发生8722起凶杀案，但它的人口有1000多万。根据官方统计，约翰内斯堡和索韦托只有220万人口。

展望听见坐在前排的两个人正在议论这条消息，他们似乎觉得这条骇人听闻的消息很可笑。两个人中有一位留着非常醒目的大胡子，他肆无忌惮地怪笑着，前仰后翻，结果使他的座位都震动起来了。飞机又一次进入云层，从机舱的上部开始连续不断地冒着白乎乎的蒸汽，展望不知道那是怎么一回事，心里很紧张。虽然已经系好了安全带，他还是不由自主地摸了摸安全带的金属锁扣。

十分钟以后，飞机降落了，是一个简易的民用机场。展望跟着人群向外面走去，走过一道铁栏杆，铁栏杆前站着两位荷枪实弹的警察，十分警惕地注视着走过去的人群。没有候机大厅，也没有验票的，一切都在露天进行。从那两个荷枪实弹的警察身边走过，就算是到了机场的外面。迎面有一块巨大的广告牌，上面用饱满的红漆写着血淋淋的大字：欢迎你光临温柔之乡。

展望事后才知道那巨大的广告牌就是边境的界碑，人们拥向广告牌，向一个水泥的小窗口里丢进钱去，于是在广告牌的下面，会打开一扇小门，经过那扇小门，便正式进入温柔之乡。

温柔之乡是一座小城市的名字，它位于两个国家的交界之处。几年前，温柔之乡还是一个无人问津的小村子，如今已经畸形发展，成为一座高楼林立初具规模的小城市。展望随着乱哄哄的人群，踏入这个小城市不到半个小时，就遇到了第一桩凶杀案。

是飞机上坐在展望前排的那个大胡子干的。展望一直跟在他们后面，前面忽然来了一辆出租车，展望看见大胡子潇洒地招了招手，出租车停了下来，他一猫腰钻了进去，与他同行的那位跟着也想钻进去，被大胡子一脚踹了出来。出租车开走了，展望走到那个被踹下来的人面前，看见他的胸口上插着一把匕首，那人还没咽气，嘴角边还在像鱼一样吹着血泡泡。

展望在警察局里叙述了他所看到的一切。一名身强力壮的警察用笔在记录本上写着什么。在展望叙述的过程中，警察局里显得十分安静，有几名记者正等在办公室外准备采访展望，展望注意到一名电视台的记者正不停地用摄像机偷拍他的镜头。警察终于对记录失去了兴趣，他走到门口，把门猛地拉开，以一种很不友好的口吻请记者们进来。记者蜂拥而进，纷纷向他提问，闪光灯噼里啪啦地闪着，一位小姐因为把手中的录音机伸得太靠前了，以至于“嘭”地一下撞在了展望的门牙上。

乱哄哄的采访很快结束，报警的电话再次滴铃铃响起来，那群记者像群密集的苍蝇似的，“轰”的一声全部散开，又去追逐一场新的凶杀案的采访。到了晚上，吃过饭，在旅馆的房间里，展望从电视上看到了自己的镜头。镜头里的展望很有些紧张，眼睛不住地向镜头外面偷看。被谋杀的人的照片不断地出现在画面上，解说员以一种非常激动的声音说着话，然后就是一幅根据展望提出的特征由电脑描绘的罪犯照片。展望觉得那张照片很像凶手，那大胡子，那凶残的三角眼，也许警方很快就会根据这张照片将凶手缉拿归案。

这个案子报道完了以后，电视里又开始报道发生在同一天的另外两起凶杀案。一名很漂亮的女孩子遭强奸后被谋杀了，电视上播放了女孩子裸露着下半身的镜头。展望不明白为什么要如此报道，更让他吃惊的，是记者们居然打听到了女孩子的住处，采访了女房东，拍下了一系列和女孩子日常生活有关的镜头。这个女孩子显然从事着和色情服务有关的职业，因为在她的住处，到处都贴满了和性有关的春宫画。摄像镜头停留在一张巨大的水床上面，解说员用很煽情的语调说："这个姑娘没有死在这张接客的水床上面，却死在一个垃圾堆的附近，实在是有些不幸！"

解说员出现在电视画面上，展望认出了他就是白天采访过他的一位记者。他试探着坐在了水床上，放肆地随着那节奏摇晃，然后非常感叹地对观众说了句什么。有关凶杀案的一组报道结束以后，下一档节目是教育大家如何防范凶手的突然袭击。和这节目配套的是不断重复播放的有关自卫器械的广告。展望换了一个频道，发现这个频道上正在播放刚刚那个频道播过的节目。他发现自己像明星一样又出现在屏幕上。

展望在半夜被重新带回到了警察局。他睡意蒙眬地被带上警车，在警笛的尖叫声中，不明白自己犯了什么错。警察显然觉得他是为他们的工作增添了麻烦，因为电视上播放了作为见证人展望的镜头以后，那个凶手大胡子打电话给电视台，说是要很快地结束展望的生命。大胡子在电话里说，他不喜欢那种多嘴多舌的家伙，他让警察局赶快派人保护好他们的目击证人，免得他动手的时候，事情变得过于简单。他告诉警察局，说自己是一名职业高手，他希望这场游戏变得有趣一些。

"现在很难说那个打电话的家伙，就一定是你见到的那个凶手。"直到进了办公室，警察才向展望说明将他带回办公室是为了保护他，"这个城市里有着太多的疯子，也许是别的人打来的，有人喜欢凑热闹，谁要你在电视上露面出风头的呢？你他妈的应该去控告电视台。”

展望发现自己被关进了一间到处都是铁栏杆的小房间，他明白自己所谓被保护，和被拘留完全是一回事。这间小房间和监狱里的号子没什么区别，角落里放着一个大红的塑料桶，里面散发出一股浓郁的尿臊味。那个带展望来的警察在锁门之前，刚在这红塑料桶里示范性地撒了一大泡骚尿。“这地方是这个城市中最安全的地方了，不过我可不是吓唬你，去年有一个家伙，就是在这鬼地方给打死的。人要是倒霉，藏在棺材里也休想逃脱。”警察一边撒尿，一边对展望说话，他其实存心想吓唬吓唬展望。作为一名值夜班的警察，他喜欢说一些自以为有趣的话解解乏。

半夜里又发生了一起凶杀案，展望伏在桌子上刚想睡着，被值班的警铃吓了一大跳。几名警察匆匆奔了出去，直到展望迷迷糊糊又要睡着的时候，才骂骂咧咧重新回来。天已经亮了，展望站起来，对着红塑料桶撒了泡尿，然后从门上的小窗口对外窥视。警察局的气氛也像展望一样疲惫不堪，展望注意到几乎所有的警察都在打哈欠。三个小时以后，一名警察突然意识到了展望近乎绝望的叫喊。在这之前，展望已经跳了无数次脚了，但是警察们似乎都习惯了警察局里的嘈杂声。那警察拎着一大串钥匙来到展望面前，慢腾腾地将门打开，把展望带到他最初在那儿报案的接待室。

“你们不能总把我这么关押在这儿吧？”展望气鼓鼓地说。

“我们当然不会老把你关在这里。”那警察看来还是一位领导，他翻着桌子上放着的文件记录，用一支铅笔在本子上划了几道杠，“可是你吃饱了饭没事干，跑到我们这个充满罪恶的城市里来干什么呢？我们这里本来是一个很太平的世界，就是有了你们这些来访者，一切都变复杂了。变复杂了，你懂不懂？”

展望点了点头，他并不太明白面前的这位警察在说些什么，他只是出于习惯和礼貌。这个城市有着源源不断的来访者，来访者的暴涨无疑会增加严重的社会问题。但是众多的来访者恰恰说明了这座城市的魅力所在。关于温柔之乡的种种诱人之处到处传说。人们都以一种激动不安的心情，喋喋不休地谈论着和这城市有关的话题。内地已经掀起了一股到温柔之乡来探险的热潮，人们动辄以一种神秘的口吻互相询问：“喂，你到过温柔之乡吗？”

警察合上文件夹，站了起来。“为了你们这些来访者，我们打算牺牲一代妇女，事实上我们已经牺牲了一代妇女。你们这些来访者会怎么想呢，希望我们继续牺牲下去？”警察示意展望跟他出去，他们穿过大厅，往警察局外面走。“你肯定已找过这儿的姑娘了，这儿的姑娘怎么样？也许你还没时间去找姑娘，对，你没时间。”警察自言自语说着，把展望带到了一辆警车上。“就这么送你回去，实在有些可惜，可是我们不能专门派人陪着你去寻欢作乐，对不对？你现在觉得很委屈，是很委屈，我也替你感到委屈。”

警车向边界驶去，展望感到有些不对头，问这是把他往哪儿送。警察说，他从哪儿来，便往哪儿送。展望有些着急，他千里迢迢赶来，不能这么不明不白地就把他送走。警察安慰说，他现在这么活着离开，是最好的选择，难道他愿意自己装在一个小骨灰盒里被送回去？警察说，许多人都是装在骨灰盒里送回去的，这些年，这座小城市的骨灰盒，每个月就要涨两回价。警察又说，警察局是这座城市中，骨灰盒最大的买主。警察最后说，也许有一天，警察局将直接变成殡仪馆。

展望被警察带过那块代表边界的巨大的广告牌。他被送到了广告牌的小门口，很莫名其妙地又一次付了钱，然后像头温顺的小羊一样一头钻了出去。那警察开着警车扬长而去，展望发现自己正站在“温柔之乡”四个大字下发傻。除了连续不断的凶杀，还有不断地和警察局打交道，展望发现自己对已经到达过的温柔之乡，没有任何感受。他觉得自己被警察局愚弄了，警察局不能这么随随便便地就把他打发回去。他已经花了许多钱。来一趟温柔之乡的路费是他一年的薪水，而且他还预付给旅馆三天的租金。

展望几乎没有任何犹豫，就又一次决定重新回到那座遗弃他的城市。他又一次来到不得不低着头才能钻过去的小门门口，用手势表示他想回到刚刚离开的地方。守门人向他示意只要付若干钱就可以放行，除此之外，对展望所作的任何解释都不感兴趣。守门人是一个脸色发黑的家伙，一看就知道很难说话。

展望从那扇小门里溜了过去，速度快得让人难以置信。他以最快的速度往里奔跑，跳上等候在路边的第一辆出租车。这时候，他听见广告牌那里响起了激烈的狗吠声，一条黑颜色的警犬正向出租车扑过来。出租车贼似的溜走了，展望突然感到自己所经历的事情，仿佛在拍摄一部惊险电影。出租车司机对展望感到几分恐惧，他不住地从反光镜里偷看展望。司机的座位已经用很厚的有机玻璃保护起来，但是他仍然觉得展望可能是一个疯狂的危险人物。出租车很快进入市区，当车子路过警察局的时候，展望看见有几名警察正往外跑，那疲于奔命的样子，显然是又发生了什么凶杀案。

出租车沿着大街驶向展望下榻的旅馆。展望注意到，沿街的门窗和阳台，清一色地都装着铁栅栏。为了安全的缘故，整个城市就仿佛一座大监狱。所有在街上行走的人，都是面带惧色，好像随时随地都会发生什么打劫一样。出租车已经到了目的地，展望将应付的车钱从有机玻璃上的一个小洞里塞过去，打开车门准备下车，那司机似乎已明白他不是什么危险人物，突然问他是否有兴趣买一把能够保护自己的手枪。司机说着，从座垫底下拎出了一支装在塑料袋里的手枪，是那种老式的左轮手枪，以及几粒散装的子弹。“手枪是这座城市中最好的礼物，你花了钱绝不会后悔。”司机显然经常附带做这样的生意，他看出展望没什么兴趣，笑着把出租车开走了。

展望走进旅馆，去柜台取房间钥匙的时候，他发现老板竟然躲在柜台里面的小屋里，藏在一个小小的窗口后面，隔着厚厚的有机玻璃和他说话。有机玻璃上有个小孔，老板说话时，就将嘴对着那小孔，如果是听话，就将耳朵凑过去。展望过去似乎没有注意到，这里为了安全的缘故，居然采取了如此极端夸张的保安措施。整个柜台都是被铁栏杆围着的，有一个小伙计从老板身边走了出来，他隔着铁栏杆问展望的房间号码，这情景就好像是在动物园的笼子里一样。

“五〇五。”展望对他做了一个手势。小伙计将这数字输入电脑，然后对了对屏幕上显示的数据和图片资料，将一把系着塑料牌的钥匙扔了给他。

旅馆里空荡荡的，见不到其他人，走进电梯间，展望看到迎面写着鲜红的大字：“为了你的安全，请不要和陌生人同乘电梯。”这几个字仿佛是刚写上去的，因为展望记得上一次乘电梯的时候，并没有看到这样的警告。出了电梯，沿着空空荡荡的走廊，展望来到了自己的房门口，他听见房间里嘁嘁喳喳似乎有什么声音，伏在门上听了一会，他突然明白那不过是电视的声音。难道会有人在他的房间里看电视？展望用钥匙将门打开，果然电视还开着，房间里没有人，展望去卫生间看了看，甚至趴在地上对床底下看了一眼，显然他上次离开的时候忘了关电视。

时间不知不觉已到了晚上，展望决定到街上去转转。温柔之乡的不眠之夜充满诱惑，他再次回到这座城市的目的，就是为了享受这样的夜晚。临出门的时候，他看见门上贴着一张布告，用美术体字写着：“为了您的安全，本旅馆以最优惠的价格出租手枪，免费赠送子弹五粒。”在布告的下方还有一行小字注脚：“本店手枪均配备警察局所特许之持枪证。”展望觉得这很滑稽，他想他并不需要枪，一个人真要是有危险，一支枪未必就能帮上什么大忙。是祸不用躲，是祸躲不过，他冒冒失失就出去了，兴致良好地顺着大街往前溜达。走了没多远，便看到有一家色情场所，接着又是一家，他犹豫了一下，稀里糊涂地闯了进去。人很多，有不少女孩子傻站在那儿等待客人。展望第一次身临这样的场所，十分好奇地看了一会热闹，又有些犹豫地退了出去。由于进出不是同一个门，展望发现他来到了另一条大街上。这条大街的特点，就在于不断地有人高速开着摩托车一闪而过。开摩托车的人仿佛在故意制造噪音，震耳欲聋的机器碰撞声，就如同接近世界末日一样。展望情不自禁用手捂住耳朵，意志坚定地继续往前走。从地图上看，这是一座不太大的城市，展望并不害怕迷路。他生来对探险有兴趣，仅仅是凭直觉，展望相信沿着这条路走下去，会看到些东西。人们来到温柔之乡干什么呢，要是害怕，根本就没有必要来。

迎面走过一位非常漂亮的女孩子。展望相信她一定是妓女，不是妓女，不敢在这条黑黑的街上闲荡。他忍不住回头多看了她几眼，那女孩子停了下来，一动不动地站在路边，也不时地偷眼看他。一辆摩托车呼啸而来，尖叫着刹住了，女孩子飞速上车，对开摩托车的人说了句什么，开摩托车的人回头望了一眼展望，拧了拧油门，摩托车箭一般地蹿了出去。

展望在大街上溜达了三个多小时，他走过了形形色色的夜总会，有时候，隔着玻璃窗观看里面的色情表演，有时候，干脆走进去，一边喝咖啡，一边欣赏。他还在一家沿街放着的老虎机上输了不少钱。他的手气糟糕透了，总是差一点点。不过幸好他输了钱，因为两名歹徒突然出现在他的身后，他们用小刀子顶着他，搜走了他身上最后的零钱。其中一名歹徒觉得很晦气地在展望的鼻子上打了一拳，然后气势汹汹地走了。

被洗劫一空的展望感到很沮丧，一旦口袋里没有了钱，他便意识到了自己严重地多余。这是一座不能没有钱的城市，钱在这座城市里实在太重要了，钱是这个城市的通行证。展望抹了抹从鼻子里流出来的鲜血，十分愤怒地用手指沾着在一根电线杆上写下“他妈的”三个字。这三个字尽情地宣泄了展望心中的仇恨，他知道自己现在除了回到旅馆，已经没有别的选择。一个身无分文的流浪汉没有任何幸福可言。

因为他总是在街上逛荡，已没办法记住回去的路。所有的道路都有相似之处，可结果证明他还是走错了路。这是一座藏污纳垢包含着太多罪恶的城市。展望试图向人问路，然而被问的人，不是自己也迷了路，就是把他当作打劫的歹徒。他们警惕地和他保持着距离，一个瘦弱的男子竟然掏出防身用的手枪。展望发现自己现在是真正的孤立无援，街上的人一会多一会少，各人都在忙着自己的事，寄希望于别人的帮助将是一件十分可笑的事。这个城市笼罩在黑夜之中，人们相互之间失去了起码的信任，没人会帮助你，你也休想去帮助别人。

展望走过一个垃圾桶，垃圾桶就在路灯底下。他感到非常震惊，一具女尸大明大白地就扔在垃圾桶里。这情景和他一天前从电视里看到的有些相似。刚开始，他想到很可能是那种橱窗里放着的用木头或是塑料制作的时装模特，但是他立刻明白不是。在女尸的胸口留着明显的血迹，灯光射在女尸的脸上，女尸的脸部表情极度痛苦，很可能是一具刚咽气的女尸。展望停下来注视女尸的时候，三个半大不小的夜游少年出现在他的身后，少年犹豫着走近女尸，用一种让人难以接受的冷静回过头来，研究什么怪物似的看着展望。展望从少年的眼光里看出了他们的疑问，他耸了耸肩膀，说这事不是他干的。少年对他的表白不感兴趣，不约而同地都往后退。

“真不是我干的。”展望对他们大声喊起来。

“快跑！”三位少年朝着不同的方向，拔腿就跑。

展望想他也许该去报警，可是他知道警察很快就会赶来。显然，那三个少年会在最近的地方找到一个电话亭，然后把他当作凶杀案的嫌疑犯向警方报告。警察会根据展望鼻子上被拳击留下的伤痕，轻而易举地得出他就是凶手的结论，因为这伤痕可以简单地推断出是搏斗时留下的。等到一切都弄明白以后，他已经耽误得太久，而且也许这事压根就弄不明白，说不定他一辈子都会被当作凶杀案的嫌疑犯。这个城市的警察并不是太高明，展望已经和他们打过交道。

一辆巡逻的警车开了过来，车上的警灯闪烁着，从展望身边缓缓驶过。展望决定立刻离开这个是非之地。他只打算在这个城市里待三天，没有那么多的时间耽误在警察局。他耽误的时间已经够多了。迎面过来了一辆出租车，展望毫不犹豫地招了招手，出租车停了下来，展望拉开车门跨上去，让出租车将他送到旅馆。事到如今，这是能使迷路的展望回去的唯一办法。出租车开到旅馆门口，展望突然发现自己连付出租车的钱都没有。

展望在服务台那里被告知，有一个他的熟人已经在那里等了几个小时。展望再一次感到意外，吃不准会是谁。他想不明白，在这座完全陌生的城市里，竟然会冒出一个他熟悉的人来找他。除了警察，没人知道他来到这里，而且警察也以为他已离开了这座城市。他顺着小伙计的手指扭过头去，发现那个坐在一旁椅子上的所谓熟人，只是一个从来不曾见过面的记者，是一个自称和他一样进入温柔之乡旅行的游客。记者让展望看了看绿色塑料封面的记者证，这样的记者证在内地到处可见，他十分神秘地笑着，请展望原谅自己为了能够见到他，冒充了他的熟人。

进入电梯以后，展望突然想到这记者很可疑。他突然想起了电梯间里的警告：“为了你的安全，请不要和陌生人同乘电梯。”

那位记者这时候正在阅读这条警告，他一边看，一边笑。

展望对这位记者的真实身份有些怀疑，说：“你找我有什么事？”

记者说：“对于我来说，你已经不是陌生人了，你知道，我真的是和你乘同一架飞机来的。也许你没有注意到我，其实我们一起目睹了来到这座城市时的第一桩凶杀案。也许，我是说也许，也许我应该报道一下在这城市里正发生的一切。我知道，这将是一篇很受欢迎的稿子。”

记者自顾自地说着，展望感到莫名其妙。他想将记者拒之门外，可是那记者在展望关门之前，已经奋不顾身地挤进了房间。进了房间的记者立刻变了一副嘴脸，他打量着房间里的摆设，四处看了看，叹着气，说：“我和你说实话吧，不管你相信不相信，我现在碰到麻烦了。有人正在追杀我——怎么，你不相信？我知道，你会说，这个城市里所有的人都在被追杀，事实上，警察就是这么说的。我希望得到警察的帮助，可警察能给你什么帮助？警察的帮助就是把你送出这座城市。”记者一屁股坐在了床上，从怀里掏出了一支手枪，像玩玩具似的亮给展望看，“你放心好了，我不会给你带来太多麻烦的，这座城市里，到处都是这玩意儿，我有了它的帮助就足够了。我想你身上一定也有一支了，老实说，我不喜欢这玩意，你呢？”

展望说：“我当然也不喜欢。”

记者继续玩弄着那把手枪，看他玩得那么熟练，绝不像第一次见到手枪。有一次他甚至把枪口正对着展望，做了一个射击的姿势。他是个喜欢自说自话的人，他想说什么，并不在乎别人听不听。“我们和世界上所有的傻子一样，都是被罪恶吸引到这个城市里来的。我们远远地看着罪恶还不过瘾，非要走到它的身边来看个仔细才行。这座城市没有任何旅游资源，它吸引游客的唯一本钱，就是犯罪。犯罪像一块巨大的吸铁石。你问过自己没有，你为什么要到这儿来呢，你自己说。”记者似乎已经玩够了手枪，把它扔在了床上，他站起来，将展望拉到窗前，轻轻地掀起了窗帘角，指着下面说，“今天晚上我必须借住在你这里，你往下面看，就在那棵小树的前面，你看见那个人了吗，那就是一个杀手，我敢肯定他正在等着杀我。”

展望果然看见了一个黑影子，他不太相信事情像记者说的那么严重。这记者有些神经质，真要是有什么杀手想杀他的话，他早就被干掉了。展望走过去打开了电视，电视里正在播放有关过去一天里发生的凶杀案件的综述。记者突然冲过去将电视关了，他惶恐不安地说着：“够了，别再欣赏什么凶杀了，自从进入这个该死的城市以后，看到的听到的，凶杀实在太多了。也许明天不是你就是我，也会变成一摊血肉模糊的肉，出现在这该死的屏幕上。有什么好看的，你别以为看到的只是别人被杀掉了，你还是好好地想一想自己被杀以后的模样吧。”记者咧了咧嘴，做了一个很夸张的怪样子。

展望觉得自己的权利被粗暴地侵犯了，这毕竟是他的房间，他为了这房间已预付了昂贵的租金。毕竟他是这房间的主人，他想看什么就可以看什么。从电视里观看凶杀没有任何值得恐惧的地方，他不在乎记者会怎么想，又一次打开了电视。首先映入眼帘的是发生在银行门口的一场枪战，因为是实拍，镜头在乱晃。展望突然看到身边的这位记者，正神色紧张地混在逃跑的人群中。一颗流弹击中了他身边的一个小伙子，小伙子一头扎在了地上。这场面和常见的警匪片没有任何区别。记者指着电视上的自己，激动得说不出话来。镜头一转，定格在被打死者的脸上，子弹从死者的嘴边穿过，血正在淌出来。然后画面又回到枪击现场，抢劫犯注意到了摄像镜头，毫不犹豫地朝摄像机射击。镜头一晃，画面没有了，只剩下解说员充满激情的声音。

展望到了必须要睡觉的时候，他实在熬不住了，记者递给他另一把手枪。这是他在楼下服务台专门为展望租的。“如果枕着一支枪睡觉，你就会发现自己像个英雄。”记者打了一个极大的哈欠，他已经说了太多的话，再也没精神说下去，将自己的手枪放在沙发边的茶几上，倒头就睡。展望的眼皮打着架，他拿起记者递给他的那把手枪，蒙蒙眬眬地想象着勾一下扳机会有的后果，感到事情太荒唐。

天亮前，一个形迹可疑的人偷偷走进了旅馆，按响通往展望房间的门铃。他就是记者所说的那位在黑暗中已站了一夜的杀手。门铃响了半天，门被打开了。有人听见很脆的一声枪响，一场凶杀案便发生了。一个人魂归西天，这个人可能是那位记者，可能是展望，也可能是杀手。反正在这三个人中间，有一个人就这么死了。

一九九五年三月十三日

危险男人

郑敬城约大马在师范学校的门口见面。听声音，大马想象不出郑敬城的模样。在优秀的警探中，大马的记忆力并不算太出色，但可以肯定的是他们过去打过交道。一个警探需要记住的东西实在太多，大马常常为自己的记忆力烦恼。郑敬城在电话里称大马为老马。电话好不容易接通了，郑敬城一口一个老马，大马听着有些别扭。“就喊我大马吧，我们这儿姓马的特别多，我之外，还有一个老马和小马，你一喊老马，我就以为你是在喊马得富。老马去外地出差了，我告诉你，我这里姓马的太多。”

大马决定一个人去见郑敬城。他隐隐约约有些想起来了，好像有个人讲话也是这种口吻，等到见了面，大马发现自己还是弄错了。这是一个他很不喜欢的男人，他一看见他，就有些不高兴。郑敬城意识到了这种不高兴，把他拖进学校门口的一家小馆子。大马说：“我已经吃过了，有什么话，你快说。”

郑敬城不相信他真吃过了，客气了几句。女服务员绷着脸，在一旁等得有些不耐烦。“老马，噢，应该叫大马，随便再吃一点不行？”郑敬城意识到大马真的不肯赏脸，便为自己要了一份快餐。他显然是这里的老主顾，即使是要一份快餐也很挑剔。大马让他有什么话快说。郑敬城想了想，说：“我觉得应该找你们一下，因为那种不幸的事件，已经发生了两次，我觉得应该事先打个招呼。先把事情说说清楚，说不定就会发生第三次。前两次虽然和我都没关系，但是我知道你们还是不相信我，不是吗？”

大马看着郑敬城那张白净的脸，一些差不多快遗忘的往事，全都回想起来了。他真的最讨厌这种专占女人便宜的家伙。郑敬城的头发刚刚烫过，油光锃亮，活像电影上旧上海的小开，穿着一身十分考究的西装，脖子上那根领带，一眼就能看出来是名牌的。他不急不慢地吃着，有些玩世不恭的样子。他故意让自己的话说得含含糊糊。

大马说：“你约我来，就是让我看你吃饭？”

郑敬城做出很吃惊的模样：“我不是都说了吗？”

大马说：“你说了什么？”

郑敬城把手中的鸡大腿继续往嘴里塞，口齿不清地说：“我不过是先在你这儿挂一个号，先声明在前面，免得到时候，你们又怀疑我。我知道，挂号也没用，到时候你们还是得怀疑我，我反正是跳到黄河里，怎么洗也干净不了。我跟你说，不要说是你们怀疑我，我自己都怀疑我自己。毕竟已有两个女人为了我，把命送了。是巧合也好，不是巧合也好，我只是觉得奇怪，为什么女人一跟我沾上了，就会有性命危险呢？”

郑敬城的确是个有谋杀嫌疑的男人。他接连交了两个有钱的女朋友，结果这两个女朋友，都是在快和他结婚的时候被谋杀了。郑敬城第一个女朋友是师范学校的同事，是一名模范教师，遇害前刚被提拔为学校的副校长。她可以算是位女强人，比郑敬城大两岁，从她的一位姑姑那里继承了一大笔遗产。她的姑姑是国民党一位高级将领的遗孀，她从小和这位姑姑一起生活，其实就是姑姑的养女。在一个夏日的夜晚，她的尸体被发现在寝室里，下身裸露着，很像一桩恶性强奸杀人案。由于警方没有从她身上采集到男人留下的罪证，因此不能排除这只是一起伪造的强奸杀人案。现场发现了一些指纹，这些指纹对确认罪犯的作用并不大。郑敬城作为经常出入此地的男朋友，他留下的指纹不足以定罪，而其他的指纹因为没有嫌疑犯，也不可能得到验证。

郑敬城的第二位女朋友是旅游公司的女导游，她是被罪犯用榔头之类的器具从脑后猛击致死的。警方从她的住处搜查到大笔存款，其中许多是外汇，以及可观的金银首饰。除此之外，警方还搜查到了不少显然是从游客那里得到的黄色画报和春药。涉外导游因为能接受小费，其隐形收入非常高。据警方掌握的材料，在金钱的引诱下，有些女导游和游客之间甚至存在着色情交易。当大马问起郑敬城他的女朋友这么多钱是从哪里来的时候，他显得十分紧张。负责此案调查的大马几乎立刻得出他对女朋友的所作所为并非一无所知的结论。

警方有充分的理由认为郑敬城和这两起谋杀有关，因为没有确凿证据，郑敬城两次都是被拘留了一阵，最后只好无罪释放。即使是一名出色的警探，也会遇到许多看上去并不难侦破，然而结果却不得不放弃的案子。有时候只好把案子暂时搁置在一边，去接手别的新案子。这两起和郑敬城有关的凶杀案件最后都不了了之。郑敬城两次都有犯罪时间不在现场的证人。警方似乎很难找到郑敬城的杀人动机。如果是为了得到女方的财产，他应该在结了婚以后再动手，不应该这么迫不及待。这么迫不及待地动手杀人起码在经济上对他没什么帮助，有迹象表明，郑敬城两次失去女朋友之后，经济上都陷入窘迫之境。他天生是一个吃女人饭的家伙，有女朋友的时候，他总是潇洒地上馆子，自然总是女朋友会钞。和他打交道的女人都乐意在他身上用钱。警方突击搜查了郑敬城的住处，在他那里未搜到任何存折。没有了女人经济上的资助，他顿时成为一个潦倒不堪的穷鬼，他的那点工资还不够买两件名牌衬衫。

郑敬城也绝不像那种发现女朋友有什么不贞行为，就会嫉妒杀人的血性汉子。大马曾对被害女士的历史进行过追踪调查，他发现郑敬城显然不是唯一和她们发生过性关系的男人。第一位被害者在郑敬城之前，曾和一个比她大许多的男人交过朋友，那时候她姑姑的财产还未被归还，她为这个男人堕过一次胎。至于这第二位被害者，私生活方面的不检点一眼就能看出来。郑敬城对这一切并不是太在乎，他是个地道的花花公子，喜欢名牌的衣服，喜欢上馆子，喜欢出入舞厅，所有的流行歌都会唱，在卡拉OK 包厢里唱一整天也不嫌累。他是那种天生乐意被女人养起来的男人。

接连两位女朋友被害，郑敬城很有一段时间没找到合适的女朋友。虽然他是个美男子，永远不缺乏那种对他一见钟情的女人，但是那些女人一旦风闻他的历史以后，都不愿意和他继续往来。在找到第三位女朋友之前，他是位无主的流浪汉，到处托人给他介绍对象。他中意的仍然是那种有钱的女人，只要是有钱的富婆，有否婚史他并不在乎。和第三位女朋友决定关系之前，郑敬城一度曾和一位公司总经理的太太偷鸡摸狗。那位太太和他保持着若即若离的关系，因为害怕让自己的丈夫抓住把柄，只是在丈夫去外地的日子里，才敢和郑敬城幽会，她笼络他的手段就是不断地偷偷塞钱给他。

大马重新开始接触到郑敬城的这些材料的时候，他为世界上竟有这样的男人感到恶心。他觉得像郑敬城这样的败类，最好去外国或者是香港当男妓。郑敬城向大马汇报他女朋友家的玻璃遭人袭击以后，大马首先想到的，是一个很危险的信号已经出现。郑敬城这位新的女朋友是一个靠炒股发财的暴发户，她是那位和郑敬城偷鸡摸狗的太太的表妹，对郑敬城一见如故，再见倾心，毫不犹豫地便把表姐的情人据为己有。在股市低迷的日子里，她索性洗手不干，带着郑敬城出入高档豪华场所，尽情尽兴地享受生活。她在离师范学校不远的地方买了一套房子，正经八百地考虑和郑敬城的结婚事宜。结婚的日子已经定下来了，可是有一天晚上，有人从楼下扔了一块砖头，打碎了卧室的玻璃窗，把睡梦中的女主人吓得够呛。

事情很快有了进一步发展，郑敬城的女朋友胡云请人换好了玻璃以后，不到一个月，仍然是在晚上，她听见厨房里好像有什么动静。她从床上爬起来，打开房门去厨房，看见一个黑影子正从后阳台的窗户里往下爬。胡云感到非常恐惧，想大声喊“抓小偷”，但是太紧张了，竟喊不出声音。黑影子很快消失了，这时候，她闻到一股很重的煤气味，赶到厨房里，发现煤气灶被打开了，源源不断的煤气正在涌出来。

这显然是一起蓄意的谋杀案。大马和小马赶去调查的时候，胡云已经恢复了镇定，她在郑敬城的陪同下，断断续续地回答着小马的提问。在这之前，她已向先一步赶到的派出所的同志汇报过了。小马用笔做着记录，大马再次溜出去对现场进行了勘察。派出所的同志相信这不过是一件普通的入室盗窃案，他们对现场的勘查常常不够仔细。大马注意到，沿着暴露在外面的煤气管，凶手并不是很容易地就能爬上二楼的阳台。凶手必须手脚利索像猫一样灵活，要不然就得借助梯子一类的工具。凶手在下楼时，随手将门窗都关死了，凶手的用心无疑是让自己的谋杀对象煤气中毒而死亡。大马在阳台的角落里发现了一粒小纽扣，他随手捡了起来，若有所思地研究了一会儿。

大马回到房间里，做出很用心的样子在一旁听话。他的眼睛不住地打量郑敬城，郑敬城注意到了他的目光，很有些不自然。他知道警方对他有怀疑。小马的记录已告一段落，她合上本子，很严厉地问郑敬城："出事的时候，你在什么地方？"

郑敬城顿时语塞，他看着小马，又把脑袋侧过来看大马。大马不动声色地继续看他，小马催他赶快回答。郑敬城的脸红了，他故作镇定地笑了笑，说："我知道你们要这么问，说老实话，这一次很糟糕，我没什么证人。不过我可以告诉你们，我在睡觉，我确实在睡觉，一个人。"

大马感到很意外："你在睡觉？"

"不管你们信不信，我反正在睡觉。"郑敬城掩饰不住地沮丧，他知道一个不在现场的证据至关重要，"随你们怎么想，我绝不骗你们。怎么样，我知道要出事了。"

大马和小马在第二天又一次对胡云进行了调查，这一次郑敬城不在，大马直截了当地和她谈起了郑敬城。和以往两次谋杀案不一样，这次因为郑敬城没有不在犯罪现场的证据，事情反而变得复杂起来。根据直觉判断，郑敬城并不太像那种能亲自动手杀人的凶犯，如果先后发生的这三起谋杀案确实和他有关系，他更可能像前两次一样采取雇佣杀手的办法。他这样的人似乎更应该躲在幕后操纵。几位工人正在为胡云安装防盗窗栅栏。当大马向胡云问起郑敬城的历史时，胡云早有准备地说："我知道你们的想法，你们因为以前发生的两起谋杀案，就怀疑这次又是他干的。告诉你们，不管你们怎么说，我不相信。"胡云对郑敬城似乎非常信任，她告诉大马，说她比谁都更知道郑敬城是个怎么样的人。和大马一起去的小马提醒说，郑敬城没有犯罪时间不在现场的证据。胡云瞪了她一眼，满不在乎地说："请问当时你有没有证人？如果你也没有证人，那么你也就是杀人的嫌疑犯了？"

"难道你觉得这仅仅是一件孤立的案件？"大马对胡云不愿合作的态度有些不满意。安装工人噪声震耳地正打着电钻，他们谈话的这间房间的栅栏已经安装好了。"难道你觉得把自己的家，布置得像牢房一样，你就安全了，就可以安心地睡大觉？"

胡云说："我从来没觉得安全过，也从来没有安心地睡大觉，你们知道我今天的这一切是怎么来的吗，是炒股票，我经历的风险实在太多了，不过我知道，风险越高，回报也越高。炒股票是这样，对待男人也是这样。告诉你们，我喜欢郑敬城，不管他在你们的眼睛里怎么样，不管他有多危险，我就是喜欢他。"大马不得不承认自己就像不喜欢郑敬城一样，也不喜欢眼前这位暴发的富婆。钱会莫名其妙地为人增加一种信心，胡云对自己的危险处境显然缺乏必要的认识。谈话已经没必要继续下去，大马最后只能提醒胡云，她如果老是这么固执，这么不乐意和警方合作，那么她就是在拿自己的生命作赌注。

胡云仿佛不太明白大马的意思，她注意到的也许仅仅是他已经有些不耐烦。这样的提醒对胡云毫无意义，生命本来就是她的赌注，要想成功和得到超值的回报，干什么事都得把它押上去。当她从她的表姐那里将郑敬城夺走之前，她就已经听说过郑敬城骇人听闻的历史。换了别的女人早就害怕退却，但是胡云不怕。胡云要是害怕风险的话，也不会有今天了。

大马拿出那粒在阳台上捡到的纽扣，请胡云辨认一下，这纽扣是不是从她衣服上掉下来的。胡云接过纽扣，看了看，十分肯定地摇了摇头。

郑敬城很快就有了对他十分有利的证据，在对周围邻居的排查中，有一位老头自称在出事的那天，看见有人从胡云家的阳台上爬下来。老头是小区自行车存放处的看守人，当时他正好下了夜班回家。他们在一盏路灯下迎面走过，老人心存疑问，然而他没敢多管闲事。大马把郑敬城的照片交给老人辨认，老人一口否定这人和那天晚上见到的是同一个人。大马要老人仔细描述他所见到的人的模样，老人说："那人究竟什么样子，我还真说不清楚，但是肯定不是照片上的这个人，这个人我认识，他经常到我们这儿来。"

老人对警方提供不了太多的帮助，他所见到的那个人没有什么特征。老人甚至记不清那人是高是矮，是胖是瘦，只是匆忙中的一面而已。他唯一可以肯定的就是这人是他从未见过的陌生人。大马不得不寻找新的线索，有一条线索他不会放弃，这就是老人所说的那个陌生人，一定和郑敬城认识。不管胡云是不是相信，大马知道这次对她的谋杀未遂事件，绝不可能是偶然和孤立发生的巧合。大马现在能做的，就是顺藤摸瓜，找到这个陌生人。

最合理的判断，可以假设陌生人是郑敬城的一个同伙。如果这个同伙真的存在，前两起谋杀案显然也是他干的。大马和小马驱车来到郑敬城所在的师范学校，为了不打草惊蛇，他们直接去了学校保卫科，请保卫科的同志找一些有关人士，从侧面了解郑敬城的表现。学校的几位同事对郑敬城似乎都没什么好印象，当问起他平时有些什么样的朋友时，一个同事尖刻地说："他这人，除了不和男人打交道，什么样的女人都是他的朋友。"

大马在体操室见到了郭晓伟，她是公共课教研室的主任，是郑敬城的直接领导。寻找当事人的顶头上司往往都是例行公事，大马在去见郭晓伟之前，几乎不存任何希望。他只是很被动地跟在学校的保卫干事后面，带着有些参观性质地走进体操室。郭晓伟正在给学生上课作示范，大马很吃惊地看见她吊在单杠上，一口气做了几十个引体向上，然后面不改色地让学生排着队做。她留着男人一样的短头发，长得也有些男相，对她的学生非常严厉。保卫干事向她走过去，把她叫到一边，说明了大马他们的来意，郭晓伟的脸上立刻表现出一种十分复杂的表情。她显得有些紧张，同时又好像是满不在乎。大马立刻意识到她和郑敬城之间有一种不同寻常的关系。起码她是对他有着深深的成见，谈了没几句，郭晓伟以一种不容置疑的语气说："事情很简单，他就是凶手。"

大马和小马互相对看了一眼，他们仅仅是作了一些这方面的暗示，郭晓伟就如此肯定地发表自己的看法，说明她很可能会提供一些有用的线索。学生正在不远处训练着，大马兴致勃勃地等待着她的下文，然而她接着说的一些话却太让人失望。郭晓伟说，郑敬城已经谋杀了前面的两位女朋友，公安局早就应该把他抓起来。她认定前两起谋杀案都是郑敬城亲自所为。对于不久前发生的未遂谋杀，郭晓伟认为这一次郑敬城的女朋友虽然逃脱了，但是他迟早还会把他的女朋友杀掉。

大马看着郭晓伟的眼睛，心里不由“咯噔”一下，问她是怎么知道这起未遂谋杀事件的。郭晓伟犹豫了一会，说自己也是听别人说的。显然这个回答是合理的，因为有关的消息早就传开了。大马注意到的只是她为什么要犹豫一下，此外，他还注意到当她提到郑敬城的女朋友的时候，眼睛里便会闪过充满仇恨的光芒。郭晓伟的眼神通常总是发直的，她不是一个漂亮的女人，一眼就能看出来性格很倔强。也许搞体育出身的缘故，她的一举一动更显得男性化，她应该是那种说话干干脆脆的人。关于谋杀的话题已经谈得差不多了，大马决定和她随便谈一些别的什么。他想和她谈谈她和郑敬城之间的话题。大马说：“我听说郑敬城是教美术的，他怎么也会归你领导？”郭晓伟怔了一会，解释说，郑敬城不是教美术的，事实上他并不是什么美术教师，他只是美育课教师，为学生开一些有关美术和音乐欣赏方面的课。在这所学校里，美育课和体育课都属于公共课程，所以组成了一个公共教研室。大马很认真地听着，好像还是有些想不明白，他突然话锋一转地问郭晓伟：“你觉得郑敬城这个人，对不起，请允许我这么问，他究竟怎么样，能不能谈谈你个人的印象？”

小马对大马安排她去进一步了解郭晓伟的情况，有一些不理解。她问大马为什么要作这样的安排，大马说：“怎么说呢，也许正是因为我们丝毫没有头绪的关系。”小马说：“没头绪我们也不能瞎忙吧，反正我觉得这么做意义不大。”大马正好局里有一个会要他去参加，他笑着说：“有意义没意义，你还是去一趟再说。当然，你用不着抱太大的希望去，这样，你也就谈不上什么失望了。千万记住，关键是调查一下她和郑敬城的关系。”小马不以为然地说：“这有什么好调查的，我们不是早就看出来了吗，她对那个姓郑的有意见，她不喜欢那个姓郑的。”

对郭晓伟的侧面调查使得小马不得不佩服大马的英明。大马总是有一种超乎常人的特殊嗅觉。他办事很容易给人留下一个粗心的印象，譬如让他再次去调查郭晓伟，好像只是随口说说而已。小马和师范学校里几个熟悉郭晓伟的人聊了大半天，谈话的结果让她感到震惊。原来郭晓伟并不是像小马所认定的那样，仅仅是讨厌或者说不喜欢郑敬城。一位深知内情的人向小马透露，体育教研室的一位老教师，有一次去办公室取东西，发现门被从里面反锁了，他敲了半天门，门始终不开，老教师想到可能是锁坏了。因此决定从窗户里爬进去。锁坏的事曾经也发生过，当老教师走到窗口的时候，他吃惊地发现郭晓伟和郑敬城两个人在办公室里，郭晓伟的样子很镇静，郑敬城却非常慌张，他跑到门口，将门打开，贼似的溜走了。

这一发现使得小马惊喜不已，如果郭晓伟和郑敬城之间有不正当的男女关系，如果他们现在还保持着这种关系，那么他们就有可能是同伙。对郑敬城的调查表明，他确实没什么狐朋狗友，因此不能排除郑敬城有一位女帮手。大马觉得小马的猜想或许稍稍简单了一些，因为像郑敬城这样的花花公子，很可能还会和许多别的女人有性关系。他的同事已证实他是一个专在女人堆里打滚的男人。现在的问题是，在没有别的更好的线索之前，大马他们只能紧紧抓住这一线索不放。警方现在能做的，也就是在郑敬城糜烂的私生活中，寻找出有利于侦破的蛛丝马迹，从和他有关系的女人中找到突破口。设想郑敬城会有一个女帮手是一个有意义的思考。

进一步的调查发现，郑敬城虽然作风不正派，但是他并不是太喜欢在学校里拈花惹草。在他和郭晓伟的关系中，显然郭占着主动。有人曾见过郭晓伟去郑敬城的宿舍去找他，他远远地看见她过来，忙不迭地逃之夭夭。除了郑敬城的第一位女朋友，也就是那位被谋杀的副校长，郭晓伟是这个学校中唯一和郑有男女关系的女人。他们之间的关系，任何人都能看出来只是带着某种偶然性，因为事实上，有一段时间内，郭持续纠缠过郑敬城，而他却老躲着她，关于这一点，在学校里已经是一个公开的笑话。

郭晓伟是一个在爱情生活方面有着很大不幸的女人。她曾经是省体工队的游泳运动员，后来又进了师范学校读体育系，读书期间，她成了自己原来教练的情人。她爱上了他，并且梦想着嫁给他。这位教练是有家室的人，有妻子，还有一个活泼可爱的小儿子。她坚持要教练离婚，而教练对她从一开始就是若即若离。她成了教练一个甩不掉的包袱，教练知道自己除了离婚，否则永远不得安宁，于是只好忍痛离婚。然而在作出离婚决定的同时，他也同时决定远走高飞，再也不准备见郭晓伟。他抛妻别子，一个人去了日本，在日本，他给郭晓伟写了一封措辞激烈的公开信，把她恶狠狠地一顿痛骂。

大马把郑敬城接到了局里面，就他和郭晓伟之间的关系进行询问。郑敬城先是拒绝回答这样的问题，后来知道不说不行，他交代了自己和她之间的一段纠葛。正像人们猜测的那样，他和她之间的关系完全出于偶然，因为他们虽然在一个教研室，碰头的机会并不多。郑敬城是那种见到女人就喜欢献殷勤的男人，他平时肯定和郭晓伟开过一些轻薄的玩笑，对什么样的女人他都可能说类似的话，因此自然不会把自己说过的话放在心上。他很可能夸奖过她的体形很好，有一次，他去体操房找郭晓伟送年度总结，她正在软垫上做仰卧起坐。体操室里就她一个人，她对郑敬城说："你去把门关上，我有话对你说。"郑敬城照她的话办了，郭晓伟问他还记得不记得自己说过的她体形好看的话。郑敬城有些尴尬，只好傻笑，不明白她怎么会想到这话题。接下来的事情更让他目瞪口呆，郭晓伟说他既然喜欢她的体形，她便让他好好地看一看，一边说，一边就把自己的衣服全都脱了。

郑敬城承认在办公室和郭晓伟幽会过两次，两次都是被她逼得没办法。那时候他已经和第一个女朋友确定了结婚的日子。他说他告诉过她，他们的关系只能是场游戏，是一场应该尽快结束的游戏。他一点都不爱她，这是一个实在没办法的事实。为了让她死心，他甚至说过自己不是个好人，说他配不上她，因为他的确是更喜欢有钱的女人。郭晓伟威胁说，要把他们之间发生的事告诉他的女朋友，告诉那位是女强人的副校长，郑敬城笑着说："用不着你告诉她，我自己已经全说了。"

大马问郑敬城，他的第一位女朋友在死之前，究竟知道不知道他和郭晓伟之间的事情。郑敬城说她绝对不知道，郭晓伟只是威胁威胁他，而且她可能认定他真的和自己的女朋友坦白交代了。结束了对郑敬城的询问，大马请小马说说她对案子的进展有何看法。小马想了想，说自己不太相信郑敬城的话。"我觉得他是一个很不要脸的男人，他只是把什么事都推到了别人身上，"小马想不明白地摇摇头，"我不明白为什么有女人会喜欢他这样的男人？"大马忍不住笑起来，生活就是这样，事实上的确就是有很多女人喜欢郑敬城这样的小白脸，他看着小马，深表遗憾地说：“可惜女人并不都和你一样！”

大马和小马就案子的可能性进行了讨论。当大马有些什么想法的时候，他喜欢在讨论中将它展开，即兴式的讨论往往有助于他的思考。大马建议他们可以考虑把郭晓伟继续当作假想的嫌疑犯。因为他忽然意识到前面发生过的两起谋杀案，完全有可能是郭晓伟所为。“注意，我们只是假设，如果她是，我是说如果，她有没有谋杀的动机呢？”大马对自己的假想也是信心不足，“她会不会因为嫉妒杀人？也就是说，她——”

小马点点头，她觉得这是个合理的假设。大马突然不往下说了，有些地方一时还想不明白，他让小马发表意见。他很想知道小马现在的想法。小马思索了一会儿，说：“也有这种可能，可是太简单了一点。”

大马和小马的想法一样，事情若是太简单，就可能出差错。复杂一些的情况又会怎么样呢？大马用拳头轻轻地敲着自己的牙齿，这是他陷入思考时的另一个怪习惯。“如果这两个人都不是说了完全的真话，又会怎么样？”大马向小马提出这样的问题，“如果他们并不像他们所说的那样不喜欢对方，他们只是做出讨厌对方的样子，这种讨厌只是一种否定他们之间关系的伪装。小马，你说有没有这样的可能？”

小马感到很兴奋。作为警探，在思考问题的过程中，她屡屡以不要把事情想得太简单来提醒自己。她相信，大马所说的这种可能性完全存在，人们往往会被表面的现象迷惑住。虽然郑敬城和郭晓伟都表现得十分反感对方。小马想起她在调查的时候曾发现，郑敬城和郭晓伟的宿舍几乎是在同一层楼上，过去他们分别是和别人合住，现在这些合住的人都结了婚，事实上他们都是一个人住一个房间。这样单身居住很容易引起别人的口舌，尤其像他们这样曾经有过纠葛的男女。他们要想保持偷偷摸摸的来往，最好的办法就是表面上做出敌对的样子。

事实果然不像最初调查的那么简单，随着调查的深入，有充分的证据证明郑敬城和郭晓伟之间，几年来一直保持着断断续续的往来。他们不过是时好时坏，经常处于一种常人不能理解的状态中。当郑敬城勾搭上别的有钱女人的时候，他就会把郭晓伟忘到了脑后，而郭晓伟似乎从来也没有真心想要嫁给郑敬城，因为她知道以她的经济条件，她不可能笼络住他的心。他们之间似乎达成了什么默契。郑敬城是一个贪图享受纯粹物质型的男人，他对金钱的兴趣，远远地超过了对女人的兴趣。女人永远是他可以利用的对象，郭晓伟只是他生活不顺心时候的避风港。在警方的进一步询问下，郑敬城承认自己和郭晓伟之间的关系，并不像他最初交代的那样简单。在第三起谋杀未遂事件发生的一周前，他还和郭晓伟鬼混过一次。

对所掌握的材料经过反复筛选分析，大马觉得水落石出真相大白的时刻就要到了。许多疑点需要逐一排除，首先，要断定郑敬城不是凶手。像他这样吃软饭的家伙，通常只有两种可能性，才会对他所依赖的女人下毒手。第一，为了获取女人的钱财。第二，不能忍受女人对他变态的爱。作为一个被豢养的男人，他所获得的常常是畸形的爱情。女人明白她们是用钱在购买爱，金钱是她们狩猎的武器，由于这个特殊的原因，她们很可能会在情感上虐待自己的猎物。如果这两种可能性都不存在，郑敬城是凶手的疑问就能基本排除。

郑敬城只是无意中成了一名间接的凶手。

郑敬城并不知道谁是真正的凶手。

郭晓伟是被十分礼貌地请进审讯室的。她先是被友好地请上了一辆停在师范学校门口的面包车，警灯被取了下来。为了不影响正在上课的学生的注意力，警笛也没敢使用。面包车开走以后，小马和两位配合她工作的警察，对郭晓伟的住处进行了彻底的搜查，搜查结果令人满意。

技术处对郭晓伟的指纹进行了取样分析。结论是她的指纹在第一次谋杀案现场出现过。这说明，郑敬城被谋杀的第一位女朋友遇害前，她曾去过现场。郭晓伟先是否认自己去过，在指纹这个不可抵赖的事实面前，她做出突然想起的模样，说自己的确前去谈过工作。

大马和小马知道她不过是在负隅顽抗。作为女人，小马突然感到有些同情她。结果其实已经出来了。现在进行的只是一场猫捉老鼠的游戏，郭晓伟大势已去，除了束手就擒，所有的抵抗都将证明多余。她的脸上开始冒汗，说话越来越结巴，漏洞也越来越多。大马脸上并没有太多胜利的喜悦，小马知道他的脾气，她知道他这人永远也不会满足，因为他总是觉得自己破案的速度还不够快。大马是个急性子，他已经不太愿意再浪费时间。

“你伪造了强奸杀人的现场，这样，就把自己排除在凶手之外，”大马开始和她谈实质性的问题，“老实说，我们是被你迷惑住了。第二次呢，你用铁榔头袭击了受害者。这一次，你并没有伪造强奸杀人，因为你知道，同一种办法如果继续使用，很可能被我们发现破绽。你知道我们会进行尸体解剖，知道我们会根据尸体解剖的报告进行分析。”

大马拿出了几本有关犯罪和法医学方面的著作，这些书都是从郭晓伟住处搜出来的。显然，她在这些方面进行了很好的学习研究。犯罪的人都知道自己未来的对手是警察，于是这些书便成了和警察斗智斗勇的教材。郭晓伟脸上的汗珠子像雨一样直往下落，她的脸色苍白，白得像一张纸，她的表情就像是一尊雕塑。

最有力的证据是大马在胡云家阳台上捡到的那粒纽扣，小马在郭晓伟的衣架上，发现了那件袖口处丢了这粒纽扣的风衣。明摆着她自己也未意识到这粒纽扣丢在了它不该丢的地方。这粒纽扣现在已经成了铁证。

郭晓伟突然无话，说什么也没用了。

小马想不明白地说："你真的是那么爱郑敬城?"

郭晓伟眼睛转向小马，木然地看着她，说："我恨他!"

"你恨他?"

郭晓伟在证词中交代，她最大的遗憾，是未能怀上郑敬城的孩子。她一直在努力地这么做，但是她也不知道问题出在哪里。她并不真正地爱郑敬城，她知道他这人无情无义，既自私又不要脸，她只是希望他能让自己受孕。有了孩子，她就可能把对郑敬城的爱恨交加的感情，转移到小孩身上。在证词的结尾部分，郭晓伟写下了这几个字："我恨郑敬城，我恨他。"字写得很有力，以至于把纸都划破了。小马读完了郭晓伟写的证词以后，请大马就这最后的几个字发表看法。大马摇了摇头，苦笑着说："这样的问题，恐怕还得你来回答，因为你是女人。只有女人才会真正了解女人。"

一九九五年三月二十五日

伤心李雪萍

两位老同学是通过叶炜找到郑国强的。这两位老同学一个在北京的新华社工作，一位是省报的记者，这次结伴采访，不知怎么就想到了郑国强，打听到了他的地址，坐着市委特派的小车一直开到了郑国强所在的学校。郑国强当时正在上课，两位老同学便在办公室里和郑国强的女同事叶炜聊着天，顺便打听着他十几年来的情况。叶炜是教研组长，她对两位老同学的身份十分羡慕，连声说想不到郑国强的同学，都是这么有出息。老同学中那位当省报记者的笑着说，他们有什么出息，他们同班的干处长的多如牛毛，混阔的都当厅长了，当个小记者有什么了不起。

郑国强下课的时候，两位老同学还在和叶炜聊天。老同学见了他，不由分说地拉着就走，郑国强有些脸红，叶炜说，这机会难得，要不是为了让你们老同学多说说话，她还想跟着去凑热闹呢。

市委的小车还在学校门口停着，郑国强糊里糊涂地被带到了市委招待所，糊里糊涂地被按在了酒席桌上，市长和副市长笑着给他递了名片。老同学似乎故意要为他挣面子，三杯酒下肚，半真半假对市长和副市长说，我们这位老同学当年可是高材生，你们这儿藏龙卧虎，什么时候也给我们老同学一个机会。副市长不胜酒力，笑着说：这事好办，郑先生只要把这杯酒喝了，我就一定把这事放在心上，我们怎能让高材生继续屈才呢？

市长站起来敬酒，说：我们这儿只是一个小小的县级市，以后还要仰仗两位大记者，全靠你们的大力宣传。

两位老同学都是能喝酒的，连声说此事好办，很爽快地把酒喝了，又逼着郑国强喝。郑国强说他不能喝，老同学说：不能喝，也要喝，市长的酒，你竟敢不喝，喝，就算是毒药，今天你也要喝下去。郑国强推辞不了，一仰头，把酒喝了。刚喝完，旁边的服务员小姐已经把酒斟满了，他想说自己真的不能喝了，但是知道说了也没用，说了也是白说，接下来又被硬灌了几杯。

于是郑国强喝醉了，他跑到洗手间去吐。老同学没想到他会这么狼狈，说当年在学校时，好歹也能喝几杯，如今怎么成了这副熊样。郑国强吐得浑身酸软，躺在招待所里不想动弹。老同学忙着给他沏茶，递湿毛巾，郑国强有些不好意思，说你们大老远地跑来看我，我却这么不中用。老同学说：毕业都十几年了，你怎么看上去就没变，怎么还是一副穷学生模样。

郑国强苦笑着说：我没变，你们不是都变了吗？

郑国强在老同学离去几天后，才将这事告诉他的妻子李雪萍。李雪萍说：人家大老远地赶来，应该是你请人家吃顿饭，你倒好，反而去吃人家的。郑国强让她说得半天不能开口，临了，憋着火说：我皮厚，我喜欢吃人家的，怎么样。李雪萍终于知道他这几天是为什么不高兴，不敢再往下说。她不想和郑国强吵架，知道老同学的到来，一定会触动他的那些不愉快的记忆。

李雪萍早就给郑国强的同学留下过深刻印象，那是在郑国强考上了大学以后，他想借机甩了她，她跑到学校里去大闹，寻死觅活，把好端端的一个郑国强搞得声名狼藉。这事情事后想想做得有些过分，但是在当时，也没有别的好办法。郑国强背着她，和一个写诗的女孩子关系有些暧昧，他以没有爱情基础为由坚决要和她断，李雪萍只能豁出去了。她杀气腾腾地赶到了学校，使性子淋漓尽致地痛骂郑国强，然后堵在女生宿舍的门口，歇斯底里地等待那个写诗的女孩子的到来。

学校里为了这事，差一点将郑国强开除。当时的郑国强在学校里有几分才子气，他写的一篇探讨爱情的小说，在大学生中颇有影响。来自农村的李雪萍的一场吵闹，使郑国强成了臭名昭著的陈世美，大家为他的事展开了激烈的讨论。有人写信支持他，也有人写公开的小字报谩骂他。系党支部书记把他找去谈话，问他有没有想过自己这么做很不道德。郑国强说他知道自己不道德。系党支部书记说：知道，你还这么做，没有这李雪萍，你能上大学吗？郑国强摇头说不能。系党支部书记又说：没有这乡下妹子，你怎么会有今天，你不能忘恩负义。喂，你不要不说话！

郑国强悲哀地说：我不喜欢她。

系支部书记说：你瞎说，你当年要是不喜欢她，就不会有今天。

郑国强说：我真的不喜欢她。

系支部书记正色说：到了今天这种形势，你不能不喜欢她。

郑国强觉得支部书记的话有一定道理，但是他的主意已定。和李雪萍在一起意味着他永远摆脱不了过去。往事不堪回首，郑国强正是为了忘却过去，所以要首先摆脱李雪萍。

李雪萍已经把什么话都骂了出来。她是一头受了伤害的母老虎，是一个小学都没念完的乡下妹子，惹急了，没有不敢说的话。

郑国强无情地伤害了她，她也不会轻易饶了他。都是些刻骨铭心的指责，李雪萍到处向别人讲述他的不是，到处揭他的伤疤。她没完没了地描述他在农村时的可怜样子，说当初为了能让他在小学里当兼课老师，他爹和他娘甚至跪着向李雪萍他爹求情。在李雪萍大闹的日子里，学校里到处都是关于郑国强的笑话。

谁都知道郑国强是忘恩负义。忘恩负义这四个字就像一张标签似的贴在郑国强的脸上。人们终于明白，一向沉默寡语的郑国强，原来还有着不能见人的小秘密。他爹是个小地主，因为成分的关系，郑国强曾经在他生长的村子里长年累月抬不起头来。在过去的岁月里，谁都可以欺负他，谁都可以糟践他。李雪萍不是那种没人要的村姑，她一再强调当时有许多男孩子追求她，可是她最后却因为同情和可怜，看中了貌不惊人的郑国强。郑国强不得不承认，要是没有李雪萍，自己不会去小学当兼课老师，也就谈不上考大学。他不得不承认，李雪萍的爱情改变了一切，当她向他抛来绣球的时候，他曾经是那样地感到受宠若惊。李雪萍一家对他家也有救命之恩。李雪萍的父亲是大队干部，是小地方的大人物，有一次郑国强他爹偷割了队里的麦子，被基干民兵抓住了吊在树上往死里打，李雪萍父亲只不过站出来说了一句话，基干民兵便乖乖地把人放了。李雪萍她爹说：操，不就是割点麦子吗？

操，不就是割点麦子吗？成了当时班上流行的口头禅。十多年以后，两位老同学来看望郑国强的时候，这句话又情不自禁地从他们嘴里流露出来。老同学没有过多地提到李雪萍，他们本能地意识到郑国强不愿意别人提起她。

李雪萍现在是一家小酒店的老板娘，生意谈不上红火，总算还过得去。郑国强觉得老婆当了酒店的老板娘，自己的面子不好看，有些斯文扫地。但他在中学里教书的那点薪水养不活老婆儿子，既然养不活，他就没理由不让老婆当老板娘。李雪萍跟着他做了城里人，如今的城里人已经没多少昔日的荣光，日子并不比乡下好过，李雪萍开的小酒店也还是郑国强的老丈人出资装修的。

大学毕业后的十几年，郑国强过得非常平静。没人把他这位名牌大学的毕业生当回事，他也越来越发现自己本来就没什么出众的地方。他当年的同学，如今颇有几个混得好的，有人做了官，是不小的官，有人出了名，是一家电影厂的名编剧，连得过几个奖。一年前，老同学们在母校搞了个声势浩大的聚会，给郑国强也寄来了请帖，他没有去参加。后来又寄了些老同学聚会时的照片给他，他胡乱地看了看，便扔了。有一张老同学的近况介绍没有舍得扔，他把它压在办公桌的玻璃台板下面，心情不好时就对着那份近况介绍发怔。

身为教研组长的叶炜对玻璃台板下面的那张近况介绍很在乎，有一次，她十分诚恳地说：郑国强，我这教研组长的位子让给你坐算了。

郑国强知道叶炜为教研组长的位子，花了不少工夫。她的学历不够硬，是专科毕业，这是她的一块心病，总觉得郑国强要夺她的位子。郑国强为了让她放心，故意显得十分懒散，对自己课时以外的事情一概不闻不问。他的一个学生家长在郊区承包了一个鱼塘，那家长为了讨郑国强的好，时不时地请郑国强去钓鱼。钓着钓着就上了瘾，一到休息的日子，他必到鱼塘边去消磨时光。

郑国强钓鱼的技艺并没有什么长进。李雪萍因为酒店里忙，起初还让他带着儿子一起去，结果儿子差点掉到鱼塘里淹死，她再也不敢让他带儿子去了。他有时候手气好，能多钓几条鱼，有时候一天只能钓一条鱼，李雪萍在酒店里吃饭，他便亲手将自己钓的鱼烧了吃。

学校要提升一位教务长，叶炜对这一位子极感兴趣。她借口自己刚涨了工资，要请同事们吃饭。她开的那个名单，全是假想中有可能成为她竞争对手的人物，郑国强也在其中。地点就定在李雪萍开的小酒店里，很热闹了一阵。结账时，叶炜本以为会便宜一些，没想到比预料的价格几乎贵出了一倍。叶炜身上带的钱不够，脸当时就绿了，李雪萍说不要紧，你以后把钱补给我们家郑国强好了。第二天，叶炜脸色难看地把钱补给郑国强，想说什么，嘴嚅动了好半天，还是没有说出来。郑国强十分尴尬地接了钱，叶炜苦笑着说：你老婆真不给面子，自己人收费还这么贵。

李雪萍不喜欢叶炜这个人，咋咋呼呼的，就怕别人不知道这桌酒钱是她出的。叶炜的办公桌和郑国强的面对面，李雪萍对她总是有一种不小的戒心。

郑国强毕业时，学校里原计划让他去青海。这显然是一个最恶劣的去处。领导上找他谈话，问他有什么想法，他说：好地方自然轮不到我去，我也不想去上海北京，更不想进新华社或者电视台，可是让我去青海，太欺负我了。

领导说：这话不对，谁去青海就是欺负谁，怎么能这么说。我们不过是根据你的要求，让你离开家乡远一些。你不是害怕重新回到家乡去吗？

郑国强无话可说，原先他以为自己只要能和李雪萍分开，去什么地方，他也不会在乎。现在真让他去遥远的青海，不能不感到说不出的惆怅。他在床上辗转了一夜，第二天一早，便去找系领导。他说他终于想明白了，虽然读了四年大学，但在别人看起来，他还是一个乡下人。领导说他又错了，班上有许多农村来的同学，所以让他去青海，真的是为了照顾他不愿回家乡的请求。

郑国强说：我知道，我在你们眼里，永远是乡下人。

领导说：你真要是这种态度，我也没办法。去青海的名额可以由考取研究生的同学来代替，你现在提出来不想去还来得及，究竟是去青海还是回老家，你自己拿主意。我告诉你，李雪萍给系里来过信，坚决要求将你分回家乡，我们已经回信告诉她，说把你分到青海了。

郑国强仿佛咽了个冷饭团子在喉咙口，有苦说不出，只觉得自己憋得慌。与其回乡，还不如老老实实去青海算了，他已经让李雪萍纠缠得够苦的，谁都知道他是个忘恩负义的家伙，女同学背后都叫他陈世美，系领导一再说他没有被开除就已经是给面子了。他现在没有别的选择。

李雪萍是在郑国强绑扎行李的时候，又一次出现在校园里。她的出现，引起了郑国强的极大愤怒，正是因为这个纠缠不休的女人，郑国强才到了这个境地。他今天的不幸，显而易见是李雪萍造成的。李雪萍试图劝他不要去青海，郑国强很粗暴地喊起来：你他妈有什么权力管我？我看见你这个不要脸的女人就烦，你给我滚！

当时寝室里还有两位同学，大家都为郑国强的高声震惊了。同学四年，没人听见过他用这种语调说过话。李雪萍也没有听见过，郑国强突如其来的暴怒使他看上去完全变了一个人。甚至他自己也没想到会是这样，他站在寝室的中间，别人都看着他的失态。多少年来，郑国强总是给人老实巴交的感觉，即使是在他想抛弃李雪萍的日子里，他也仍然是个窝囊的角色。李雪萍跑来又吵又闹，他像受了惊的羊羔一样到处躲藏。同学们只知道李雪萍是个悍妇，是个什么都可以骂出口的乡下妹子。在她咄咄逼人的淫威下，郑国强恰到好处地获得了众人的同情，他从一个伤害别人的人，变成一个被伤害的人。人们的态度发生了根本的变化，刚开始，大家都觉得郑国强上了大学就抛弃乡下对象，很有些忘恩负义，然而到后来，事实上有许多人都公开支持他这么做。

这是郑国强唯一的一次对李雪萍丧失理智，他捞起桌子上放着的别人吃剩下来的空酸奶瓶，朝李雪萍脸上掷过去，李雪萍头一低，酸奶瓶撞在墙上打得粉碎。已经有许多人围过来看热闹，郑国强的行为让大家目瞪口呆，几位身高马大的学生拖住了郑国强，以免他冲过去袭击李雪萍。郑国强以一种典型的乡下佬口吻高喊着：我操你家祖宗，老子今天不活了，老子今天跟你拼了。

郑国强后来曾向叶炜振振有辞地解释过，他之所以要娶李雪萍，仅仅是因为害怕去青海的缘故。电视上介绍的那个美丽的青海和郑国强脑子里的青海是两回事。青海在郑国强的记忆中，留下了狰狞恐怖的印象。他的一个叔叔，五十年代被打成右派送往青海劳改，三年后得到消息，这位叔叔到青海的第二年就已病死了。他的婶婶在叔叔去青海的日子里，整日流眼泪，得知丈夫病故的那天晚上，婶婶一时想不开便悬梁自尽。

李雪萍在郑国强宿舍的楼下整整站了一夜。吃晚饭的时候，人们看见她站在那儿垂泪，到第二天早晨太阳升起来的时候，她还站在那无声地抽泣。有人看不下去，跑过去劝她回家乡算了，她抹了抹眼泪，让人带信给郑国强，说她不准备活了，她将变成鬼魂伴随郑国强一起去青海。不想活的话李雪萍已经说过无数遍，郑国强从来没有把类似的威胁当回事。他知道李雪萍根本不会去死，即使真的去死了，他也不会感到内疚。然而在这个不同寻常的早晨，迎着初升的太阳，郑国强突然想到了悬梁自尽的婶婶。李雪萍悲痛欲绝的样子，暂时地感动了郑国强，他突然预感到自己如果去青海，会像短命的叔叔一样很快送命。青海在他的脑海里，永远是一个大的劳改农场，是一个彻底失败了的人的去处。他没有必要为了赌气去那个地方。

郑国强突然改变了主意，他重新选择了故乡，也同时选择了李雪萍。他以惊人的速度和李雪萍重归于好，说结婚就结婚，说生儿子就生了儿子。自从考上了大学，他就知道自己再也不会做农民，现在，他成为一名极为普通的中学教员，在离家乡十里路远的那个县级市里安家落户。对于前途，他已经完全地失去了信心。他觉得自己今天所以到了这一步，完全是因为李雪萍的缘故。一切都是事先安排好的。他曾试图摆脱她的控制，他努力过，但是最后他还是落入了她的控制之中。摆脱李雪萍是为了摆脱自己过去生活中的阴影，他注定摆脱不了这些阴影的。

两位老同学的突然拜访，在郑国强早已平静的心中，引起了一阵不大不小的波澜。过去的十多年里，他懒得去想外面世界的事情。外面的世界变化着，外面的世界似乎和郑国强已经没什么关系。李雪萍活着的目标，就是要紧紧抓住他不放，郑国强是天上飞着的风筝，李雪萍永远是那牵线的人。有无数人这样劝过他，说郑国强你别觉得自己有什么了不起，李雪萍绝对配得上你，你有什么了不起的，不就是一个大学生吗，这年头大学生的头衔还有什么值钱的，也就是李雪萍这样的傻姑娘会在乎你，李雪萍是个乡下妹子，她没读过什么书，只有这样的乡下妹子才会在乎你肚子里那点可怜的墨水。

郑国强在老同学离去一个星期以后，很傲气地对李雪萍说：我当年的老同学，如今起码也是个处长副处长，我告诉你，真要是当了厅长，行政级别比我们市的市长都要高。这儿的什么市长是假的，我们只是县级市，说到底也就是个县长，叫市长不过是好听一些罢了。唉，我真算是没出息了，混到今天，也就是一个穷教书的，拿的钱还没有你一个酒店老板娘多。

李雪萍不太明白郑国强的话。郑国强平时对她总是无话可说，她已经习惯了他的沉默。郑国强自怨自艾，感叹了一番。李雪萍说：你这样不是蛮好，教书怎么了，当县长市长又怎么了，我不是当县长市长太太的命，我无所谓。

郑国强说：你不是无所谓，你是没这个命。

李雪萍说：我不相信你当年的同学中，就只有你一个人没出息，再说，教书怎么是没出息呢？我就觉得你蛮有出息的。

郑国强说：跟你说不清楚。

李雪萍说：怎么会说不清楚，我知道你是在怨我。

叶炜对当教务长一事，十分用心。她对假想中的竞争对手，采取一一突破的战术。当郑国强向她说起自己没出息的时候，叶炜多心了，她觉得郑国强是和她一样，很想当教务长。叶炜说：你当教务长，我没意见，好歹你是名牌大学的毕业生，年龄比我大，资格比我老，我不会和你争的。

叶炜又说：你怎么会在乎一个教务长，你从大学出来已经十几年，要当官早就当官了。

郑国强让她捧得晕乎乎的。叶炜只比他小一个月，可是她老认为自己是个小妹妹。女人老认为自己小是一种心不肯老的表现。郑国强觉得自己真要是和一个女流之辈争教务长，也实在太没面子。领导上也许根本就没有让他做教务长的意思，叶炜屡屡提起这个话题，害得他也以为真有这事。他正经八百地和校长谈了一次话，明确表明了自己不想当教务长的态度。校长叫他说得有些摸不着头脑，有关郑国强和市长副市长一起喝酒吃饭的消息，已经在学校里不胫而走，校长想郑国强的谈话中，一定还有别的什么深刻的意思。郑国强所在的这所中学是一所很蹩脚的学校，已连续两年没有人考上大学。市教育局的领导暗示说，这种状况如果继续下去，将取消这所学校的高中。

校长好像突然发现郑国强是最好的教务长人选，郑国强越是表态他不想干这一职务，校长越相信他实际上是想当。他向两位副校长表示自己的观点，于是消息立刻传到了叶炜的耳朵里。叶炜不能不当真，她感到非常悲伤，私下里对郑国强说：你何苦偷偷摸摸，我只会和别人争教务长，却不会跟你争的，你干吗要瞒着我？

郑国强说：见鬼，我瞒你什么了？

叶炜仿佛在肉体上吃了亏一样，她很委屈地说：我们好歹也是面对面坐了许多年，想不到你会这样。人们都说表面老实的人，其实都是最不老实，你这人就这样。

郑国强叹气说：我怎么才能说清楚呢？

叶炜说：不是已经都清楚了吗？

郑国强被说得一肚子窝火，解释也多余。他把校长喊到了办公室里，当着叶炜的面，郑重其事地再次表明自己不想当教务长。在一旁的叶炜尴尬得不得了，没想到郑国强竟然会这么做，她赔笑不是不赔笑也不是。校长也是出乎意外，他笑着敷衍着，说这是革命工作，领导看中他，说明他有这个能力。郑国强不想让这种无聊的谈话继续下去，一本正经地说：我给你推荐一个人，她比我更适合当教务长。校长问是谁，郑国强指了指旁边的叶炜。叶炜的脸顿时通红，像一个害羞的小姑娘一样说不出话来。

一个星期以后，叶炜果然被任命为教务长。她满面春光，掩饰不住的兴高采烈。上任前夕，她在办公室里和郑国强话别。她说她真不知道这时候应该说些什么，和郑国强面对面坐了许多年了，一下子要分开，还真有些舍不得。郑国强说她不过是换了个办公室，有什么舍不得的，要想见面，仍然天天可以见面。叶炜似乎真有那么点依依不舍的样子，眼圈也红了，不敢正视郑国强。正好是上课时间，学校里显得出奇的安静，办公室里就只有郑国强和叶炜孤零零的两个人。郑国强不知道叶炜是不是真的舍不得她，他突然产生一个奇怪的念头，这念头就是如此让她走了，实在有些便宜了她。他想起几年前在另一所学校发生的事情，一对男女教师在办公室里偷情，成功了无数次，可是有一次终于让同事撞见了。

离下课大约还有十分钟，郑国强知道在这段时间里绝不会有人来打扰。他忍不住一次又一次地偷眼看叶炜，注意到她穿了一条很宽大的黄裙子。这是一条非常普通的黄裙子，只要将这黄裙子撩开，郑国强相信他会在下课铃打响之前，干净利索地就把事情办完。他觉得叶炜应该让他满足一次。然而这想法刚刚在他脑海里展开的时候，他突然害怕起来，因为他想到叶炜如果为了他让她当了个教务长，就乐意献身的话，她完全可以直接献身给校长。

叶炜没什么出众的地方，黑黑的，胖胖的，还戴着一副近视眼镜。她穿短袖子汗衫的日子里，郑国强曾注意到她的腋窝里有着浓黑的腋毛。由此可以想象她别的地方的黑毛一样轰轰烈烈。叶炜的丈夫是一个很瘦弱的男人，郑国强想叶炜如此热衷做官，一定是性欲被压抑的缘故。也许她很希望他能袭击她一下。

下课铃响了，郑国强长叹了一口气。

这天晚上睡觉时，郑国强坐在床上发怔。李雪萍看完了电视，想不明白地问他为什么还不睡。郑国强说他有心事。李雪萍问他有什么心事，郑国强说：我的心事不能讲，讲出来你要伤心的。李雪萍不知道他葫芦里卖什么药，看情景也不是真的不想告诉她，就盯着他问。他端了一会儿架子，十分严肃地说：是你一定要我说的，那我就说，我今天和别的女人睡了一觉。

李雪萍吃了一惊，眼睛瞪多大地看着他。

郑国强说：我本来不想说的，你一定要我说。

李雪萍瞪了一会儿眼睛，眼圈渐渐红了，她仍然有些将信将疑。

郑国强很得意地说：你要不相信，你过来闻闻好了，我身上现在还留着那个女人的骚味呢。

这是个很残忍的玩笑。永远是涉世未深的李雪萍似乎闻到了什么异味，一阵委屈，放声大哭起来。自从结婚以后，她还从来没有这么哭过。她哭得很伤心，现在她已经深信不疑。

郑国强一夜睡得很甜，天亮时，他睡眼惺忪地醒过来，李雪萍保持着他入睡时的姿势，依然坐在那儿伤心垂泪。

李雪萍整整哭了一夜。

一九九五年六月五日

夜游者侯冰

画国画的朋友徐累送给我一本在香港印刷的画册，装帧异常精美。画册的第一幅画取名叫“艳歌”。艳歌是我曾经写过的一篇小说的名字。这幅画和我的小说似乎没什么关系，画面和传统的绘画有很大区别，被分割成了三部分，左面是一个男人吊儿郎当跷起的腿，只是大腿以下的那一截，穿着白颜色的绸裤，黑色圆口布鞋。中间画着一棵粗壮的树，树上歇着一只鸟。那鸟呆头呆脑的，活像个标本。树旁边冒出来十分突兀的一枝花，可能是桃花，要不就是海棠。右面的红木椅子上放着一件白色睡衣，那睡衣的褶子清晰可见。我的朋友是画工笔画出身，这幅画用工笔的笔法来写意，我无端地有一种说不出的喜欢。

在画册中，还有两幅叫“夜游”的画。一幅画了一只鸟，可能是只白色的鹦鹉，被光环笼罩着，拍打着翅膀，在一间空荡荡的房间里盘旋。中间有一道无形的墙，把房间一劈为二，和白色鹦鹉相对的空间里，并排放着两张空的红木椅子，是那种充满历史感的明式家具。另一幅画的风格也差不多，不同的是鸟变成了一匹白马，而放着空的明式红木椅的房间里，椅子不见了，取而代之的是一张罩着桌布的红木桌，桌上放着一只空的鸟笼子。这两幅画如出一辙，看了让人有一种说不出的味道。

我的这位朋友在南京举办过一次个人画展，画展以“虚影的再现”命名。香港艺倡画廊举办他个人画展时，取名“旧梦新影”。至于他送给我的这本画册干脆就叫“虚幻之秘”。

我的朋友徐累应该算是一位有些名气的画家了。他送的画册让我想起另一位画画的朋友侯冰。侯冰的绰号是“夜游者”，他不是画家，只能算是画画的。十年前，本市画画的年轻人都知道侯冰。我和他认识，是因为我们在中学时同校同级不同班，中学毕业以后，那时候没大学可以考，我们一起进了一家小工厂当工人。侯冰能画几笔，遇到什么节庆日子，工会就把他从车间里喊去画黑板报。他画的黑板报，总是喜欢画那些很怪的人头像。

侯冰的父亲也是画画的，最初的名气还不大，在一家中学里教美术课。侯冰的父亲成为大画家是后来的事。侯冰自己的画始终没什么太大的名气，却牛气得不得了。他自称他的画是自学的，他说他天生就会画画，说他父亲画的画很臭，说谁谁谁根本不能算画家。有几年，侯冰是厂里小有名气的人物，青工们都喜欢跟他借外国的画册看。画册中有女人的裸体像，侯冰收藏了许多这样的画册，他一眼就看出别人借这些玩意儿的真实目的，动不动就说：“你们懂什么艺术，我知道你们想看什么。”

高考恢复以后，我和侯冰一起报考大学。我先是准备考理科，临考时，又改考文科，结果名落孙山。侯冰是考的美术院校，他自我感觉良好，一会儿说自己考得怎么好怎么好，一会儿又说主考老师就是他父亲当年的同学。很多人都以为他必取无疑，后来看他仍然是在厂里上班，才知道他也是落榜了。第二年，我们再次参加高考，结果我考上了，他依然感觉良好，依然没有录取。

侯冰第三次考大学还是没考上。临考前，他剃掉了披肩长发。长发几乎是画家的标志，但是他的头发留得早了一些。主考老师果然是他父亲的朋友，看了他那模样反感，打电话给侯冰父亲，说你儿子的画画得不怎么样，留那么长的头发干什么，明年你儿子要考的话，先把头发剪了。侯冰悻悻地说："知道我为什么考不上大学吗，操，我头发太长！"

事实上，在第三次报考之前，侯冰对自己是否会被录取兴趣已经不大。考试对于他来说只是赌气，只是一种惯性。他对自己是否能考上已无所谓。临考前的一个晚上，他来大学宿舍找我借参考书，他说像他这样的水平，还报考美术系，实在是笑话。"我爹的水平就够臭了，他的那些留校当老师的同学，更不怎么样。让那些笨蛋来衡量我行不行，也太滑稽。"

侯冰只考了一半的课程，就不高兴继续考下去。他连把课程考完的耐心都没有。学校的教师觉得他的素描很出色，不明白他为什么考到一半不考了。据说他的主科成绩在考生中名列前茅，他只要把最后两门副科象征性地考一下，必考上无疑。侯冰说："我为什么一定要考上艺术学院，考上了又怎么样？"侯冰因此名声大噪，有一段时间，人们提到年轻一代画画的，都说侯冰是位高人，是古人所说的闲云野鹤。没考上艺术学院的侯冰成了名流，不愿意再在厂里屈就上班，他被厂里开除了，或者用他的话来说，是他把工厂开除了。他开始在社会上游荡，借调到一家中学教美术，过了不久，又调到了一家电影院里画广告。

侯冰从此就没有再留长头发，他告诉别人，长发不过是艺术学院那些学艺的孩子们的商标。他一下子变得老气横秋，说话的口气大得不得了。他本来就狂妄，从此变得更狂妄。

侯冰在电影院待的时间并不长。他画的广告招贴画，说不好的，远比说好的人多。他的画太随心所欲。电影院的经理也学过画画，他警告侯冰，招贴画主要的目的是吸引观众，有点小变形问题不大，但是万万不可过分。经理说，我知道你为什么喜欢变形，因为你素描的底子根本就不扎实，有能耐你给我画一幅像样的画来。

侯冰说："什么叫像样的，跟照片一样？"

经理说："我晓得你狂，狂有屁用，就跟照片一样，你画画看。"

侯冰的下一幅招贴画果然有照片风格。他想画得写实一些，细腻一些，等他画好了，电影放映的周期也过了。画招贴画的那几天，侯冰天天钻在沿街高大的玻璃橱中，慢腾腾地画着，吸引了许多不相干的人围着他看。他一笔一笔画着，慢得仿佛是在磨洋工，早在一个月以前他就开始画了，等到电影放映的时候，男女主角的脸部轮廓刚刚画出来。结果他的画完全画砸了，比例出了问题，就连小孩子看了，也说侯冰画的画，和电影的人物没任何关系。

侯冰在电影院的那段时间里，许多认识他的人，都跑去找他看不花钱的电影。经理干脆不要他画招贴画了，让他站在门口检票。找他的人成群结队地往里拥，到处抢占空位子，为谁先占据空位子大打出手。侯冰于是又一次被严重警告，先是私下批评，紧接着大会点名，以后凡是打着认识他的招牌混进来看电影的人，一概按十倍罚款，罚逃票的，也罚侯冰。侯冰终于被罚款害苦了，有时候，一个月的工资还不够罚款。有人显然是在陷害他，认识或者不认识他的人，只要被逮住，都一口咬定是侯冰放他们进去的。

侯冰学过一阵放电影。是那种老式的放映机，放电影的老头说退休就要退休了，他很热心地教侯冰。侯冰人聪明，放电影实在没什么难的，一学就会，会了就不老实。他常常把女朋友带到放映室里，让女朋友代替他放电影。有一阵，有几部过路的外国原版电影在侯冰所在的电影院里作为内部观摩的电影放映。放映时，请了大学里一位懂外语的女教师在一旁同步翻译。由于片中有多处大胆火爆的裸体镜头，胶片上已经作了记号，要求放映员在放电影的时候，用硬纸板遮住镜头。侯冰迅雷不及掩耳地向女教师发动进攻，他极粗俗地和她调着情，胆子大得吓死人。年轻的女教师从来没见过他这么不要脸的男人，又惊又喜。她的翻译水平本来就不怎么样，结果译得语无伦次，观众在电影院听得莫名其妙不知所云。那几处应该遮住的细节也被侯冰忽视了，怨声载道的观众一到这时候，立刻鸦雀无声。风声传了出去，满大街都在说这事，纷纷传说电影院里在放色情电影。

这事一度闹得不可收拾，主管部门因此让电影院停业整顿。早在是否作为内部观摩的电影放映这个问题上，领导之间就有争论。群众中既然产生了坏影响，持反对意见的立刻占了上风，嚷着要撤换电影院经理。正好赶上反对资产阶级自由化，事越闹越大。侯冰却一点不当回事，他似乎获得了那年轻女教师的芳心，当电影院经理忙着做检讨的时候，有人看见已被电影院除名的侯冰背着写生夹，和那位女教师在公园里悠闲地散步。女教师紧挨着他，很亲密的样子。

离开电影院的侯冰成了无业游民。好在他虽然失业，并不受穷。侯冰父亲的画开始有了名声，而且迅速升值，很快就卖到了非常好的价钱。他的画一向是默默无闻的，天知道怎么忽然就值钱了。常常有画贩子在侯冰家的门口转，他们向侯冰讨好，硬着头皮出钱买侯冰的画。侯冰知道画贩子的目的，是想通过他，得到他父亲的画，他缺钱时，便从父亲的废纸篓里，胡乱捡张画，使劲揉，揉得皱得不得了，再用熨斗熨平，找一方他父亲的图章盖上。有时候那画只画了一半，剩下的一半，由他接着画。“其实我的画，比我老子的画好。你们要找他的，我有什么办法？”侯冰很快明白自己没必要再画画，他的画不值钱，他靠父亲废纸篓的弃画就可以活得非常潇洒。

我曾经有过一张侯冰的画。那完全是偶然的原因得到的，当时我大学刚毕业，分配去另外一所大学教书。有一天，在路上，迎面遇见他和一个小鼻子小眼睛的姑娘走过来。他看见我，大大咧咧地和我打招呼，然后向我介绍身边的女孩子。“这是我看上的一个丫头，我觉得不错，你看看怎么样？”他满不在乎地说着，叫我不要不好意思，胆子大一些尽管欣赏，他保证不吃醋。女孩子让他说得脸上白一阵，红一阵，他吊儿郎当地看着她，又对她介绍我：“这呆子是我过去厂里的同事，后来去上什么鸟大学了。”他转过头来，问我是不是已经大学毕业。

结果那天我们一起走进一家四川馆子。说好了是他请客的，可是吃完了，他却板着脸让我去付账。“以后想看什么电影，你就来找我好了。”他用手指抠着牙齿，已经吃完了，还是赖着不肯走。突然，他从女孩子的书包里拿出钢笔和纸，宣布要为我画一张速写。他说他所在的电影院的经理竟然敢讥笑他没有素描底子。“什么叫素描底子，我这人天生就会素描，”他愤愤不平地看着我，仿佛是我说他不会素描一样，“我告诉你，我们经理是他妈瞎了狗眼。”

他让我坐在那儿不要动。起先只有女孩子一个人站在旁边看他画，渐渐人越来越多，来吃饭的，吃过饭的，甚至服务员，都围在他身边看。他越画越得意越来劲，嘴上叽里咕噜就没歇过，一会说我的鼻子太大，一会又说我的鼻孔太小。我如坐针毡地在那儿示众，他连续不断地把我当作嘲笑对象，说得看他画画的人哈哈大笑。画到一半，他让一位女服务员替他免费送一份泡菜过来，女服务员说：“你又不是替我画画，我为什么要给你送泡菜?”

侯冰说：“我要是替你画画，你一份泡菜就想打发我了?”

“那要怎么样?”

“你想想看应该怎么样?”

女服务员格格格笑个不停。侯冰一边调情，一边画画。他总是不会放过调情的机会。终于完成了那张素描，旁边的人说他画得不像，他冷笑着说：“不像? 要像也可以，去拍张照不就行了?”他画的这张素描的确够呛，因为他把所有的力气都用在了我的鼻子上，我的鼻子变得非常夸张，这是一个放大了的鼻子，它在我的脸上，占了足有二分之一的位置。鼻孔里的汗毛清晰可见，一根根很硬的样子，像是细钢丝。这与其说是一张素描，还不如说是一张漫画。

侯冰的画从来没有达到应有的高度。一位懂画而且熟悉他的人告诉我，说侯冰具有非常好的天资。可惜他不太用功，缺少必要的训练。天资从来就不是最重要的东西。他曾经有几张画画得的确不错，可是他太狂了，狂得不知天高地厚，狂得忘记了自己是谁。他什么画都画，油画，水粉，国画，甚至还搞雕塑。他的修养得力于从小就接触这些东西，得力于他所一知半解看过的那些现代派艺术作品。他败也就败在现代艺术上。他想做一个前卫艺术家，想离经叛道，想和别的人不一样。现实和想象永远有距离，他说穿了，不过是一个小孩子，过早地穿上了一双大人的鞋子。他并不知道怎么才能在现代艺术的羊肠小道上走下去。

事实上，到了八十年代的后期，侯冰就很少画画。他不得不承认一个最残酷的事实，这就是他并不喜欢画画。虽然他有很好的天赋，虽然他一度画过几张挺不错的画，但是画画本身并不能给他带来乐趣。这一点对于从事艺术的人来说，是最致命的。最初停止画画的时候，他还和别人说他什么时候要重新开始画画，很快他就懒得再承认自己是个画画的人了。

侯冰成为一名典型的声色犬马之徒。他身边的女孩子总是不停地在换。大约是在八十年代中期，人们经常可以看见侯冰带着一个漂亮的女孩子，在本市一家最高档宾馆的酒吧里喝咖啡。关于那个女孩子有许多传说，有人说她最初是侯冰父亲的情人，她拜他为师学画，学了没多久，就睡到了一张床上去。另一种说法是她先和侯冰有情，他们确定了恋爱关系，然后侯冰的父亲从中间插了上来。这三个人之间的纠葛很难说清楚，很长一段时间内，三角关系非常微妙，也非常稳定。父子俩并没有为这个漂亮的女孩子争风吃醋，大打出手。恰恰相反，他们像绅士一样彬彬有礼。他们甚至常常在公开场合一起进进出出。

最离奇的说法是侯冰父子俩平分进口的避孕套。这是一个画贩子提供的，他向侯冰介绍了这种进口避孕套的妙不可言之处。在避孕套的表面，有许多米粒一般竖着的小齿，充气后，看上去就仿佛动画片上的仙人掌。据说侯冰父子曾让那个漂亮的女孩子作出选择，她可以从父子之间挑一个人做她的丈夫。如果她是看中侯冰，事情很简单，她立刻可以成为侯家的儿媳妇。如果是看中侯冰父亲，他就得先和侯冰的母亲离婚。漂亮的女孩子拒绝作出选择，她觉得同时拥有两个男人，是一件非常有趣的事情。她说你们父子俩都不是仅仅和一个女人好，为什么我就必须是和一个男人好呢。

侯冰从来没准备要结婚，结婚意味着只有一个固定的女人，他一想到每次只是和一个固定的女人睡觉，便把婚姻看成是一场灾难。他马不停蹄地更换女人，抛弃女人，也被女人抛弃。有一段时间，侯冰和画贩子打得火热，他自己也成了不折不扣的画贩子。他成了一名香港画商在本市的代理人，用香港画商的钱，大量收购本市女书画家们的书画。香港画商是个一窍不通的大老板，他收藏女书画家的作品，完全是附庸风雅，并且押宝似的指望日后能赚一票。侯冰成了一头常在艺术学院乱转的色狼，倒以收购女性书画的借口，到处物色猎物。他不断地碰壁，也不断地把一些思想解放而且希望出名的女孩子骗上床。他的行为显然有些过分和无耻，艺术学院的男孩子们开始联合起来对付他，他们把他诓到一间空教室里，用裁纸刀在他脸上打了个叉。

破了相的侯冰一度打算写小说。他声称只要把他和不同的女人的经历写出来，一定可以写一本畅销书。他在堕落的道路上越滑越远，越陷越深，越来越不像话。仅仅是用他父亲废纸篓里的弃画已经不够供他挥霍，他开始偷他父亲的藏画，后来又以他父亲的名义，四处要他父亲朋友的画。侯冰父亲有一批全国闻名的画家朋友，侯冰挨个上门讨画，口若悬河谎话连篇。要不到画，侯冰就向别人借钱。吸毒这种丑恶现象在本市已经灭绝了几十年，侯冰成了本市最早一批开始吸毒的人，结果他父亲不得不托人把他送到云南去戒毒。

戒毒后的侯冰瘦得像只猴，他本来就瘦，戒毒以后，许多熟悉他的人，见了他都快认不出来了。由于他已经声名狼藉，知道他的人，再也不会借钱给他。好在他即使潦倒到了这一步，身边仍然不缺乏艳若桃花的女人。他有钱时，大把地在女人身上用钱，没钱了，也有那种乐意倒贴的女人给钱他用。和侯冰交往的女人中，大大增加了已婚妇女的比例。据说侯冰一眼就能看出什么样的女人可以成为他的猎物，他开始寻找那些有钱的阔太太，年龄大小已经不成为障碍。他成了发现四十岁以上的女人新大陆的哥伦布，那些成熟寂寞的女人妙不可言，侯冰扮演了那些成功的丈夫所忽视的角色，他填补了一种空缺。成功的男人们在外面寻花问柳，他们的太太需要一种补偿。

侯冰成了一名地道的夜游者。早在工厂做小工人时，他就特别喜欢上夜班，对夜晚有一种特殊的感情。他成了大家心目中的怪人。他的生活从黄昏开始，黎明前则是他回家的时候。他的生物钟整个颠倒了，只要一看见太阳，他便哈欠连天，埋头就能睡着。由于长年不见日光，他的脸色永远苍白。他的住处总是拉着厚厚的黑绒布窗帘，而且从来不开窗。有一次，一名小偷光临了他的住处，小偷撬门而入，在房间里打着手电筒翻箱倒柜，也许是觉得房间里太暗，也许是实在没什么东西可偷，小偷赌气拉开了窗帘，吃惊地发现瘦骨伶仃的侯冰蜷缩在床上，眼睛滴溜溜地瞪着他。

“我这儿恐怕没什么你需要的东西，”侯冰一本正经地对小偷说着，“要是饿的话，冰箱里还有一个冷馒头。”

小偷拔脚就跑，他冲出门，惊慌失措地往楼下跑，然后在街上被一辆自行车迎面撞了一跤。到了晚上，侯冰把这件事当作笑话，说给他新勾搭上的一个女人听。女人听了以后，格格格笑个不停。女人的丈夫是搞装潢发财的大款，她立刻给丈夫的伙计拨电话，让他以最快的速度，为侯冰的房子安上防盗铁栅栏。安上了防盗铁栅栏的侯冰住处看上去就像是一间牢房，那女人便在这牢房里和侯冰偷偷幽会。

女人的丈夫很快发现了妻子的秘密，他复制了她的钥匙，当妻子在侯冰的床上缠绵时，他蹑手蹑脚地溜到侯冰住处，用钥匙打开门，然后用事先准备好的锡丝，塞到里面的钥匙孔里将它堵死，再从外面将防盗门锁上，把外面的钥匙孔也用锡丝塞住。天亮时，女人发现自己和侯冰成了关在笼子里的野兽，他们想尽一切办法，也不可能把那扇防盗门打开。他们想不明白这究竟是怎么一回事，越是想把钥匙塞进钥匙孔，结果只能是把钥匙孔里的锡丝越塞越紧。

折腾了大半天以后，女人和侯冰开始感到绝望。他们大声地喊起来，由于侯冰平时从来不和邻居来往，许多人甚至根本就不认识他。大家都相信这只是一套空房子，谁也弄不清房子的主人究竟是谁。也许是那个瘦猴一般的小伙子的，也许是那个珠光宝气披金挂银的女人的。邻居们只是被怪异的喊叫声吸引过来，侯冰把钥匙扔给一个小伙子，请求他从外面将门打开。小伙子努力了半天，告诉他没办法把钥匙塞到钥匙孔里去。慌乱之中，有人给本市的消防队拨了电话，消防队派了一辆车过来，打算用消防用的梯子将困在房间里的人救出来。就仿佛真的失了火一样，越来越多的人围着看。消防队员发现，因为窗子上也装了铁栅栏，即使是用梯子也不可能把侯冰他们解救出来。

能想的办法都想了，用铁棍撬，用榔头敲。甚至派出所也被惊动了，一位新上任的副所长似乎很生气，他让侯冰说出是谁负责装修防盗门窗的，事情既然到了这一步，解铃还须系铃人，请装修工来解决这一难题。侯冰只好和女人商量，女人身上没带装修工的拷机号码，因此唯一的办法就是找自己丈夫。事情到了这一步，想躲也躲不过。她带着哭腔让派出所给她丈夫挂电话，打大哥大号码，给中文 BP 机留言，她丈夫知道是她打去的，故意不接。

夜游者侯冰死得有些不明不白。他和画画完全没有了关系，和所有画画的朋友都不来往。有关他的故事传闻全是笑话。他成了一只不能见太阳的鼹鼠，白天蛰伏在黑屋子里，一到晚上便溜出去流窜。有传闻说他因为品行不端，差一点被送去劳动教养。还有一个故事在熟人之间广泛流传，那就是他染上了性病，并且把病传染给了副市长的一位小姨子。

我在侯冰死前的一个月左右见过他一面，实在是很偶然，那天我去一家宾馆看望一位台湾来的客人。出来已经很晚，在街上拦出租车的时候，正好遇上他也站在那儿等出租车。在他身边是一位来自四川的打工妹，打工妹是宾馆里的服务员，他正打算接她去什么地方。侯冰告诉我这女孩子是他半个月前在街上乱逛偶然遇上的，要不是他主动介绍，我绝对不会想到这位衣着时髦的女孩子，是一位来自大山里的乡下妹子。

出租车久久不来，夜深了，街上根本就没什么人。侯冰兴致很高，滔滔不绝地和我说着话。他告诉我，如果我乐意的话，可以去本市的一家夜总会找这位四川妹子按摩。如果需要别的什么服务也没问题。他告诉我她的服务绝对是第一流的，而且她还会泰式按摩。侯冰问我懂不懂什么叫作泰式按摩，我老老实实告诉他不懂。

“那么普通的按摩做过吗?”侯冰不屑一顾地问着。

我老老实实告诉他没做过。侯冰笑了，那个四川妹子也笑。他们笑得非常开心，同时也很神秘。这时候，一辆出租车缓缓地开了过来，我们因为同路，都上去了。侯冰说：“你去的地方远，活该倒霉，你付钱吧。”他们在一家灯火辉煌的夜总会下了车，侯冰大大咧咧地头也不回。那四川妹子临下车时，看了我一眼。四川妹子很年轻，也很漂亮。

一个月以后，我在晚报上看到一则消息，说前一天晚上，一名身份不明的男子在大街上被人捅死了，警方正在缉拿凶手。又过了一个月，一个朋友告诉我，那位身份不明的男子身份已经查明，这个人就是侯冰。

一九九五年八月十七日

杨先生行状

1

杨先生是祖父多年的老朋友。父亲生前，一再向我提起，说要写杨先生。父亲过世以后，整理父亲的遗物，从一个大信封里，我发现了父亲准备写杨先生的材料。父亲有许多文章没有写，我不知道父亲打算怎样描写杨先生，他总是迟迟不肯动笔。

早在我还是一个小孩子的时候，就听父亲说起过杨先生的故事。每当父亲提到杨先生，总有一种说不出的感叹。杨先生的故事永远是一个传奇。在祖父的老朋友中，有好几个著名的老共产党人。譬如后来当过文化部长的茅盾，茅盾在一九二〇年的时候，就和朋友一起研究共产主义，他们的共产主义小组是最早的共产党组织之一。我们习惯说一九二一年七月一日，中国共产党才正式成立，其实，一九二一年七月，只是第一届党代表会召开。参加这次会议的不过是来自各地的代表。真正属于领袖人物的陈独秀没有参加会议，北方的李大钊，湖南的蔡和森也没有参加。这些人物在当时的重要性，显然要高于那些参加第一届党代会的代表。换句话说，一九二一年七月之前，共产党事实上已经诞生了。

茅盾在一九二七年以后，和共产党脱离了关系。祖父的老朋友中，另一位资深的共产党人是侯绍裘，侯先生后来被国民党处决。他的事迹和照片，可以在雨花台革命烈士纪念馆中见到。我的祖父曾写文章怀念过侯先生，他们一起在教育界共事，有着很深厚的友情。父亲聊天的时候，常常会作一些十分幼稚的假设。假如茅盾不和共产党脱离关系，假如侯绍裘不被国民党杀害，以他们的资历，完全可能成为党和国家最高级的领导人。如今已经很难见到那种专供党和国家高级领导人坐的"红旗"牌轿车，父亲常常会用一种天真的大孩子的口吻强调，如果茅盾和侯绍裘没有意外，他们都是应该坐"红旗"牌高级轿车的人物。我小时候，街面上很少能见到小汽车，有一辆"红旗"牌高级轿车从马路上驶过，无论是过路的行人，还是站在岗亭里值勤的交通警察，都会肃然起敬。

杨先生要是不出意外，他的一生又会是怎么样呢？这是父亲生前经常要想的一个故事。侯绍裘先生死的时候，我的父亲才一岁多些。茅盾则是见过许多次的，他熟悉我父亲，喊我父亲叫"三官"，这是吴语中对小孩的昵称。父亲从来没想到过要写侯绍裘和茅盾。对于侯绍裘，父亲所知太少，对于茅盾，知道的是不少，可是茅盾有自传，有不止一本别人写的传记，用不着父亲再凑热闹。他们的故事，已经通过不同的方法，记录了下来。

父亲曾经很认真地准备着要写杨先生的材料。作为作家的父亲，为了能够写出满意的作品，从来都是非常认真地做准备。父亲死后，我发现了很多这方面的材料。六十年代初，为了写农业中学，父亲下去蹲点，在一个硬壳笔记本上面，写了满满一本采访记录。七十年代中期，为了写一位县委书记，父亲跟在这位县委书记后面，注意他的一言一行，把他的豪言壮语记在本子上。可是临了，无论是农业中学，还是这位县委书记，父亲都没有写出来。农业中学没能写出来的直接原因，是四清运动以及紧接着的文化大革命，至于县委书记，同样是因为政治形势变化。

作为作家的父亲，在他的写作生涯中，绝大多数时间里，都受着政治形势的影响。政治形势像一把无情的剑，左右着他。他更多的时间，只能是被动地准备写作。这种状态终于随着四人帮的垮台而结束。事实上，阻碍父亲未能把杨先生的故事写出来的直接原因，是突如其来的病毒性脑炎，这场疾病来势凶猛，稀里糊涂地就夺去了父亲的生命。要不是这个意外，我敢肯定父亲很快就会把杨先生的故事写出来。父亲病故时，装着杨先生材料的大信封就放在他的写字桌上，稿纸上的名字已经拟好了，这说明父亲已经进入写作状态。我有充分的理由相信，父亲在去世前夕，想得最多的就是在文章中如何再现杨先生。

2

杨先生是在一九二五年夏天参加共产党的。当时是五卅惨案发生后不久，革命形势极度高涨。由于杨先生在支持工人和宣传反帝中相当努力，引起了党的注意，决定吸收他入党。吸收杨先生入党的重要目的，是想通过他，能够联系上当时在商务印书馆的胡愈之、郑振铎以及我祖父。杨先生自己是在商务编译所工作，他的另一个任务，是协助印刷厂中的党员同志，积极发展工人运动。

杨先生显然有着很强的组织能力。事实上，到了一九二七年，他已成为上海著名的工人领袖。在上海工人的三次起义中，杨先生是领导集团中的核心人物之一。当时正是国共合作期间，他不仅和共产党中的高级干部如周恩来等是战友，和许多国民党党员也很熟悉。国民党和共产党的同仇敌忾的敌人，是北洋军阀孙传芳。上海工人的三次起义，便是为了配合国民政府北伐，结束军阀统治。前两次工人起义因为准备不够充分，都被镇压了，直到第三次起义才胜利。

一九二七年三月，上海工人第三次武装起义胜利的当天，召开了市民代表大会筹备会，决定成立上海特别市临时市政府。临时市政府的地址就在蓬莱路上的原上海县署，即今天的南市公安分局。筹备会开过的第二天，在南市九亩地新舞台正式召开第二次市民代表大会，到会团体一千余个，各界代表四千余人，公推商人代表王晓籁、工人代表汪寿华、学生代表林钧为主席团。作为主席的林钧在报告中指出：

> 当此紧急时期，设一无领导机关之革命市政府，则难以统率全部之革命运动，故经本会临时委员会决议，组织上海特别市临时政府，提出候选委员。

接着，作为商人代表的主席王晓籁宣读了临时市政府委员的候选名单，到会代表热烈鼓掌，举手赞成，共选出十九名委员。在这十九名委员中，排在第一位的就是率领北伐军进入上海的白崇禧将军。其他的著名人物，有钮永建、王晓籁、虞洽卿、侯绍裘、罗亦农、汪寿华、顾顺章等。杨先生是十九名委员之一，在这十九名委员中，公开的共产党代表只有罗亦农一个人，而实际的共产党员却有九名，几乎占了人数的一半。临时市政府是一个统一战线性质的民主政权，由大资本家、国民党右派、国民党左派和共产党联合组成，由于共产党的人数众多，临时市政府的很多决议都被共产党所左右。

临时市政府成立后的第六天，得到了远在武汉的中国国民党中央执行委员会的承认，在同一天，又一次在九亩地新舞台召开市民代表大会，举行临时市政府委员的就职典礼，到会代表大约有五千人，十九名临时市政府委员中实际出席的只是十三名。杨先生在这次就职典礼上出足风头。就职典礼后，在邮务工会的军乐伴奏中，由各代表簇拥着各自的委员步出会场，一直送往临时市政府的办公地点。

杨先生的名字在那一段时间里，频繁出现在报纸上。临时市政府是上海人民选出来的，是上海工人阶级和市民一致奋起的结果。杨先生当时显然很有名望，否则不可能被推选为市政府委员。这段光荣历史是杨先生一生中的黄金阶段。我的父亲提到杨先生就会感到遗憾，正是因为杨先生曾经有过的这段光荣历史。父亲出生于一九二六年，这时候，正是杨先生不断地组织工人罢工，以一个职业革命家的身份，风风火火出生入死的阶段。我的父亲一定是在很小的时候，就听家里面的人，反复说过杨先生的故事。

作为祖父的老朋友，父亲在很小的时候就知道杨先生。杨先生显然是家里的常客。不过父亲从来没见过风头十足的杨先生。在父亲的印象中，杨先生只是一个沉默寡语的书呆子，他是祖父的同事、同乡、老友，来了，讨论一些出版方面的事宜，吃饭时，坐在一起喝酒，喝了酒，继续喝茶聊天。杨先生是家中的常客，杨太太也是常客，杨先生的孩子是父亲的儿时伙伴。

杨先生的故事，最初是作为比较和对照进入父亲的记忆中。父亲一定反复听家里人说杨先生本来根本就不是这样的。大家都怀念他大出风头的日子。在父亲的记忆中，杨先生是个神秘的人物，他有着不同寻常的历史，他有着和现在截然不同的生活。他的沉默寡语，只是表面现象。父亲从小就在猜测，为什么杨先生不苟言笑，为什么他能忍受杨太太的唠唠叨叨。杨先生给人的印象是一点火气也没有。杨太太总是没完没了地唠叨，即使是在别人家做客也是这样。

3

建国后，杨先生在给与我父亲几乎同龄的长女的一封长信中，谈起自己的历史经历。这时候，杨先生的长女已经参加革命工作，在一家部队医院里当医生。杨先生向女儿叙述了自己参加革命的全过程，重点说明他是怎样和党组织脱离了关系。在杨先生就任临时市政府委员的半个月后，国民党和共产党这两个曾经是同一战壕的战友正式翻脸，反目成仇。震惊中外的四一二大清洗中，许多著名的共产党人被杀害。杨先生幸免于难，被迫隐姓埋名，转入地下。到了一九二七年的秋天，白色恐怖甚嚣尘上，残余的共产党人不断被捕，不断地被枪杀，杨先生终于和党失去了联系。他所知道的共产党重要人物不是被杀，就是不知道跑哪儿去了。他的家搬来搬去，在提心吊胆中过着日子。这种状况一直持续到一九三二年的春天。

在这段时期内，杨先生在精神上感到非常苦闷。由于杨先生夫妇都出生于大户人家，在经济上并没有遇到什么困难。关在家中的杨先生犹如坐牢，除了借酒浇愁，他不知道自己还能干些别的什么。他整个成了一个废人，既颓废，脾气也十分暴躁。他成了一个蛮不讲理的父亲，动不动就拿还是小孩子的女儿撒气。妻子也成为他发泄不满的对象，夫妻两个动辄吵架，吵着吵着，便发展到了动手。杨先生对共产主义运动似乎已经失去了信心，在刚脱离党组织的时候，他还考虑如何和组织恢复联系，渐渐地，他甚至懒得去想自己曾经是一名叱咤风云的共产党人。

一九三二年初春，杨先生患了严重的黄疸，不得不住进医院治疗。出院以后，朋友劝杨先生必须改变生活方式，没有必要总是像老鼠一样躲在家里不敢见人。他应该有一种新的生活，必须像一个有出息的男人那样，靠自己的劳动养家糊口。这时候的国民党似乎已经站稳了脚跟，国民政府成为当时唯一合法的政府。共产党在江西有了自己的根据地，有了自己的军队，国共之间开始了军事对抗。剿共这一词汇有了新的意义。到了一九三三年春天，杨先生听从朋友的劝告，开始进入开明书店担任推广部主任。

开明书店的推广部，有些像我们今天出版社的发行部。开明书店出版的小学课本，在当年很有名气。推销这些课本，自然要和许多人打交道。由于杨先生有过的那段历史，大家都对他刮目相看。有一次，一个熟人偷偷地和杨先生打招呼，他告诉杨先生，说上海市党部早就注意到了他的行踪，所以迟迟不去抓他，是因为知道他已和共产党脱离了关系。此外，市党部的领导人吴开先和杨先生的熟人是同乡好友，对杨先生有着特殊的好感。过去的事情，过去就过去了，吴开先并不想追究。不过，为了不至于产生什么误会，杨先生最好自己找个时间向市党部说说清楚。熟人向杨先生保证，说吴开先是个爱才的人，杨先生的事情他一定会帮忙，绝不会为难他的。要不然，万一出了什么岔子，再托人去找吴开先帮忙，情况就大不一样，要麻烦得多。

杨先生听从了熟人的劝告。多少年后，杨先生写信给女儿谈起当时情景，仍然为此事感到深深的懊悔。这件事改变了杨先生一生的命运，使得他永远抬不起头来。

> 有一天（约在九月里），熟人偕我往国民党上海市党部（林荫路江苏省教育会旧址）会见吴开先。吴取空白表格嘱我填写，并将大革命失败后的个人生活情形写具节略一并送交审核。我见表格名称有“共产党人自首”字样，顿觉此行已铸成大错，但悔之晚矣。只好向吴声明三点：（1）不承认加入共产党是误入歧途，（2）不再参加国民党，（3）与共产党隔绝已久，无从举说。吴谓只须办此手续，一切可以谅解，表中无法填写各项亦可从略。经过接洽，填表手续属欲罢不能。表格节略送去后，经上海警察局督察处传讯三次，情况相当难堪，但悔之已晚。所提书面节略，即以向吴声明三点为骨干，而警局传讯时，屡次要我再参加国民党，我坚持不愿。填表后两月，接国民党市党部批复，手续方始完结。

从一九二七年秋到一九三三年冬，杨先生隐姓埋名，姓韦名休号息子。办了自首手续以后，杨先生又恢复了原来的姓名。他从此和政治脱离干系，与共产党再也没有来往，对于国民党，更是躲得远远的。从内心深处，对于共产主义运动，他还有一种藕断丝连的感情，而对于国民党，却一直有一种说不出的厌恶。

在同一封信中，杨先生对女儿说：

> 我虽然为了苟全性命，可耻地向反动派“自首”了，但从没有反叛行为。在你的青少年时期，我竭力注意你的接触方面，不许你与反革命分子接近，这一点你也许会觉察的，而且我也欣幸你并没有违反我的意愿。我在历史上是留下污点的，“自首”这一段事实是我的疮疤，我一直没有对不相干的人提起过，也没有明白告诉过你。五一年夏的忠诚老实学习时，我已向党和行政上坦白，结论肯定是我历史上的一个污点，但认为不是反革命的行为。我犯此政治错误，累及你屡次受盘问，真是又愧又恨……

4

一九五一年夏季的忠诚老实学习，是一场什么样的运动，如今已经想象不出来。对于杨先生来说，这一定是一段非常难堪和尴尬的经历。“自首”这件事是隐瞒不了的，杨先生想向党组织说清楚，但是有些事也许永远也没办法说清楚。事实上，党组织早就知道他的情况。

自首这件事是杨先生心灵上的伤疤。虽然没有背叛行为，然而他不能不觉得自己有愧于轰轰烈烈的共产主义运动。从一九三三年起，杨先生成为开明书店重要的业务骨干，他显然干得很出色，深得老板和同事的好评。他还是个多面手，不仅是个很好的推销人才，还是一名很好的编辑。他编的历史课本在教育界有着广泛的影响。

抗战爆发，杨先生随同开明书店一起转移到大后方重庆。随着时间的推移，人们对他过去的经历差不多已经淡忘。国共又一次携手共同抗日，在一次很偶然的机会中，杨先生遇到了当时也在重庆的中共代表周恩来。周恩来是上海第三次工人起义的幕后领导人。十几年前，他们曾是有着深厚友谊的战友。老战友相见，许多往事涌上心头。许多他们共同熟悉的人，在四一二大清洗以及随后的白色恐怖中献出了生命，譬如罗亦农，譬如侯绍裘，还有汪寿华，还有赵世炎和陈延年，这些都是中共党史上非常重要的人物。作为幸存者，周恩来和杨先生彼此之间都感到很亲切，他们随意地谈了起来。最后周恩来表示，他可以把杨先生的女儿带到延安去。延安是许多进步青年向往的地方，延安也需要进步的年轻人去充实。

这又是一件使杨先生全家在后来一提起来就懊悔的事情。杨先生很乐意把女儿送到延安这座革命的熔炉中去锻炼。但是杨太太坚决反对，她对革命的恐惧记忆犹新，不愿意让女儿重蹈父亲的覆辙。结果这件事因为杨太太的反对作罢，而杨先生的女儿直到几年以后的解放战争爆发，才不顾母亲的阻挠，毅然参加了解放军。

建国前夕，我的祖父从上海绕道九龙香港，去北京参加政治协商会议，从此就留在北京工作。离开上海时，一批老朋友前去送行，杨先生是其中之一。杨先生的外孙曾对我说，我的祖父去了北京，周恩来在接见祖父时，曾问起过杨先生，于是祖父便也把杨先生叫到北京去了。我不知道这一说法的准确性究竟如何，反正在祖父的日记上，并没有记载这件事。祖父去北京不久，杨先生应祖父的邀请，也到了北京。杨先生到北京和祖父有关这一点确凿无疑。很多留在上海的老朋友，在祖父的邀请下，有不少人后来都去了北京。建国以后，百废待兴，祖父主管中小学的教材编写，杨先生是祖父的老朋友，也是编历史教材方面的得力干将。杨先生主编的《中国近代史》是教育部的指定教材。这本教材先是供一学年使用，后来压缩调整，要求在一学期中教完，因此又由杨先生改编为《中国近代简史》。

杨先生去北京以后，住址离中南海不远。许多琐事，祖父也许从来就不知道。三反五反的时候，屡屡在深更半夜，有人前往杨先生的住处查户口。虽然经过了忠诚老实学习运动，有关部门对杨先生还是有些不放心。三番五次的查户口一定使杨先生感到很不自在，脾气倔强的杨太太终于忍无可忍，她十分愤怒地对查户口的人说："你们不要一次次地来麻烦了，我告诉你们，我们怎么会到北京来的，是周恩来让我们来的，你们不信，去问他好了。"

查户口的人，顿时脸色发白。他们半信半疑，不知道如何是好。查户口是例行公事，只有神经不正常的人，才敢冒充是周恩来的熟人。杨先生显然是在公安局挂了号的人，他在历史上也许不仅仅是有污点，他是个隐藏的特务也说不定。天知道这件事是怎么结束的，查户口的人未必真会去找周恩来对证，最后只好不了了之。自从杨太太发过火以后，多少年都没有人再上门查过户口。这件事也给杨太太添了经验，在往后的日子里，每当遇到什么麻烦，杨太太就把周恩来的名字挂在口头上吓唬人。

5

我的父亲始终想不明白的一点，就是杨先生这样的人，在一九五七年反右时会被打成右派。由于遗留的历史问题，杨先生不应该是那种心直口快，想说什么就说什么的莽撞分子。事实证明，什么样的人都可能被打成右派。父亲曾经对我讲起过他和他的那些“探求者”朋友当年是如何被打成右派的。时过境迁，几十年以后，重新提起，说起来都有些好笑。在“探求者”成员中，父亲和方之是党员，早在酝酿成立“探求者”之前，方之曾向当时华东作家协会的负责人巴金汇报过他们的打算。巴金作为祖父的老朋友，反对他们这么做，并让方之带信给我父亲，让他老老实实地写东西，别搞什么小团体。

方之曾在背后讥笑过巴金。他和父亲都认为巴金毕竟不是共产党员，胆子太小。“我们是共产党，我们怎么会反对共产党呢?”被打成右派以后，父亲和方之抱头痛哭，二十几年过去，“探求者”平反了，方之回忆往事，意识到当年真正幼稚可笑的是他们自己。被打成右派的，的确各色各样的人都有。有极右的人，也有左得不得了的人，更有一些莫名其妙的人。“探求者”只是一群在艺术上想有些追求的青年作家，他们唯一的毛病也许就是年少气盛。

杨先生被打成右派只能说是他活该倒霉。建国以后，名目繁多的政治运动从没有停止过。从感情上来说，杨先生希望国民党垮台，希望共产党获得政权。但是他同时也意识到，无论共产党怎么宽宏大量，也不可能原谅他曾经有过的自首行为。杨先生首先自己就没办法原谅自己。他常常陷于深深的自责中，既感到对不起死去的一起并肩战斗的战友，也感到对不起活着的妻子儿女。他不能不感到自己是个罪人。谁也不会想到历史会发生如此巨大的戏剧性变化。杨太太当年力促杨先生去自首，但是她把这忘记了，当她看到或者听到杨先生昔日幸存的战友，如今已成为党和国家的要人以后，难免感到一种懊悔。杨先生完全有可能成为要人中的一位，而她也应该是一位显赫的要人太太。出生于大户人家的杨太太，很难安安分分地做平民，只要一有机会，她便要抖落出藏在内心深处的委屈。丈夫越是表现得平凡窝囊，她越感到愤愤不平。

也许是杨先生在家里受了太太的什么气，在单位里说了几句不该说的话。也许是他编的历史教材突然被看出了什么政治问题，一向老实巴交的杨先生糊里糊涂地便成了右派。杨先生没有申辩，甚至不感到委屈。自首这件事像影子一样纠缠着他，一个总是感到内疚的人，有时候债多不愁虱多不痒，并不在乎再吃些什么亏，也懒得为自己辩解。他本来就错了，又有什么必要在乎又错了。父亲谈起反右扩大化的时候，常常要举杨先生的例子。随着右派的平反昭雪，右派已经成了金字招牌。我在小说《关于厕所》中曾写过一件事，那是我刚上大学的时候，由于我们是恢复高考以后入学的，结果高考进校的学生经常和在校的工农兵大学生发生冲突。一位工农兵大学生感叹地说："真搞得不得了，这年头，工农兵大学生跟右派似的。"说这话时，右派还没有平反，所以会有这样的比喻。自从反右运动以后，右派便是过街老鼠，右派意味着你在别人面前抬不起头来，意味着你的子女不能上大学，不能从事重要的工作。右派是坏人的同义词，是社会的渣滓。

继续考证杨先生为什么会被打成右派已经没什么意义。父亲打算要写杨先生，绝不是同病相怜，因为杨先生也是右派。杨先生值得别人替他作传的原因是多方面的。事实上，杨先生被打成右派，对他子女的影响相对来讲不是很大。被打成右派的时候，杨先生已经是个老头。他的子女早已参加革命工作，是革命队伍中的一员。右派和杨先生历史上的自首放在一起，也未必就严重到什么地方去。

真正值得一提的，是被打成右派对杨先生心灵上的伤害。杨先生对共产党没有任何恶感，他发自内心深处地对共产党感到内疚。只要有可能，他真心地愿意为共产党做些什么。右派这一铁定的事实，证明他又一次愧对共产党，而这正是他最不乐意的事。我在父亲留下的材料中，发现杨先生当年写给一位亲戚的信，信的内容不去管它，让人震惊的是落款。这封平辈之间的通信，没有称兄道弟，而是骇人听闻地写着：摘帽右派杨义。

从这封写于文化大革命中的信，可以见到杨先生心情的一斑。这心情是沉重的，依然流着受到伤害的血。这落款中包含着怨恨，包含着后悔，包含着自暴自弃。考虑到杨先生写此信时，已是一名退休的老人，考虑到杨先生的出身，他饱受了旧文化的教育，骨子里深深地留下封建士大夫烙印，士可杀不可辱，考虑到他曾经叱咤风云地领导过工人罢工和起义，好歹也为革命做过一点贡献，考虑到他几十年含辛茹苦兢兢业业，不求有功但求无过，杨先生的落款可以说是一字一血。

6

父亲拟写的关于杨先生的文章，取名为“杨先生和他的儿子”。这说明杨先生的儿子杨方将在父亲的文章中占有重要篇幅。在父亲留下的装着有关杨先生材料的大信封中，有相当一部分是杨先生亲自抄录的儿子杨方的来信，杨方的《平反决定》，在杨方追悼会上的悼词，以及北京军区总医院关于杨方的病理诊断。

北京军区总医院　　七二年六月二十二日病理号码A646
主治医生　王敏

病理诊断：

原发性肝细胞癌　门静脉癌栓塞　肝破裂内出血　腹腔大量积液

两侧肺　肺水肿　轻度肺气肿　左肾先天性局限性　多房性肾肿及局限性纤维瘤样硬化

食道静脉曲张　脾郁血　轻度脾炎

杨方生于一九三六年，早在中学时代就积极上进，于一九四九年加入中国新民主主义青年团，一九五五年五月加入中国共产党，同年七月参加中国人民解放军，历任学员翻译等职。他死于一九七二年，终年只有三十六岁。在他的追悼会上，大家痛哭失声，悲伤万分。杨先生将有关的材料，都恭恭敬敬地抄在一个黑封面的小笔记本上。在悼词的后面，杨先生用小一号的字写着：

这篇悼词由原炮兵学院副院长文击以当天新成立的落实政策领导小组主要负责人的名义在五月二十七日追悼会宣读，其原稿由原炮院政治部主任宋乃耕于到我家亲致慰问时交给我保存。杨义注

杨先生对子女的政治前途一向看得很重。希望子女积极靠

拢共产党，是杨先生表示自己内疚的一种方式。杨方能够达到那一步，和他个人的努力有极大的关系，但是和杨先生的教育也分不开。毫无疑问，杨先生的自首问题，对杨方的政治前途是有影响的，早在十三岁的时候，杨方就是青年团员。这时候，杨先生的自首问题还没有暴露，杨方入党才十九岁，当时对于是否把他吸收到党的队伍中去，有过很激烈的争论。杨方显然在各方面都表现得很出色，事实也证明他是一名优秀的共产党员，忠诚老实光明正大。他的所作所为，足以使心灵上一直隐隐作痛的杨先生感到欣慰。

杨先生密切地注意着子女在政治上的点滴进步。当他闻讯女婿担任一个大型企业的党委书记时，立刻喝酒祝贺。在他的卧室里，挂着许多幅由他亲自手书的毛主席语录。被打成右派以后，杨先生仍然不改他的习惯。在给子女的书信中，他非常娴熟地引用着毛主席他老人家说过的话。杨先生是在文化大革命到来前夕退休的，轰轰烈烈的运动对他虽然也有波及，可是他毕竟带着杨太太告老回乡，远离北京重新回到南方。人们当然不会忘记他的自首历史，也不会忘记他是摘帽右派，他所以能在文化大革命中过着相对平静的生活，和革命小将对死老虎没有太大兴趣有关。

文化大革命中，最让杨先生放心不下的，是子女们的命运。女婿的官大，首先被揪了出来，紧接着是女儿。杨先生偷偷地来到女儿居住的城市，没有直接去女儿家，而是去女婿的单位戴着老花眼镜看大字报。铺天盖地的大字报让他看了一整天，当看到女婿许多莫须有的罪行，和自己的自首问题毫不搭界地联系在一起的时候，他感到心口一阵阵撕裂的疼痛。杨先生为自己的自首已经受够了煎熬，他想不到不仅连累了和他有着血缘关系的女儿和儿子，还要害得根正苗红有着多年革命历史的女婿一起遭殃。杨先生觉得自己没脸面再去女儿的家，他搭上当日的夜班车，闷闷不乐地离开了这座城市。当火车的汽笛拉响时，他突然想到了远在北京的儿子杨方。

多年来，只要和儿女分开，杨先生便要求他们每两个星期写一封信。并不在乎说什么，他要求的只是这样一个形式。无论是杨先生，还是杨太太，都是儿女心肠极重的人。在分别的日子里，书信可以让他们感觉到儿女的存在。杨先生的儿女从来也是按照这规矩办的，杨先生退休回南方以后，杨方一直坚持每两周有一封信来。可是这规矩近来已经被打破了，从上一封信到现在，杨方已有三个月没有任何消息。

7

杨先生直到一年以后，才隐隐约约知道一些儿子杨方的消息。这一年多的时间里，杨先生苦思冥想，作了种种担惊受怕的设想。他无数次地想偷偷地去一趟北京，然而他害怕自己是有罪之人，突然出现在儿子面前，会给杨方带来不必要的麻烦。儿子久久地不来信，很可能是一种与自己划清界限的表示。思念爱子和不想让杨方受自己牵连的想法，纠缠着杨先生的心。他忍受着杨太太的唠叨，悄悄地给北京的熟人写信，恳求他们想方设法，从侧面了解一下杨方的情况。

一位老同事回了一封措辞模糊的信，信中暗示杨方的情况不太妙。杨先生猜不透信中模棱两可的用辞，他买了一张硬座票，置身在拥挤不堪的车厢里，一路颠簸赶到北京。到了北京，他没有去儿子家，也没有直接去找住在北京的老友，他找了一个很普通的小旅馆住下来，关在房间里足足想了一夜，第二天，乘公共汽车去杨方所在的炮兵学院。在炮兵学院的传达室里，杨先生向一名年轻战士打听杨方的情况。年轻战士警惕地看着杨先生，用很生硬的口吻说："杨方这人是现行反革命，早就抓起来了。"

杨先生感到如雷击顶，他呆呆地站在那里，腿上仿佛灌了铅，根本没办法挪动。年轻战士挥挥手，让他赶快离去，他扶着墙，硬忍着一阵阵恶心，隔了好半天，才迈步去儿子的住处。杨方住在炮院的宿舍里，杨先生几近麻木地到那里的时候，正好遇上回来取东西的儿媳妇。儿媳妇手上还抱着个才几个月的小孩子，两人相见，儿媳妇捂着嘴哭了起来。杨方在三个月前正式被定为"现行反革命分子"，进行专政，开除党籍，行政降一级。早在这之前，他就被隔离审查了大半年。杨先生不知道杨方犯了什么滔天大罪，问儿媳妇，儿媳妇也不明白。杨方说抓起来就抓起来，从此就再也见不到他。

三年后，杨先生才再一次得到杨方的信。这三年里，杨先生总是在想，儿子究竟是怎么了。杨先生年轻时，无数次地想到自己会坐牢，会被国民党反动派杀头。他无数遍地想象过自己壮烈牺牲的情景。他做梦也不会想到杨方会被共产党抓起来坐牢。在儿子还是一个小孩子的时候，杨先生便向他灌输共产党比国民党好的思想。儿子参加青年团，又参加了共产党，儿子的每一个进步，都让杨先生感到自豪。杨先生想不明白的，是儿子为什么要反党，为什么？

重新接到杨方的来信，可以说是杨先生一生中最幸福的时刻。儿子在自己的长信中，简述了将近四年时间内的遭遇。作为军人，杨方成了林彪路线的受害者，他所在的炮兵系统的负责人是林彪的死党，在所谓“划线站队”中，杨方被罗织了种种罪名。他被强行武装关押，被揪斗，被抄家，被严刑拷打，甚至经受了假枪毙的恐吓。由于林彪的垮台，杨方的罪名不攻自破，他被从监狱里放了出来，新成立的炮兵学院留守处党的核心小组向杨方宣布，他被恢复了重新佩戴领章帽徽和听看有关中央文件的权利。

杨方是在农场的医院里给杨先生写信的，他告诉父亲，由于监狱里受到的非人的虐待，他的身体情况已经很糟糕。他的胃一阵又一阵地剧烈疼痛，脸色苍白，不断地出冷汗。医生建议他应该立刻返回北京治疗，但是这建议被领导否决了，理由是美国总统尼克松即将访华，为了维护首都秩序，月底前外地人员一律不准去北京，如有要事，须经省和军以上单位批准，而在京的外地人员，也要在十八日前离开北京。自从从监狱里放出来，杨方就盼着和妻子儿子见面。他被抓的时候，妻子正挺着个大肚子，如今儿子已经四岁了，杨方却一次面也没见过。既然北京回不去，杨方告诉杨先生自己已经写信去北京，让他妻子带着儿子速到农场和他会面。

杨方在信中非常激动地告诉杨先生，在他被打成现行反革命的日子里，他从来就没有认过错。他的顽强是他吃足苦头的重要原因，但是杨方丝毫也不为此感到后悔。杨方告诉杨先生，他从来就不相信自己是错的，砍头不要紧，只要主义真。事实证明，错的是那些迫害他的人。事实证明，真理永远是改变不了的。杨方说他还要继续努力，既然他没有错，就应该恢复他的党籍和行政级别。林彪的路线已经垮了，但是要彻底肃清林彪反动路线在炮兵系统的影响和流毒，还有相当的阻力，还要经过相当艰巨的斗争，杨方说他已经做好了充分的思想准备。

8

根据材料上的日期，杨方是在给杨先生发出那封长信后的半个月，病情开始严重起来。他被送往张家口的251部队医院抢救。他的情况显然很严重，医生发现他的血色素不断下降，立刻分三次给他输了六百多cc血。初步诊断是结核性腹膜炎，并有腹水。进一步的确诊需要通过多项检查和观察才能定。一个月后，被确诊是患了肝癌，这时候，杨方已经转院到了北京军区总医院。

杨方死于这一年的五月。临死前，他受尽了惊人的疼痛折磨。杨方的坚强使每一位目睹他的人都感到佩服。医生和家属一次次问他要不要打止痛针，他都咬着牙拒绝了。杨方在死前的第三天，炮院领导匆匆赶来，当着家属的面，宣布恢复杨方的党籍和行政级别。这时候的杨方已经处于昏迷状态，他似乎知道是怎么回事，当他的妻子哭喊着向他重复领导的决定时，杨方失态地傻笑起来。多少年后，大家想起杨方，还在为他当时是否有知觉而争论。

在父亲留给我的材料中，有一组追悼会的小照片，是那种135照相机拍摄的一吋照片，不是很清楚，但是已经足以反映当时的现场气氛。所有人的膀子上都戴着黑纱，胸前别着毛主席像章。杨先生拄着拐杖，被安排在家属队伍的最前列。有许多花圈，还有挽联，由于拍摄光线不足，大部分字都辨认不清。有一张照片是捧着骨灰盒从大厅里出来，杨先生显然有些走不动了，他离前面的队伍有一大截，队伍因此中断了，有人正回过头来看他。

杨方的追悼会无疑是超规格的。在悼词中，给予了杨方很高的评价。因为杨方虽然恢复了党籍和行政级别，仍然留着“犯有严重政治错误”的尾巴。追悼会上所以会有很高的评价，是基于对死者宽宏大量的缘故。但是这些评价成了杨先生晚年最大的安慰，他比任何人都更看重这些评价。杨方的悼词被杨先生毕恭毕敬地抄写了许多份，每一位和杨方或和杨先生有关的人，都收到一份作为纪念。

杨方的问题，一直到一九七九年一月才彻底平反昭雪，恢复名誉。在《关于对杨方同志的平反决定》中，杨方被认定是“遭受林彪路线迫害致死的”，强加在他头上的一切“诬蔑不实之词”都要推翻，在悼词中对杨方的评价以及后来的所谓“平反通知”仍有不妥之处，所有这些也都要撤销。在《决定》的最后写着：

> 杨方同志政治历史清楚，入党十多年来，学习认真，工作积极，热爱党，热爱人民军队，是一个好同志，好党员。文化大革命中所整理的有关杨方同志的一切材料，均销毁。今后如发现与本《决定》不符合的材料，一律无效。

杨先生没能活到看见这份《决定》，如果他见到了，一定也会像抄写悼词一样，抄写无数份到处散发。杨先生死于一九七六年，正是闹唐山大地震的那几天。杨方的死使杨先生完全变了一个人。一向沉默寡言的杨先生，变得唠唠叨叨。他总是情不自禁地对别人说儿子杨方的故事。杨方怎样和林彪路线作坚决的斗争，杨方如何遭受迫害又如何坚强不屈。杨方的故事成了杨先生嘴里的保留节目。杨方的死给了杨先生很大的刺激。在唠唠叨叨中，杨先生不时地检讨自己的过去。他总是说，自己当年要是和杨方一样，一切就完全两回事。

杨方的骨灰盒最初被杨先生带回去藏在卧室，为此他和杨太太吵了许多次。后来骨灰盒终于寄放到了火葬场去，杨先生只要一有机会，便溜去探视杨方的魂灵。为了不让他一次次地去火葬场，杨太太将那张寄放骨灰盒的证件收了起来，可是杨先生为了能达到和儿子见面的目的，竟然发展到借用邻居家的骨灰寄放证件。他的脾气越来越古怪，动不动就会在大街上走失。每次只要他失踪了，杨太太立刻就会想到他又跑到火葬场去了。

医生的诊断是杨先生得了老年痴呆症，他到处给人写信，号召大家向杨方同志学习。杨方的遗物成了他反复揣摩的珍品，他一遍遍地阅读昔日的来信，背诵追悼会上的悼词。他神经兮兮走火入魔，甚至会在大街上向陌生人演说儿子的英雄事迹。有一次，他爬到家里的五斗柜上，就仿佛当年领导工人起义一样，挥动着拳头，号召站在下面手足无措的杨太太，要像缅怀革命烈士那样，永远继承杨方的遗志。杨先生从五斗柜上摔了下来，他的后脑勺重重地撞在床沿上。救护车把杨先生送往医院，在途中，他已经断了气。

9

杨先生的故事，如果让我父亲来叙述，一定会更精彩。可惜在三年前的这个月里，父亲病故了。父亲知道的杨先生的事迹要比我丰富得多。我毕竟只见过杨先生两次，一次是在杨方死之前，还有一次是杨方刚刚过世的时候。这两次见面给我留下的共同印象，杨先生只是一个很窝囊的不想说话的老头子。杨太太却是见过许多次，是一个急性子的老太太，说话很快，想到哪里，就说到哪里。

我的堂哥三午曾说过一件事，他说在我祖母过世不久，也就是在杨先生被打成右派以后，有一次，杨先生和杨太太在吃饭时赶来，一边坐下来吃饭，一边唠唠叨叨吵架。祖父一声不吭，喝着闷酒，任他们吵去。当时祖父的心情非常恶劣，既怀念相亲相爱的祖母，又为刚被打成右派的父亲担心。杨太太盯着杨先生没完没了地吵着，祖父终于忍无可忍，用力把桌子给掀翻了。我和父亲都不知道这件事的确切性如何，因为堂哥三午总是喜欢那些戏剧性的情节。祖父的性格一向温柔敦厚，也许他只是很生气地用力拍了拍桌子。

不管事实真相如何，祖父深深地为这件事感到内疚。这件事并没有影响两位老人的友谊。杨先生是祖父患难与共的老朋友，对这样不幸的人发火，怎么有理由也不对。杨先生一生的遭遇让所有知道他的人都感到说不出的压抑。正因为他们是老朋友，杨先生才会带着太太在吃饭的时候赶来，才会在别人的饭桌上忍受杨太太的唠叨。杨太太是大户人家的小姐，从小养尊处优。她跟着杨先生吃了许多不明不白的苦。没完没了的唠唠叨叨是他们夫妻生活的一部分。不管怎么说，他们牵着手，共同走完了漫长的人生。十年修得同船渡，百年修得共枕眠，夫妻恩爱远不像我们通常理解的那么狭窄。也许没有了杨太太的唠叨，杨先生的一生会变得更寂寞。每个人的一生似乎都是注定的。杨先生年轻时没有为了自己的理想取义成仁，后来又没能在学问上臻善尽美登峰造极，但是他在为人上并没有什么对不起别人的地方。物以类聚，人以群分，如果杨先生和祖父没有气味相投的地方，他们就不会成为几十年的老朋友。

杨先生的外孙和我是很好的朋友，他曾和晚年的杨先生夫妇共同生活了好几年，他告诉了我许多事。他说他外祖母在晚年，老是唠叨想得到一个带金属碰头的鳄鱼钱包。这钱包也许是杨太太年轻时从进口的美国电影上看到的，老太太是那样的渴望，以至于家里的人都把这当作笑话。杨太太死后的第六年，杨先生的外孙有机会去了一趟香港，他在一家精品店里看到了那种鳄鱼钱包，价钱很贵。杨先生的外孙毫不犹豫地买下了钱包。

一九九五年九月三日

作者后记：本文曾想取名“杨先生印象”，总觉得不熨帖，时髦和新潮了一些。“行状”是传记的一种，常由传主的门生故吏或亲友撰述，似乎又太旧。标准的“行状”要记述传主的世系、籍贯、生卒年月，以及遗闻轶事，供封建王朝议谥时参考，或者是在写墓志的时候摘抄几句，往往多浮夸溢美之辞。我这篇纪念文章的题目显然不伦不类。

哭泣的小猫

老猫是小猫的母亲。老猫每次叫春的时候，老唐就预感到事情又要麻烦。这是一场灾难来临的前奏。老唐从来就没喜欢过猫，他讨厌那些被人豢养的畜生。老猫是老唐的妻子宝玲病故前，九岁的儿子唐人跟人要来的，宝玲的肾不好，有严重的腰子病。住院住了很长时间，医生对老唐说："把你老婆接回去吧，她的病不会好了。"

老唐便让宝玲出院。

宝玲在家养病，越养越胖，她的胖是水肿。老唐依然上班，儿子唐人从同学家要了只小猫回来，老唐说："你添什么乱，把猫还给人家。你哪有时间玩猫？"宝玲说："我闲着，也是闲着，我来养，这猫就算是送给我玩的。"老唐骂骂咧咧不肯罢休，宝玲说："我的日子不会长了，我们不吵架，好不好？"

老唐说："谁想跟你吵架，你有病，就是王母娘娘，谁敢惹你。"

宝玲病歪歪地拖了两年多，小猫长大了，叫起春来，唐人问宝玲，猫干吗这么死叫，又问猫为什么要打架。宝玲告诉儿子，等他再长大一些，就知道为什么。宝玲死的时候才三十五岁，她比老唐小八岁，结婚前，别人老跟她开玩笑，说年龄相差这么多，老唐肯定会疼她。宝玲说："我自己会心疼自己，用不着他来疼。”

老猫是在宝玲死后半个月，生第一胎的。宝玲已经知道老猫怀孕了，她为老猫准备好了一个全新的窝，在大澡盆里铺上了一层松软的棉花，再把澡盆放在床肚底下，并且吩咐唐人千万不要偷看。猫是有灵性的动物，它害怕有人会伤害它的小猫，会衔着小猫东躲西藏。老猫第一胎生了三只小猫，刚开始，老唐和唐人都没有注意到。宝玲尸骨未寒，家里乱糟糟的。老猫没有把小猫生在床肚底下的澡盆里，而是生在了堆破烂的阁楼上。

有一天，唐人看见老猫衔着一只小猫从阁楼上下来，接着又衔下来一只，又衔下来一只，小猫毛茸茸的，细声细气叫着，非常可爱。唐人感到很吃惊。

老猫每年都起码生一窝小猫，每次少则三四只，多便是六七只。老唐觉得这很糟蹋人。在老猫叫春的日子里，他将宝玲留下的口服避孕药，掺和在猫食里喂猫，可是没任何用处。这是一个不以人的意志为转移的恶性循环。老猫到日子就叫春，就怀孕，怀孕了胃口特别好，生了小猫要喂奶，胃口更好。小猫生长迅速，自己能吃猫食了，便和老猫抢着吃。老唐为这猫食烦透了神，常常忘了喂猫，结果整天就听见猫饿得哇哇叫。一个没有女主人的家庭，根本就不应该养猫。

小猫长大了，要送人，也是一件烦人的事。凑巧，碰到喜欢猫的，小猫刚生下来，就来订货。小猫是非常可爱的动物，然而并不是什么人都喜欢猫，就算是喜欢猫的人，也不一定非要亲自养猫。老唐和老猫本来就没什么感情，他对它的仇越结越深，动不动就踢它一脚，老猫“哇”地一声惨叫，跑多远的。老猫已成为家里很多余的东西。

对付老猫的叫春，几乎是一场惊心动魄的战斗。老唐关紧了门窗，坚决不让它逃出去。老猫上蹿下跳，歇斯底里乱叫，吵得老唐和唐人整晚上没办法睡觉。老唐提着一根擀面杖，像打耗子一样，在房间里追过来追过去。唐人帮着老唐一起痛打老猫。老猫逃到了阁楼上，然后再从阁楼上纵身跳下来。碰翻的热水瓶掉在地上爆炸，烧饭的炉子也差点撞翻。大家都精疲力竭，老猫有气无力地叫，老唐和唐人终于困得睡着了。

在门外也是猫叫。附近的公猫都来了，不仅叫，还要厮打。老唐醒来，从垫的棉胎上撕了些棉絮，拼命把耳朵塞起来。唐人睡得很香，老唐又扯了些棉絮，往儿子的耳朵里塞，用劲塞。唐人睡意蒙眬地睁开眼睛，说："你把我弄醒了，你把我弄醒了。"

老唐听不见儿子说什么，他继续用劲堵塞儿子的耳朵。唐人说："唉哟，你弄疼我了，你真的弄疼我了。"老唐说："我要是不把这猫扔了，我他妈就是你儿子。"唐人也听不清父亲说什么，知道他是因为猫在生气。老唐嘀嘀咕咕地还在说着，睡意蒙眬的唐人突然一骨碌从床上跳起来，跑到门口用力把门拉开。老唐发疯一般扑向门口，他想赶紧把门关上，但是已经晚了，老猫像箭一样从老唐和唐人的脚底下冲了出去。

外面黑糊糊的，听得见猫急驰的脚步声。猫的眼睛在黑夜中闪亮。老唐随手抄起那根扔在门口的擀面杖，追出去，咬牙切齿地诅咒着。他仿佛置身于夜色的海洋中，天知道周围有多少只猫，浩浩荡荡，像一群欢乐的鱼一样，在离老唐不远的地方游过来游过去。老猫是只白颜色的花猫，它身上有着大熊猫一样的黑色花纹。它跑到哪里，那些迫不及待的公猫就跟踪到哪里。老唐想把手上的擀面杖掷出去，又有些舍不得，便摸索着在地上捡石子砸。

那些猫在外面叫了一夜。唐人到后来也跑了出来，帮着父亲一起撵猫。那群猫就是不肯跑远，存心在附近转悠。老唐越来越愤怒，越战越勇，越战越徒劳。公猫们正为着爱情决一死战，它们根本就不在乎人类的存在。

老唐决定遗弃那只老猫，他把老猫带到城市的另一头，随手扔进了一个垃圾箱。晚上回家的时候，老唐吃惊地发现老猫正在儿子唐人的脚边打转，绕来绕去地讨吃的。第二天，老唐把老猫扔在一个更远的地方，可是三天以后，老猫又若无其事地回了家。接二连三的行动都以失败告终，老唐发现那老猫简直就是个精灵。

遗弃老猫同样是一场战斗，距离一次次增加，老猫一次次令人难以置信地又回来。老唐想不出更好的办法，他的最后一招，是在猫食里加了足够的安眠药，然后让饥肠辘辘的老猫吃。老猫意识到了有些不一样，它不是嘴馋，而是已经饿得不能不吃。老唐将昏睡的老猫装在透气的面粉口袋里，和唐人一起等候在铁路边。一列货车缓慢地开过，老唐将面粉口袋十分准确地投进一节装甘蔗的车皮里。这是一辆开往北方的货车，老唐希望它开得越远越好。

老唐对自己这一招是否有效毫无信心。他苦着脸对唐人说："我要是把你给扔了，早就扔了，可是要扔掉一只猫，你看看有多难。"

唐人说："老猫这次还能回来吗？"

老唐没办法回答儿子的问题。父子俩一路没话地回到家，平时已经听惯了老猫的叫声，到吃饭的时候，感觉到安静得不得了。老唐让唐人找些话说，唐人问说什么，老唐说随便。唐人想了想，说："要是我妈知道我们把老猫这么扔了，她会怎么想？"

老唐说："怪就怪你妈，就是她要养这该死的猫的。"

唐人说："妈肯定会不高兴！"

"你妈死都死了，她知道个屁！"老唐有些不高兴，他注意到儿子似乎比他更不高兴，婉转地说，"我们不谈这个好不好？"

唐人一脸阴云："我们谈什么？"

老唐说："谈猫可以，别谈你妈。"

三天过后，老猫没有回来。这是以往老猫被扔往别处，离家最长的时间。十天过去了，一个月过去了，老猫仍然没有回来。刚开始，老唐和唐人的耳朵边隐隐约约仿佛还听得见老猫的叫声，自然是一种错觉。有一天，这错觉非常强烈，强烈到了老唐父子俩都以为那老猫真的回来了。他们在附近到处寻找，一声又一声地呼唤它。渐渐地，老唐相信这老猫再也不会回来。很可能，老猫在遥远的北方找到了一个新家，或者成了一只在山林里自由来往的野猫。成为野猫也许是老猫最聪明的选择。

老猫是在老唐父子差不多把它忘掉的时候，又一次出现在他们家附近的。它只是在周围转悠，犹豫着不敢进家。天知道老猫在外面有过一些什么样的痛苦经历，它瘦成了皮包骨，肮脏不堪，肚子却很大。老唐第一眼就看出它又快到临产的日子了。他把唐人叫了过来，哭笑不得地对儿子说："看见没有，这畜生就是认定死理，它非要回来。它还是回来了！我操，它回来干什么？"

那只喂猫的钵子已经扔了，不得不重新找一个搪瓷碗代替。老猫的食量惊人，吃饱了便躲在阁楼上不下来。它总是把小猫生在阁楼上，没几天，唐人便听见阁楼上小猫像老鼠一样的吱吱叫声。这一次，老猫生了三只小猫，只有一只看上去还健壮，另外两只瘦骨嶙峋，都叫不出声音来。老猫逮住了机会就拼命吃，吃饱了就爬到阁楼上去喂奶。老猫似乎也明白老唐父子不是真心欢迎它归来，它始终保持着足够的警惕。终于有一天，老猫开始衔着小猫走下阁楼，让老唐父子感到奇怪的，是小猫就剩下孤零零的一只，另外两只小猫不在了。很显然，小猫是死了，唐人在阁楼上到处找，却没有见到那两只小猫的尸体。

老唐再次忙碌地寻找乐意收养小猫的人家。那小猫长得非常可爱，像它的母亲，可是身上的花纹更好看。没人再乐意收养老唐家的小猫。老猫的繁殖能力实在太强，这个街区到处都是老猫的后代。老猫叫春的日子里，一大群钉在它后面乱跑的公猫，其中有一大半是它的直系亲属，有的是第二代，有的是第三代。老唐让唐人问问同学，有没有哪位同学家乐意养小猫。有个女同学表示愿意，可是回家一问，女同学的父亲说："养什么猫呀，你要敢把它捉回来，我就把它杀了烧着吃！"唐人把这话传达给老唐，老唐悻悻地说："你就让她带回去烧着吃好了，我反正不心疼。"

那小猫长得很快，开始和母亲争夺猫食。老猫通常都是让它，饿极了也会抢着吃。日子就这么一天天拖下去，小猫仿佛永远不准备断奶，只要有机会，便往母亲的胯下钻。不久，老猫又有了叫春的迹象，老唐为此感到愤怒。老猫回来没有继续把它扔了，是个错误。让老猫在家里生产，反而多了一头小猫出来，更是错误。小猫是头母猫，等到小猫也会叫春，这后果的严重性不堪设想。

老唐向儿子表达他最后解决猫患的决定。老猫已经成了精，既然扔不掉，干脆想办法弄死它。老猫果然又叫起春来，它似乎再也顾不上小猫，独自溜了出去。带有色情意味的叫春和公猫厮打时的惨嚎，响彻云霄震耳欲聋。老唐往耳朵里塞了棉絮，若无其事地呼呼大睡。第二天，老唐为老猫准备好了最后的晚餐，他去菜市场买了条鱼，将鱼头和鱼尾放在一起用小火煮，香味在空气中弥漫，老猫和小猫围着炉子叫个不歇。

老唐是在老猫快吃饱的时候，将它轻轻地按住的。老猫丝毫没有感到老唐的恶意。老唐抱着老猫，径直向门外走去，将老猫塞进事先已经打开的黑黢黢的阴沟里，然后毫不犹豫地盖上又笨又重的水泥盖。阴沟里是老鼠大显身手的地方，老猫不是捕鼠能手，老唐从来没看见它捉过一只老鼠。也许是捉到了没看见，事实上，老唐很少注意老猫平时都干些什么。老唐家曾经鼠满为患，养了猫，多厉害的老鼠都会逃之夭夭。

老猫的惨叫引起许多人的非议。刚开始，凄楚的声音非常嘹亮，渐渐地减弱了。那些闻声赶来的公猫终于失望而去，唯有小猫守在水泥盖周围，嘶哑地叫着，直到叫不出声音来，才怏怏地离去。天知道老猫是什么时候咽气的，很久以后，下了一场大雨，阴沟排水不畅，老唐立刻想到那是因为老猫的尸首堵着的缘故。

老唐把遗弃小猫的任务交给了唐人。小猫还小，只要把它扔到野地里，肯定不会再回来。为了保险起见，老唐建议他走得越远越好。

唐人选择了一个星期天，他将小猫装进一个鞋盒里，然后用绳子扎住。他刚刚学会了骑自行车，又约了几个小伙伴，穿过城市，沿着乡间大路往前骑，五个小伙伴只有两辆自行车，有一辆车必须载三个人。乡间的大路高低不平，其中一辆自行车没刹住，猛地冲进麦田里。

一个小伙伴提议将小猫放在麦田里。麦田里有老鼠，让小猫自己去捉老鼠好了。另一个小伙伴立刻反对，说这不好玩，说既然把小猫带出来了，就应该好好地和它玩一会。他们来到水库边的一片空地上，将小猫从鞋盒子里放了出来，然后像追逐猎物一样，在空地上追小猫。小猫东躲西藏，不明白这些小孩子究竟想干什么。它跑得远远的，回过头来，对着唐人充满疑惑地叫着。

小伙伴们玩累了，便坐在山坡上休息，休息了一阵，又互相扔土块玩。小猫远远地看着他们。唐人的额头被扔中了，顿时痛得直流眼泪。扔土块的连忙上前打招呼，连声说对不起。大家于是停止了互相扔土块的游戏，再次坐下来说笑。五个小伙伴中最大的那位，无师自通地向其他的几个人讲述带色情意味的故事，讲的人津津有味，听的人很入迷。

小猫对野外的环境显然感到陌生，它悄悄地来到唐人身边，轻声地叫着，作着媚态，试探唐人对它的态度。它突然纵身跃到唐人的大腿上，蜷伏在他身上休息。小伙伴说："这猫是公的，还是母的？"

唐人说："是母的。"

小伙伴说："那好，让我们看看它的那玩意儿。"

唐人拎起小猫的两只后腿，分开来，让小伙伴们欣赏。小猫的尾巴乱晃，唐人说："你们真是笨蛋，把尾巴拉住不就行了。"

年龄最大的那位小伙伴手臂让小猫的爪子抓了一下，当场留下一道深深的血痕。大家都笑他没用。被抓伤的小伙伴恶狠狠地给了小猫一巴掌，小猫反过来又抓了他一下。这一次他被惹火了，从唐人手上抢过小猫，飞快地赶到水库边，用劲往水库里扔。唐人大声阻止，已经来不及了。

小猫在空中划过了一道弧线，落在了水库里。唐人早就听说过，狗是会游泳的，而猫不会，猫的强项只是捉老鼠和爬树。但是落了水的小猫却会游泳，它在水里打了个转，慢慢地向堤岸游过来。它游得很慢很慢，水库很深，水很清澈。唐人他们站在堤岸上，能够看见小猫细细的腿像桨一样轻轻划着。它终于游到了岸边，湿漉漉地爬了上来。蓬松的毛一旦湿透，小猫只有一点点大，它胆颤心惊地对着唐人哀叫着。

既然小猫会游泳，小伙伴们决定让它游个够。有人上前，拎着小猫的头颈皮，又一次把小猫抛下水库。唐人仍然想阻止，但是他自己也忍不住参加了这次虐杀小猫的游戏。这场游戏玩了很久，也很有趣。小猫哀叫着，徒劳地一次次游上岸，又一次次地被扔下水库。它终于明白应该躲开那些向它奔过来的小孩子。小伙伴们兴高采烈地喊着，他们注意到小猫的肚子已经像气球一样地膨胀起来。

“不能再扔了，小猫要淹死了。”一个小伙伴说。

“死就死吧，反正又不要它了。”另一个小伙伴说。

唐人走到水边，招呼着小猫，想把它捞上来。小猫对他已经失去了信任，它毅然掉过头，向另一个方向游去。小猫的肚子里灌足了水，它实际上已游不动。渐渐地，它只能无效地在原地打转转。唐人大声地招呼它，无望地对它做着手势。小猫的腿开始动弹不了，它瞪大着眼睛，像一个球一样静静地漂浮在水面上。

小猫的眼角边全是水珠，那是小猫哭泣时流下的泪水。

一九九五年九月十日

左轮三五七

吉普车开进后勤大院的时候，大家最初并没有在意。派出所的老王领着他的助手，直奔小七子家。小七子父亲的警卫员拦住了门，不让进，问老王有什么事。老王说他要找小七子问些情况，警卫员说小七子不在家，有什么事，等他回来再说。老王问能不能和小七子的家长见个面，警卫员板着脸说："见顾政委不行，他正睡觉，有什么话跟我说好了。"

老王说："我可以见小七子的母亲吗？"

警卫员说："她不在家。"

老王便带着助手在离小七子家不远的地方等他回来。小七子是在天快黑的时候才回来的，他当时和他哥小五子走在一起，老王上前拦住了他们。老王简短地说明来意，小七子立刻脸色惨白，打摆子似的直哆嗦。老王说："你跟我们一起去派出所吧。"小五子蛮横地说："什么大不了的鸟事，干吗要去派出所？"老王反问说："难道到你们家的客厅去谈？"

小五子在大院西头的营房后面有一间房子。谈话便在那里进行，小七子的精神全线崩溃，把自己的所作所为，一丝一毫没有遗漏地通通交代出来。小五子在一旁听着，突然冲上前狠狠地抽了弟弟一个耳光，暴跳如雷："你真他妈丢人，什么事不能干，出这样丑！"小七子被打蒙了，也不哭，一只手捂着被打得红肿起来的脸颊，心虚地看着门口。他害怕这时候会突然有人走进来。小七子的哥哥小五子在老王所在派出所的管辖区里，很有些名气，号称东区一霸。早在上中学的时候，他就是打架的好手。他整日背着一个旧的军用书包，书包里塞着锃亮的菜刀，动不动就亮出菜刀来准备跟别人拼个你死我活。他没想到十四岁的弟弟小七子会那么没出息，恨得咬牙切齿，威胁小七子说等派出所的人走了，要好好地收拾他。

老王的助手说："这是很严重的流氓案件。"

"有什么严重的？"小五子气鼓鼓地说，"用不着吓唬人。又不是干什么别的事，自己玩玩自己的东西还不行？"

老王哭笑不得地说："这是什么话？"

小五子在事情过后的第三天，让小七子领着，挨个拜访几个和他一起干坏事的人。小五子像揍贼似的，把参与做坏事的人一个个都收拾了一顿。最后收拾的是袁勇军。小五子把所有的人都召集在了一起，翻窗户进了大礼堂。他让小七子留在窗口望风，然后命令其他人把袁勇军绑在舞台侧面的柱子上，脱下他的裤子。小五子从旧军用书包里拿出已经生锈的菜刀，走到袁勇军面前，恶狠狠地说："小狗日的，你要是不给我说老实话，我就割了你的小玩意，让你变成个小丫头片子。"袁勇军吓得顿时大叫起来。小五子扬了扬手中锃亮的菜刀，不耐烦地喝道："不许哭！"

袁勇军不敢再哭，但是死活不肯承认是自己告的密，他是当时在场的唯一没有干成坏事的小男孩。小五子说："不是你，还能是谁？"

小七子他们干的坏事是一件大丑闻，这丑闻在后勤大院到处流传，最终也没弄明白是谁把事情捅出去的。一个月以后，暑假结束了，学校里的宋老师偷偷地把小七子叫到一边，看看周围没别的什么人，十分好奇地问他当时究竟是怎么一回事。年轻的宋老师是代课教师，她的年龄还不到二十岁，个子很矮，脸红红的，眼睛不大，看人时，喜欢久久地盯着别人看，与女学生混在一起，都以为她也是学生。小七子没想到宋老师会向他提这样的问题，羞得无地自容，恨不得立刻在地上掘一个洞，一头钻进去。自从那件事败露以后，他最担心的就是宋老师最后会知道。不可能有比这更丢人的事了。

小七子不吭声。宋老师轻声地又问："你们真干了别人说的那种事？"小七子仍然不吭声，他觉得今天是他有生以来最糟糕的一天。他最担心的事果然就发生了，一阵悲哀像一群蜜蜂一样围着他嗡嗡直叫。宋老师摇了摇头说，你们这些人怎么搞的，怎么这么无聊，怎么这么不要脸。

宋老师在学校里教农业基础知识这门课。当她在课堂上讲着"花蕊"和"授粉"这一类话题时，许多调皮的男生，便不怀好意地怪笑。小七子不是班上的好学生，他所追随的那几个男同学，都是不良少年，流里流气没一个愿意好好读书的。宋老师并不在乎学生们的怪笑，她喜欢和男生在一起说话，后勤大院的游泳池开放的时候，她总是和男孩子在一起游泳。宋老师苗条的身材很好看，细长的腿，圆鼓溜秋的屁股，在水里像鱼一样轻巧。

小七子在班上的年龄偏小，他们班上的一个留级生甚至比他要大三岁。反正是用不着读书的年代，老师根本就不怎么管学生，学生也不见老师怕。小七子跟在那些不良少年后面，学着他们的流氓腔调，在大街上胡乱追逐女孩子，冲着女孩子的背影说下流话。越是胆大的男孩子，越受到大家的尊敬。有一个叫钟强的同学，是小七子他们一伙的小头目，有一天，他们翻窗户爬进了大礼堂，钟强站在空荡荡的舞台上，当着同伴的面兴致勃勃地表演了自渎，然后让其他几个都学他的样子。

小七子不得不承认自己只是意气用事。因为在当时的情景下，谁要是不这么做，谁就是想出卖朋友。人们常常会被莫名其妙的友谊伤害，当众表演有点说不出的别扭，可是小七子勉为其难地完成了这一历险。唯一发生意外的是袁勇军，他力图比别人更努力，然而当别人早就结束了的时候，他还在作着徒劳的努力。一起的伙伴想帮助他，他们向他提示，让他加速，事情却越弄越糟。最后袁勇军像被别人痛打了一顿那样，悲哀地哭起来。

袁勇军的绰号叫“僵公”，他的个头在班上最矮。刚开始，大家都相信是袁勇军出卖了他们。袁勇军为此非常痛苦，他不在乎父母怎么揍了他，也不在乎别人叫他是小流氓，他在乎的是小哥们不信任他。袁勇军是一个把友谊看得很重的男孩子。小七子曾经问过他，宋老师有没有向他打听他们干的事。袁勇军一怔，待明白过来，立刻赌咒发誓：“我要是向宋老师说过一个字，马上让我死，马上让我变成乌龟王八蛋。”

小七子说：“我是说后来。”

“什么后来？”

小七子终于明白宋老师其实只问过他一个人。虽然这样的询问让他难堪，但是小七子相信这表明宋老师是信任自己。宋老师十分好奇，没有任何恶意，也没有鄙视他的意思。她就像什么事也没发生过一样，依然笑容可掬。宋老师和男孩子们总是很融洽，不过她好像是更喜欢小七子。

小七子始终不太明白宋老师怎么就和他哥哥小五子交上了朋友。小五子中学毕业以后，下乡当了知青，他很少在农村待着。由于赖在家里老是要闯祸，顾政委打算让儿子参军，到部队里去锻炼一下。宋老师正是在小五子参军的前夕，来小七子家做客，她是以小五子的女朋友的身份来的。顾政委那天破例在客厅里和宋老师谈了一会话，他到了老年的时候，性格有些乖僻，不愿意见任何陌生人。

顾政委大多数的时间里，都是在唠唠叨叨谴责小五子的不是。吃饭时也是如此，小五子听得有些不耐烦，说："爸爸，我好歹也是你亲儿子，老说我不好，到底什么意思，是嫌我呢，还是嫌你这位未来的儿媳妇?"宋老师的脸刷地就红了。小七子觉得宋老师本来就漂亮，脸一红，更有魅力。顾政委让儿子噎得无话可说。宋老师把头转向小七子，看见他正在闷笑，忍不住自己也笑起来。小五子说："你们笑什么，小七子，这下你可得当心，你们宋老师随时会把你在学校里干的坏事，说给我们老爸听。"

小五子后来有过许多女朋友，结了婚以后，依然韵事不断。宋老师是小五子第一位公开的女朋友，他们曾经非常亲密，常常拉着手在后勤大院里散步。可惜没多久，小五子便穿上军装当兵去了，他们之间通了一阵信，后来就闹翻了。有一次，宋老师十分犹豫地问小七子，问他哥这一段时间有没有信来。小七子记得这次谈话是在学校的操场上进行的，宋老师似乎有些悲伤，也带着些怨恨。小七子说："我回家一问就知道了。"宋老师想了想，说："算了，你别问，我才不在乎他来不来信呢。"

直到小五子回来探亲，带着别的女孩子上门，小七子才知道他哥哥已经和宋老师吹了。他为这事感到深深的遗憾。对于小五子后来的女朋友，包括后来成为他嫂子的那一位，小七子一点都不喜欢。宋老师没有成为他嫂子，这是小七子一想起就感到不痛快的一件事情。如果小七子是小五子的话，他绝对不会这么做。他总认为宋老师后来会到那一步，完全是小五子的错。

小七子初中快毕业的时候，宋老师的名声在学校里已经很坏。同学们都在议论，说她不停地换男朋友，说她很放荡，已经堕过几次胎。宋老师不是小七子的班主任，她所教的农业基础知识，是一门可有可无的课程。在学校里，小七子并不是天天都能见到她。关于宋老师的花边新闻从来就没间断过，最离奇的说法，宋老师和学校里的一位男生有了性关系。家长跑到学校里来大闹，兴师问罪，说天下竟有这样的奇事，女教师居然勾引还是青少年的男学生。宋老师被学校除了名。她的家就住在后勤大院附近，小七子有时碰巧还能在路上见到她。他觉得她见到自己会不好意思，每次远远地看见她，就躲。躲了又有些后悔，他想宋老师一定会以为自己是因为她犯了错误，看不起她。小五子那时候已经在部队里入了党，他回来探亲，在路上和她不期而遇，当时大家一怔，都没打招呼。第二天，宋老师便守在门口苦等，小七子去上学的时候，发现她站在大院门口对面，放学回来，她还傻站在那儿。她喊住了小七子，说你给我带个信，我想和你哥见一次面。

小七子把这话传给了小五子。小五子不无得意地说："见面就见面，她难道能吃了我？"这天晚上，已经过了十二点，小五子还没回来。第二天上午放学回来，小五子在房间里呼呼大睡，小七子跑去喊他吃中饭，小五子打着巨大的哈欠，懒洋洋地说：

“小宋现在怎么变得这么不要脸，她都被开除了，为什么你不把这事告诉我？”

被除名的宋老师越来越不像话，据说她一直没有找到正式的工作。她开始在街上乱逛，有一段时间，小七子常常看见她站在大院门口，和站岗的大兵说笑。后勤大院的兵，有许多都是逃避上山下乡运动，开后门招进来的。他们不敢在站岗的时候和她过多地调笑，便把她带到宿舍里去。

宋老师不知怎么又成了大院幼儿园里的临时教师。小七子放了学，常常隔着幼儿园的铁栅栏，站在那里往里看。他想看看宋老师怎么教那些毛孩子的。宋老师其实只是帮着食堂做饭，是炊事员。有一天，小七子看见她系着围裙坐在那里择菜。宋老师隔着铁栅栏看见了小七子，她说：“顾寅，你怎么不去上学？”

小七子说：“我生病了。”

宋老师说：“生病还不在家躺着，跑这来干什么？”

小七子说：“在家闷得难受。”

宋老师喊小七子进去帮她择菜，小七子犹豫了一下，绕过铁栅栏砌起的围墙，从小圆门里进去了。他在一张小凳子上坐了下来，伸手去拿菜。宋老师笑着说：“不要你择菜，你陪我说会儿话就行。”小七子的脸刷地一下就红了，他注意到幼儿园一位曾经教过他的老教师，正用很不友好的眼光瞪着他。老教师也注意到了小七子偷看的神情，立刻把脸转向别处。宋老师说：“你是不是也在这个幼儿园待过？”小七子说那当然，他向宋老师报了一大串名字，告诉她这些同学都是从这幼儿园出去的。他还想告诉她，自己的哥哥小五子也是进的这个幼儿园，话到嘴边，又缩了回去。

宋老师一边择菜，一边看着小七子嘴唇上长出的黄黄的软胡子，叹气说："你也快长成一个小大人了，喂，你现在是不是还像过去一样不学好？"

小七子的脸又一次红起来，他不知道宋老师说的不学好，具体指的哪一件事。他或许真不能算是个好孩子，因为就像人们习惯说的那些坏孩子一样，他总是和那些不良少年为伴，从来不肯用心读书，动不动就旷课和逃课，在街上追逐漂亮的女学生，结伙大打群架。他们最初的小头目钟强，早在几年前就送去劳动教养，后来的领袖人物是"僵公"袁勇军。袁勇军因为自己生得矮小，过去总是受人欺负。他父亲多少年来一直是顾政委的警卫，会些武术，儿子老被别人欺负，做父亲的便叫儿子习武。"僵公"袁勇军终于征服了后勤大院里的所有对手，并且渐渐地在大院之外也有些名气。

一个当兵的站在铁栅栏外招呼宋老师，宋老师立刻放下手中的活，声音很响地和当兵的说起话来。小七子认识那个当兵的，他是礼堂里的放映员。大礼堂过去从来不放电影，要放电影，都是在露天的操场上放映。两年前，礼堂进行了改造，现在每到星期六，便放一些样板戏给大家看。有时候也偷偷地放映一些内部电影，能看这些电影的人范围控制得非常严格，除了后勤大院现任和已经退休的领导，社会上能弄到票的，都是些特别有能耐的人物。

幼儿园的老教师把对宋老师的严重不满，转移到了小七子身上，她走到小七子身边，恶声恶气地请他立刻离开。小七子不得不从小凳子上站起来。他向宋老师走过去，打招呼，告诉她自己要走了，然而宋老师似乎只顾隔着铁栅栏和那个当兵的说笑，她回过头，心不在焉地点点头，继续说笑。她显然是和那个当兵的在说小七子什么事，那当兵的冲着小七子的背影直笑。

后勤礼堂有一段时间内拼命放映内部电影。某电影厂召集了一班人马住宿在后勤招待所，举办一个空前规模的学习班。学习班一边学习政治文件，一边马不停蹄地观摩供批判用的外国电影。内部电影中的裸体镜头和性爱场面被过分地夸大了，人们私下里到处议论，沸沸扬扬，说那电影里怎么样，又怎么样。为了混进礼堂看内部电影，以“僵公”为首的少年团伙，进行了不屈不挠的斗争。翻墙头跳窗户，能想的办法都尝试了。最初有几部影片，小七子是偷了家里的旧军装，穿在身上，堂而皇之用父亲的票混进去的。小七子几乎立刻发现，凡是属于这种赠送性质的票，肯定都是非常一般化的影片。他们想方设法收买看门人，和守门的战士大打出手，最后差一点被扭送到派出所。

内部电影前后放了将近二十天。千方百计弄票已经成为最重要的话题，人们到处寻找那些有可能提供票子的人。小七子他们一伙，盘桓在后勤招待所附近，整天监视学习班的一举一动。他们听说那个总是戴着墨镜的瘦老头是个著名的导演，他刚恢复工作不久，正在筹拍结束隔离审查后的第一部电影。那个一脸奶油相，走路也拎着气的，是即将开拍的电影中的男一号主角，他早在文化大革命前就出名了，小七子曾经看过他演的电影，他总是演英雄人物。最容易辨认的是专演反派的某某某，几乎所有的小孩子都是一眼就认出他来，他在大院里出现的时候，就有人钉在他后面，以电影里他所扮演过的角色的名字称呼他，他似乎也喜欢和小孩子们闹，动不动就对那些招呼他的人做鬼脸。

女一号主角是个漂亮的年轻人，她的衣着很时髦，是那种透明度很高的白衬衫，里面十分清晰地可见带着花边的胸罩。她的裙子不停地换着，一会儿长一会儿短，脚上穿着新流行的长筒丝袜和一双白皮鞋。那年头，这种透明的长筒丝袜都是从国外带进来的，小七子他们家一个亲戚有机会去了一趟欧洲，回来便送了他们家两打这样的丝袜。小五子探亲回家，独吞了一半的丝袜，然后把丝袜挨个地送给他的女朋友，过去的现在的包括正在发展中的。小七子不知道小五子有没有送给宋老师。在小七子眼里，宋老师并不比这漂亮的女一号差到哪里去。

那年的夏天特别热，空气就仿佛凝固了一样。吃过晚饭，所有的人都跑到房子外面。大人们坐在自家门口聊天，孩子们便成群结队地在大院里乱蹿。小七子他们在“僵公”袁勇军家门口集合，商量今天晚上的去处。他们决定先去招待所附近转转，去会会那个漂亮的女一号。女一号住在招待所最东头的一个房间，他们悄悄地溜到窗底下，偷窥里面的动静。房间里还住着另外两个女人，因为天气热，大家的衣服都穿得很少。其中一个年纪大的老妇女，突然撩起了汗衫，一直撩到了脖子上，然后手忙脚乱地把胸罩解开来，七弄八弄从袖子那里一拉，将胸罩取了下来。

大院里的蚊子极多，一个蚊子叮在小七子的脸上，他实在忍不住了，拍了一下。响声引起房间里的人注意，“僵公”袁勇军立刻下令撤退。大家都感到遗憾，撩起衣服取胸罩的是那位老妇女，要是女一号，就来劲了。小七子说：“女一号才不会呢。”

大家都说：“你怎么知道不会，好像你和她有一腿似的。”

他们为女一号的奶子是不是衬了海绵垫子，或者像传说中是不是涂了什么药，无谓地争了半天。争完了，又翻窗进礼堂绕了一圈，对于这礼堂，这些从小在大院里长大的孩子，实在是太熟悉了。这一阵，为了能看到内部电影，更是频繁出入礼堂。他们做好了种种准备，从堂而皇之地混进去，到跳窗翻进厕所，是女厕所，再溜进礼堂，几套方案都进行过认真的讨论。他们最后一招，便是沿着暖气管爬进配电房，躲在配电房里往下看。配电房离舞台很近，而且是在侧面，观看效果很不好，这是下策的下策。

从礼堂出来，时间已经不早，小七子他们继续在大院里溜达。在一个阴暗的角落里，他们注意到有两个人坐在那儿轻声说话。“僵公”袁勇军用手电筒射过去，发现是瘦导演和那位女一号，两人挨得很近很亲密，在刺眼的灯光下，急忙分开。小七子他们立刻发出怪笑，笑得十分开心。一边笑，一边往前走，走了没多远，黑暗中又出现两个人影子，一看就是一男一女，脸贴着脸离得很近，在说什么话。“僵公”袁勇军把手电筒对着那两个人，故意等走得很近了才打开。这一次他们又吃了一惊，那个男的是即将开拍的电影中的男一号，那女的，是宋老师。

电影学习班放映的最后一部电影是《左轮三五七》。小七子他们从招待所的小黑板上，知道了这部电影的名字和准确的放映时间。早在电影放映之前，他们就奔走相告，为能看到这部电影做准备。他们和守门人的关系已经弄得很糟糕，从守门人的眼皮底下混进去的可能性已经不复存在。

小七子可以陪顾政委进去看，顾政委得到了两张宝贵的赠票，可是出于义气，他决定不和父亲去看。小七子要和那些从小一起长大的伙伴共患难，他们要用自己的方式，看这最后一场电影。

电影要到下午四点钟才放映，小七子早早地吃了中饭就溜出去了，他穿着西装短裤，汗背心，一双灰色的塑料拖鞋。几个小伙伴在“僵公”袁勇军家门口聚齐以后，“僵公”袁勇军以不容置疑的口气说：“今天我们躲在配电房里看，二马你不许去，你他妈恐高。”二马恳求大家让他去，他发誓说自己能战胜对高度的恐惧。“僵公”袁勇军说：“不要废话了，我说不许去，就是不许去。我不想让你坏了大家的事。”

二马怏怏而去，小七子他们悄悄地来到礼堂旁边，神不知鬼不晓地翻窗钻进礼堂。礼堂里空荡荡的，他们在里面巡视了一圈，然后由小七子带头，沿着暖气管，像表演什么惊险动作似的，爬向配电房。所谓配电房，只是悬在礼堂侧面的一个包厢差不多的小房间。礼堂早在国民党时期就有了，这个小房间最初的作用，只是演出时，让人躲在上面对着舞台打那种带有效果的灯光。后来对礼堂进行改造，这个小房间便成了配电房，控制整个礼堂的灯光。小七子他们对礼堂里的灯光控制已经非常熟悉，控制板上的每一个闸刀他们都玩过。

三点钟以后，开始有人进礼堂做准备工作，天太热了，必须先把电风扇打开通气。礼堂里的电路设计很巧妙，日常的照明用电，电风扇用电，都用不着通过配电房。配电房是一个不会引人注意的死角。放映前十分钟，观众开始陆陆续续进场。小七子他们躲在配电房里，偷偷地往下看。前排的座位是留给电影学习班的，小七子看见瘦导演神气十足地走到座位前，刚坐下，又站起来四处张望，他显然是在找什么人，一眼看到了女一号，激动地乱挥手，喊她过去坐在他身边。

派出所的老王也混在观众的人群中，小七子他们吃惊地发现，今天入场的观众，明显地要比过去多。是人是鬼都混在了一起，后勤大院的领导来了，领导的警卫和厨子来了，看大门的来了，还有许多莫名其妙的家属也来了。最让小七子他们生气的是，二马竟然堂而皇之地走了进来，找了一个位子坐下。他当然知道小七子他们正盯着自己看，非常傲气地对配电房胡乱挥手。“僵公”袁勇军恨得咬牙切齿，他带头用最恶毒的语言诅咒二马。配电房里一片骂声，一直到电影开始的时候，大家还在为二马的好运气生气。《左轮三五七》是一部警匪片，很快便吸引了这些孩子们的注意。银幕上乒乒乓乓地在打枪，汽车追来追去，他们觉得很过瘾。

影片上女主角的一段戏，突然让小七子想起了宋老师。他心中猛地荡漾起一种说不出的滋味。宋老师在一刹那间，占据了小七子大脑里的所有思路，他再也没有心思继续看电影。宋老师会不会来看电影的想法纠缠着他，仅仅是凭直觉，小七子就相信宋老师肯定会来看电影。早在电影开始之前，小七子就一直在注意她的身影。他一直在奇怪她为什么没有出现。

在昏暗的电影院里，要想找到宋老师几乎是不可能的。小七子灵机一动地想到了男一号。电影学习班的人就坐在配电房下面，小七子伸出头，在那群人中间寻找男一号。银幕上不断跳动的反光，让小七子一眼就找到了他，而且就像预感的一样，宋老师坐在他身边。他们似乎有意不是靠得太紧，但是他们的手无疑正在做着什么小动作。小七子感觉到宋老师仿佛是推了一下男一号的手，光线太暗，忽有忽无，他看不清楚。

电影又一次进入激烈的枪战阶段，小七子做了一件让全礼堂的人都震惊的事。他将架在窗口的一盏高强度的舞台灯，对准了男一号。由于角度的关系，小七子必须把大半个身体都倾斜到窗户外面，才可能将舞台灯正对着他想照耀的目标。一切都调整好了，小七子让“僵公”袁勇军推上控制这盏舞台灯的闸刀。“僵公”袁勇军目瞪口呆地说：“你他妈疯了？当心掉下去。”

小七子说：“我是疯了。”

“你真他妈疯了！”

“我说一二三，你就推闸。”

小七子坚定地数着一二三。“僵公”袁勇军犹豫着，神差鬼使地推上了闸刀。笔直的光柱像射出去的炮弹，准准地击中在男一号的手腕上。宋老师的裙子被撩了起来，男一号的手伸在她的短裤里面。突如其来的打击使大家都成了木头人，礼堂里沉默了片刻，顿时一片混乱。慌乱中的宋老师不停地打男一号的手，男一号的手仿佛抽了筋，僵在那儿动弹不得。宋老师站了起来，用裙子遮住了男一号下流的手。

高强度的舞台灯使用时，会产生高温。处于麻木状态的小七子，终于感到一种近乎被烤焦了的灼热，巨大的疼痛使他失去了控制，他想缩回到配电房里去，但是由于大半个身体已经伸在窗户外面，他完全失去了平衡。“僵公”袁勇军意识到事情有些不妥，他正准备上前拉住小七子，小七子已经像只大鸟一样，从配电房里飞了出去。他张开手臂，从舞台灯射出的光柱里穿过，重重地落在空空的过道上。

小七子的膀子跌断了，肋骨也断了好几根，肺上戳了好几个洞，不过他没有死。

一九九五年九月十六日

索玉莉的意外

索玉莉打工的那家饭店，就在友谊商店旁边。常常有倒卖外汇的人在那儿做黑市交易。有一天，一个长着络腮胡子的人冲进饭店，没命地往厨房里奔，两名穿着便衣的警察追了进来，转眼便将络腮胡子从厨房揪了出来，像押贼似的带到大厅里，在他身上搜来搜去。络腮胡子的衣服被高高地撩了起来，他胸口上有着浓厚的汗毛，黑黑的一大片，一直延伸到下腹部。饭店里干活的女工在一旁看着热闹。络腮胡子十分委屈地喊着："我身上没钱，没钱，真的没钱。"警察说："没钱你怎么倒外汇？"络腮胡子一个劲地抵赖。警察又说："监视你几天了，你老老实实把钱给我交出来！"

络腮胡子后来给警察带走了，大家议论了一番，这事就算过去了。那天晚上的生意特别清淡，索玉莉和其他几位女工在门口百无聊赖地坐着，见人过来就招揽生意。到八点多钟，老板娘说："算了，今天见了鬼，就到这，给我打扫一下，歇工。"

索玉莉和小徐一起去倒垃圾，垃圾箱在巷子深处，她们把垃圾往水泥的垃圾箱里倒，倒之前，索玉莉怔了一下，小徐问她怎么了，她掩饰说没什么。倒完垃圾，回到饭店里，洗脸洗脚，洗完了铺床睡觉。睡觉前，小徐突然发现索玉莉人不见了，扯嗓子喊她，也没回音。后来听见她在自来水那里洗手，一遍又一遍地洗，便问她刚刚是不是上厕所去了。索玉莉随口回答是去上了厕所，接着就睡觉，刚睡下，索玉莉又在一个塑料桶里撒起尿来，很足的一泡尿。小徐等待那很急促的响声静下来，有些惊奇地说："不是刚去过厕所吗？"

这家饭店一共雇了三名外地女工，和那些本地招的女工不一样，索玉莉她们吃住都在饭店里。饭店里没有厕所，白天要穿过一条街去上公共厕所，晚上除了大便，她们就在塑料桶里将就，然后往下水道里倒，再放些水冲一下。天快亮的时候，索玉莉她们被咚咚咚的敲门声惊醒。小徐撩开橱窗上的窗帘，看见白天被警察捉住的那个络腮胡子，正气势汹汹地站在门口，一边打门，一边嘟嘟囔囔地说着什么。饭店里就三个女工，来者不善，她们不敢贸然开门。

络腮胡子喝道："再不开门，我砸玻璃了！"

索玉莉走到门口，问络腮胡子有什么事。

络腮胡子说："废什么话，快开门，要不然，我真的不客气。"

这时候，有两个穿着运动衫的男人跑步正好路过这里，停下来看热闹。索玉莉在三个女人中胆子最大，她走过去拔去了插销，把门打开了。络腮胡子急不可待地冲了进来，径直往厨房里狂奔，跑到垃圾桶旁边，面对着空空的垃圾桶，跺脚说："垃圾呢？"三位女工跟在他后面，十分惊恐地看着他。他苦着脸，又连声问："要死，垃圾倒哪儿去了？"

索玉莉和小徐陪络腮胡子去垃圾箱，那络腮胡子焦急万分的样子，从水泥的垃圾箱顶部的小洞里一头扎进去，也顾不上肮脏和扑鼻的臭味，手忙脚乱地翻着。小徐在一旁看着奇怪，问他究竟找什么。络腮胡子先是不回答，后来被问烦了，恶狠狠地说："我找你妈那个 ×！"这时候，天已经大亮，街上人来人往，小徐胆子也大了，说你这人怎么这么不讲理。

络腮胡子显然没有找到要找的东西，一脸的绝望。他喃喃地说着："垃圾里有个牛皮纸口袋的信封，你们倒垃圾的时候，难道没看到？"索玉莉和小徐对望了一眼，摇摇头。络腮胡子又说："很显眼的一个信封，你们不可能没看见。"他比画着，不肯善罢甘休，和索玉莉她们回到饭店，一定要在饭店里搜一搜。索玉莉和小徐当然不肯让他随便搜。小徐说："凭什么让你搜，要搜，也得等老板娘来才行。"络腮胡子依然很凶，围观的人逐渐多起来，索玉莉她们再也不像刚开始那么怕他了。

络腮胡子整整在饭店门口纠缠了一天，他属于那种不好打发的人。老板娘被他纠缠得无可奈何，只好答应他搜。所谓搜，也只能是四处翻翻。络腮胡子重点搜了柜台，又提出要搜三位住店女工的包。老板娘说："搜一搜也好，免得他老缠着你们。"女人的包里总是藏着许多不能轻易见人的秘密，老板娘正好想借这个机会，看看自己雇的人是不是偷了她的东西。从小徐的旅行包里，搜出一大包崭新的塑料口袋，一看就是店里的，供客人带东西走时用。从索玉莉的包里搜出将近一千元人民币的存折。老板娘怕雇的女工中途不辞而别，说好了工资到临走的时候才结账，索玉莉的存折是积少成多，一次次存进去的，老板娘顿时满脸疑云。

络腮胡子要找的是他放在牛皮纸信封里的一千六百美元。当时情况很急，他害怕美元被便衣警察搜去了没收，在匆忙中往厨房的垃圾桶里一塞。本来以为很快就能释放回来取钱，没想到派出所直到天快亮时才放人。这一拖延，果然就出了差错，他不甘心地还要对三位女工搜身。老板娘脸上有些挂不住，冷笑说："这恐怕太过分了吧，你一个大男人的，在人家女人身上摸来摸去，算什么事？"络腮胡子说："那好，老板娘，麻烦帮我搜一下，我相信你。我已经跟你说了，这钱也不是我的，是跟人家借的，钱没了，过不了这道门槛。我没好日子过。你也休想！"

老板娘说："一千多美金，厚厚的一叠子，身上怎么藏得住？搜就搜，我搜给你看。"老板娘一边说，一边在三位女工身上象征性地搜了搜，同时让她们把口袋翻开来给络腮胡子看。天还热，身上都没穿太多的衣服，老板娘注意到索玉莉下身那里鼓鼓囊囊，有意在小肚子那里停顿了一下，她摸到了吊在那里的卫生带，便将手拿开了。索玉莉有些狼狈，脸通红的，人一阵阵哆嗦。

络腮胡子快快而去，临走，还撂下一大堆狠话。老板娘连声喊倒霉，说今天的生意又让这家伙给搅了。到晚上睡觉，小徐耿耿于怀，说："报纸上早说过了，不可以随便搜查，这样搜，是非法的，是侵犯人身自由，我们可以告他们。"索玉莉问她打算告谁，是告络腮胡子，还是告老板娘？另外一位女工叫朱春娟，白天被无端地搜查了一番，到现在还有些气不平，说要告当然连老板娘一起告。三个人议论了好半天，终于有了困意。朱春娟问小徐，要是真得到这一千多美金，她会怎么办？小徐说："一千多美金，换成人民币得多少？我要有了这钱，什么也不干了，明天就买票回乡下去。"

索玉莉在乡下，父母曾经给她说好了一个对象。她对那小伙子说不出的不满意，那小伙子似乎也看不上她。大家各自进不同的城市打工，通过一回信，以后就再也没什么来往。一年以后，那小伙子重新找了一位姑娘，消息传到索玉莉耳朵里，她先是不相信，确定了这消息以后，她便也自作主张找了个男朋友。男朋友是邻县人，和她在同一个城市的一家建筑工地上打工。

索玉莉每两周可以休息一次。在这个城市中，有许多像她一样来打工的乡下姑娘。她们以惊人的速度，迅速向城里人看齐，从衣着打扮，到言谈举止，亦步亦趋。在轮到索玉莉休息的日子里，她总是和男朋友一起出去玩。他们已经玩遍了这个城市中所有可供乡下人游玩的地方，以后他们不得不重复去公园和商场，原因不过是他们已经没有别的地方可去。

要不就是看电影，电影票越来越贵，他们就看半夜的那场，看那些价格便宜，没什么人要看的冷门电影。有时候去看录像，看那些少儿不宜的录像。看录像要比看电影便宜许多，而且有时候不清场，想看多少遍都可以。在结交男朋友的八个月以后，有一天看完了录像，男朋友送索玉莉回饭店。时间已经很晚了，他们两个人站在离饭店不远的电线杆下面接吻，像啃什么东西似的啃了半天。偶尔有人从身边走过，他们先还有些畏惧，很快就不在乎，索玉莉觉得这很刺激。天高皇帝远，远在乡下的父母亲反正已经管不了他们。

夜越来越深，索玉莉糊里糊涂地就放任男朋友撩起她的裙子，然后被抵在冰凉的水泥电线杆上。这是不可思议的第一次，万事开头难。就在大街上，一辆汽车远远地急驰过来，灯光像探照灯一样从他们身上扫过。接着，又一辆汽车急驰而来，那场面就好像是在拍电影。事过之后，索玉莉才知道男朋友在有她之前，曾经也和别的女人有过类似的冒险，现在那女人已经把他甩了。索玉莉有些后悔，男朋友为什么不早一些告诉她这些陈年旧账。他存心选了一个很不合时宜的机会。她觉得这太过分，恨不得立刻也把她的男朋友甩了。

索玉莉只是想想而已，事实上，在往后的日子里，她盘算更多的是和男朋友的婚事。生米已经煮成熟饭，她不是把贞操看得很重，也并不看轻它。一起打工的小徐和朱春娟都有着和她差不多的经历，她们现在的生活都有些浪漫，可是脑子里思考更多的永远是未来现实生活。她们都是拼命攒钱，而且希望男朋友也这样。城市毕竟不是她们的久留之地，她们清楚地明白这一点。索玉莉感到非常失望，男朋友很少去想以后应该怎么办，他非常满意目前的生活，两周和索玉莉相会一次，对他来说，这就够了。他胡乱用钱，用自己的钱，也用索玉莉的钱。

男朋友那天是骑着一辆破自行车来接索玉莉的。据公安部门的报道，几年来，这个城市里有近一百万辆自行车被盗。许多来城市打工的人，都从贩子那里，买了这种被盗后草草改装一下的二手车。索玉莉让男朋友载着她穿大街绕小巷，最后来到一家银行门口，索玉莉对四周充满警惕地看看，对男朋友说自己要先去一趟厕所。她很快就从厕所里出来，直截了当进入银行。男朋友十分吃惊地发现她存入银行的竟然是一笔美金。

整整一天，他们都在谈论这笔美金。这是他们完全不熟悉的一种货币，男朋友建议将美金折换成人民币，但是索玉莉有些害怕，她担心银行问起她这笔钱的出处无法回答。他们比较着银行的兑换价格和黑市的差价，绕来绕去，总是算错。一种潜在的危险似乎始终都在威胁着索玉莉，她不敢在银行附近过多停留，因为她在存钱的时候，几个倒卖外汇的，老缠着她。索玉莉担心这些人弄不好就和络腮胡子是一伙的。

他们在公园的一张长椅上坐了整整一天。意外的一笔横财，让他们有些不知所措。这是他们有生以来得到的最大的一笔钱，真不知如何使用才好。他们重复着那些已经说过的话，作着那些不切实际的设想。太阳快落山了，公园里的人纷纷往外走。男朋友突然想到已经很长时间没吃东西，提议找家小馆子吃碗面条庆祝一下，索玉莉坚决地拒绝了。她一点也不感到饿。

索玉莉在无意中犯了一个大错误。她只想到将留有密码的存折寄放在男朋友那里，却将原来装美金的牛皮纸信封忘在裤子口袋里带了回来。事情已经过去好几天了，索玉莉根本就没想到这个错误的严重性。她将牛皮纸信封窝成一团，随手扔进了厨房的垃圾桶。她没想到络腮胡子会细心到了连续几天守在水泥垃圾箱旁边，等候她们去倒垃圾，然后在垃圾箱里寻找可疑的线索。

络腮胡子如获至宝，他捏着那个窝成一团的牛皮纸信封出现在饭店里的时候，大家都奇怪他怎么又来了。络腮胡子这次有了确凿的证据，得理不饶人，语气更加蛮横。老板娘说：“你这人怎么这么不讲理，你究竟想干什么？”

络腮胡子说：“我干什么？我要我的钱。”

老板娘说：“凭什么说我这儿有你的钱？”

络腮胡子挥舞着手上的牛皮纸信封，说：“凭什么，我告诉你，这钱少了一丝一毫，你不要想太平。”

老板娘威胁要报警。络腮胡子冷笑说：“你快报警，我就怕你不报警。我要是怕你报警了，我就是你养的。”老板娘拿他没办法，答应让他再搜一次，络腮胡子说：“我搜个屁，上次我已经上过当了，你这儿这么大，我到哪儿去搜。废话少说，钱还给我了，我走人。钱不给我，我天天在你这儿上馆子。”

络腮胡子说到做到，他本来就是地道的无赖，天天到吃饭的时候，就跑来胡搅蛮缠。一千六百美金不是个小数目，他不可能就此作罢。朱春娟的男友在一家舞厅当保安，平时把自己说得如何厉害，如何会打架，老板娘请他来吓唬吓唬络腮胡子，结果络腮胡子没被吓唬住，反而从口袋里摸出一把水果刀来，把朱春娟当保安的男朋友吓得够呛。

老板娘开馆子之前，也只是一名普通的工人。她丈夫是大学里的副教授，文绉绉的一个书生，老板娘的钱要用的，饭店的事从来不管。明摆着，这件事如果不摆平，饭店的生意就没办法做下去。络腮胡子得寸进尺，越变越蛮横，越变越不像话。前思后想，老板娘只好来软的，哄自己手下的人把不该属于她们的美金拿出来。她挨个地找人谈话，希望拿钱的人良心发现，把钱还给络腮胡子。这是个很天真的想法，老板娘好话赔尽，软硬兼施，谁也不承认自己拿了钱。

有一天，小徐的男朋友来饭店玩，他和索玉莉以及朱春娟都熟悉。索玉莉那天有些兴奋，疯疯癫癫地乱开玩笑。小徐是个嫉妒心极重的女孩子，当时没发作，男朋友走了以后，为了一桩极小的事，对索玉莉大光其火。索玉莉知道她为什么生气，故意用话刺激她。索玉莉说："你急什么，我又不会抢你的男人。我已经有男朋友了。"小徐让她触到了痛处，立刻变脸，脱口说："你神气什么，不就是捡到一笔美金吗！"

索玉莉一怔，所有在场的人都一怔。索玉莉红着脸说："你瞎说什么，我什么时候捡到美金了？"

小徐冷笑说："好好好，你没捡到，是我捡到了，好吧！"

小徐的话提醒了老板娘，老板娘立刻想起那天搜身时的一幕，便找索玉莉单独谈话。索玉莉说，老板娘你不要听小徐瞎讲，我真要捡到钱，早就拿出来了。老板娘说，小索，你为我想想，我租这房子开饭店容易吗？要是我赔得一塌糊涂，到年底我怎么给你们发工资？索玉莉说，老板娘你要真不相信的话，你再搜好了，我不骗你。老板娘脸色阴沉下来，说，就算是你同情我好不好？这种事，说穿了，最好你自己拿出来。我干吗亲自动手搜呢？要搜就让派出所的人来搜。

谈话不欢而散，索玉莉尽量做出自己很清白的样子，可是她的惊慌谁都能一眼看出来。第二天，络腮胡子带了两个人来，杀气腾腾地指名道姓要找索玉莉。他们对索玉莉的包裹进行搜查，然后让她领着去见她的男朋友。索玉莉没想到会有这么一着棋，脸色顿时苍白。络腮胡子根本容不得她说一个不字，扇了她一记耳光，押着她便走。一行人在城市另一头的建筑工地上见到了索玉莉的男朋友，当时他正在那里干活，手上拿着一把铁锹。络腮胡子上前一把夺过铁锹，让他乖乖地把美金交出来。男朋友看了索玉莉一眼，矢口抵赖，络腮胡子朝他眼睛下面就是一拳。立刻有许多人围上来看，手上都抄着家伙。索玉莉大声说："我们根本就没捡到什么钱，你们凭什么打人？"

络腮胡子继续殴打索玉莉的男朋友。刚开始，索玉莉的男朋友还想还击，可是他根本就不是络腮胡子的对手。在一旁看热闹的都是男朋友的同乡，然而没有一个人援手相救，索玉莉急得大叫，看的人依然无动于衷。索玉莉眼见着男朋友鼻子被打出血了，眼角打青了，两个手捂着胃痛苦呻吟。她冲上前挡着他，不让络腮胡子再打。络腮胡子说："老子的钱，也不是那么容易就吞下去了。你再舍不得交出来的话，今天非出人命不可！”

仍然没人出来阻拦，络腮胡子的气焰更加猖狂。索玉莉的男朋友已被打怕了，终于说出了让大家非常吃惊的话。他吞吞吐吐地承认确有一笔美金这回事，可是这笔钱已经让他挪用了。索玉莉不敢相信自己的耳朵，她不敢相信男朋友竟然背着她，偷偷地把那笔美金自作主张地取出来，冒冒失失地换成了人民币，让同样在建筑工地上做工的父亲送回去买盖房子的材料。男朋友竟然敢瞒着她这样做，索玉莉脑子里一片空白，说不出的委屈，说不出的窝囊。她不明白男朋友既然已经这么做了，为什么又要吃不住打，老老实实地最后还交代出来。打都打了，咬咬牙，挺过去多好。络腮胡子深深地松了一口气，这结局也出乎他的意料。

索玉莉不想再听男朋友的解释。他根本就不是那种会为自己作出合理解释的男人。物价涨得很快，也许早一点把盖房子的材料买下来，是一个正确的选择，但是他没有权利不通过她，就偷偷地把属于她的钱挪用。她毕竟还没有嫁给他，就是嫁给他也不能这么做。他应该和她商量，应该很好地哄她。他肯定觉得索玉莉已经是他的人了，男人就是这样不像话，千方百计地想得到女人，得到了，又反而看轻她。男人们总是觉得和女人睡过觉，就等于在她身上盖了私章。他应该和她很好地计划一下，现在，他们不仅要把钱退还给凶神恶煞一般的络腮胡子，还要如数补上兑换时的差价。事情突然变得那么糟糕，索玉莉发现自己已经无路可走。

男朋友反过来责怪她根本不应该去捡那会变成祸害的美金。索玉莉看着他那张被揍得变形的脸，恨不得再扇他一个耳光。男朋友永远不会开窍。她把存折放在他那里是一个错误，把身份证放在他那里也是个错误，把密码告诉他更是一个错误。最初的错误也许真是不该贪图这笔意外之财，紧接着的错误是不该把装美金的牛皮纸信封带回去。错误一个接着一个，像滚雪球一样越滚越严重，越发展越不可收拾。

老板娘炒了索玉莉的鱿鱼，理由很简单，她害得饭店少做了许多笔生意。老板娘还想克扣欠她的工资，索玉莉万念俱灰，咬牙切齿地说："不给我钱，我放火把你这饭店都烧掉！"她是被逼急了，说完这话，抱头就哭。老板娘阴沉着脸把工资都算给她了，她软了下来，哭着哀求老板娘容她在饭店里再住一夜，天色将晚，她没有别的地方可以去。索玉莉这一哭，哭得很伤心。老板娘想了想，不打算答应，又不忍心就这么把她赶到夜晚的大街上去。老板娘也是女人，这时候，她突然想到了索玉莉的种种好处。要是索玉莉继续哀求她，她说不定会收回炒她的鱿鱼的决定。

整整一夜，索玉莉都在想以后应该怎么办。小徐和朱春娟很快就入睡了，索玉莉能听出那像老鼠啃东西一样的声音，是小徐在磨牙。她对小徐充满了仇恨，所有的一切，就是被这个丫头搞糟的。在这个陌生的城市中，索玉莉已经换了许多次工作。她永远忘不了第一次在劳务市场等着被人选中时的情景。大家就像在买什么东西似的做着交易，她在同村的一个姑娘的陪同下，忐忑不安地等待着雇主。同伴已经在这个城市里闯荡一年了，她吓唬索玉莉，说那面一个西装革履的中年人，是一个人面兽心的人贩子。有关人贩子的故事，早就在她们这些进城找活干的女孩子之间广泛流传。她们进城的第一课，无一例外的都是小心人贩子。

那个西装革履的家伙来到索玉莉身边，他打量着她，注意到她惊恐万状的神情。同伴笑出了声，待这家伙离去的时候，她告诉索玉莉这只是一个小小的玩笑。这个恶作剧给索玉莉留下了极深的印象，从此她对那些西装革履的家伙就有一种本能的警惕。索玉莉最初的工作都是做小保姆，各种各样的原因让她干不长久。女主人通常很挑剔，男主人呢，有的显然不怀好意，有的人挺好，就是太怕老婆。

索玉莉有一次几乎爱上了一位男主人。男主人是大学里的讲师，女主人也是。他们请保姆的原因，是女主人要去韩国讲学，四岁的小孩子没人带。晚上小孩子睡觉了，索玉莉织着毛衣，和男主人一起坐在客厅的沙发上看香港的电视连续剧，电视剧里的爱情故事缓慢发展着，他们不声不响地看着，那气氛有一种说不出的温馨。客厅的茶几上放着一张女主人的照片，女主人长得并不漂亮。这是索玉莉所向往的那种城市人的生活。

翻来覆去睡不着的索玉莉不愿设想明天去劳务市场可能会有的情景。她不愿意去想象自己将像货物一样被人挑剔，而她也要忐忑不安地在短时间内迅速作出决断，是不是跟看中她的雇主一起走。现在从农村来的女孩子都不愿意当小保姆。她们都倾向去个体的饭店里打工，工资高，能够有几个同伴在一起干活。漫漫长夜仿佛没有尽头，索玉莉忍受着小徐让人作呕的磨牙声，她不愿意在这不眠之夜，去想念背叛自己的男朋友。她已经决定和他分手，永远再也不和他来往。她不愿意再想起他，当然也许这根本不可能，他们之间毕竟有过共同的故事。索玉莉感到后悔和不甘心的，是她没有被人贩子骗卖了，没有被城市的男人骗去贞操，却轻而易举地上了自己看上去老实巴交的男朋友的当。每个从农村进城的女孩子都被反复告诫不要上了城市的当。城市是天堂，天堂到处是陷阱。

天亮的时候，索玉莉才睡着。在梦中，络腮胡子粗暴地将她顶在冰凉的水泥电线杆上，正在对他进行非礼。这样的情景在糟糕的电视剧里经常出现，索玉莉拼命地拒绝，她的男朋友在不远处，不怀好意地看着。络腮胡子眼看着就要得逞了，他粗糙而强有力的手掌，在她身上最敏感的地方摸来抚去，索玉莉已经放弃了抵抗，她已经准备接受厄运，却从梦中惊醒过来。小徐和朱春娟正在起床，小徐穿着一条地摊上买的那种廉价三角裤在店堂里走来走去，朱春娟坐在那里打哈欠，很大的一个哈欠。索玉莉有一种说不出的惆怅，她还没有从噩梦的恐怖中完全逃脱出来。她隐隐地觉得这梦即使是真的，也没什么了不起。小徐十分漠然地看了她一眼，毫无歉意地继续幸灾乐祸。索玉莉感到一股巨大的仇恨，她仇恨自己面对的一切，可是仇恨没什么用。索玉莉于是真正地仇恨她自己。

一九九五年九月二十四日

危险女人

1

魏老板僵硬的尸体被发现的时候，他显然早就咽了气。当时他像一只巨大的黑蜘蛛一样，伏在赵浏兰家防盗门的铁栅栏上，手指上两只黄灿灿的大戒指闪闪发亮。最早发现魏老板的是赵浏兰现在的丈夫荣昌，他在外面打了一夜的麻将，赢了些小钱乐滋滋地归来，一边打哈欠，一边伸手摸钥匙。他看见有人伏在自己家的门上，便上前打招呼，他从后面拍了拍那人的肩膀，突然意识到事情有些不对头。

荣昌惊慌的声音，引起了邻居的注意。他是个神经兮兮的男人，从喉咙里发出一种很古怪的声响。天已经大亮，雨过乍晴，地面上湿漉漉的。一个老太太正准备出门去拿牛奶，她好奇地走了过来，问荣昌怎么了。荣昌结巴着说不出个意思，另一位准备出去早锻炼的年轻人也跑了过来。小伙子胆子大，他走上前，用力想把伏在那里的魏老板的脸扳正过来。已经僵硬了的魏老板根本不听使唤。

老太太说："这是出事了，还不赶快报警！"

荣昌对自己家里大声喊起来，他喊着自己老婆的名字。他的老婆赵浏兰这时候正在床上睡觉，好半天没反应，终于被喊醒了，穿着棉毛衫跳下床，睡眼惺忪地从里面把房门打开。门外的情景显然是赵浏兰不曾预料的，这情景实在有些恐怖，她正好和伏在防盗门上的魏老板照了个正面。魏老板狰狞的面部表情吓了她一大跳，她叫了一声，出于本能地把门关上了。

荣昌说："你不要关门，把门打开让我进去。"

门里面的赵浏兰没有回答，她无疑是被吓得不轻。

荣昌大声地喊着："你快开门，开门！"

身着便衣的大马赶到现场时，周围已经围了许多人。大家现在已知道死者是谁，一个个都在议论，胡乱猜疑。人越聚越多，仅仅是维持秩序就要花费不少警力。看热闹的人总是很多，出不出事都这样。把魏老板从防盗门的铁栅栏上弄下来，很费了一番手脚。他像一只被蜘蛛网缠住的小虫子，僵硬的手腕被卡住了。女警官小马在一旁不停地拍着照，闪光灯亮个不停。大马皱着眉头站在一边，很长时间没说一句话。

一直到魏老板的尸体被搬走，赵浏兰才把门打开。在这之前，人们仅仅听见她在房间里哭叫，人们能听见她的声音，不知道她在说什么。现在，她终于从惊慌中镇静下来，当着许多围观者的面，她开始淋漓尽致地大骂死去的魏老板。她骂他不是个东西，死就死吧，临死，还要算计她，临死，还要最后害她一次。没有比这更触霉头的事了，这事往后一想到就会觉得恶心，一想到就会觉得晦气。魏老板的鬼影子将一直伏在防盗门上，以后，只要一打开门，情不自禁地就会想到这该死的场面。

赵浏兰仿佛宣布什么重大决定似的说："这地方不住了，我要换房子。"

很长时间都没有开口的大马走到赵浏兰身边，想从她那里了解一些最基本的情况。他习惯于在这种乱哄哄的场面中，扮演看热闹的旁观者，旁观者的冷静往往有助于发现线索。死者显然和赵浏兰有什么纠葛，要不然，他不会这么个死法。这种怪异的死法似乎有着什么秘密。

赵浏兰说："你不要问我关于他的事，他死了好，死得活该。"

大马问为什么。

赵浏兰说："不为什么，像他这种不是东西的东西，早死早好。"

大马想进一步地了解一些情况，但是赵浏兰拒绝和他谈下去。尽管魏老板就死在她家的防盗门上，她并不急于强调自己的无辜，而是坚决不能原谅这个人选择的这种死亡方式。当大马向她提出暗示，告诉她自己想知道为什么魏老板会死在她家的门口时，赵浏兰冷笑说，这正好也是她想知道的事情。她希望公安部门能给她一个答案。

事情似乎很简单，魏老板在敲赵浏兰家的门时，被人从脑后用东西狠狠地敲了一记，就只有一记，然而这一记却是致命的。在最初的调查中，大马得到一个非常简单的印象，那就是魏老板的被杀，和赵浏兰肯定有着直接或者间接的关系。通过调查发现，很多人都提到了赵浏兰与自己前夫魏老板的敌对。这条街上的人几乎都知道，死去的魏老板是赵浏兰的不共戴天的死敌。在这个问题上，人们的答案惊人的一致。这条街上如果有什么人希望魏老板死的话，大家异口同声都会说，这个人就是赵浏兰。

2

三十出头的赵浏兰给大马的最初印象，就是这个人有些冷酷。这是个微胖的女人，个子不高，不漂亮，也不难看，一头一脸不好说话的样子。她的眼皮看上去，仿佛有些肿，好像永远没有睡醒似的，嘴唇很厚，不说话时，老喜欢用牙齿去咬嘴唇。关于她和魏老板之间的仇恨，大家的说法并不完全一致，但是有一条是肯定的，就是三年前的离婚，魏老板狠狠地伤害了赵浏兰。正因为这件事，赵浏兰一辈子也不会饶恕魏老板。

居委会主任刘大妈叙述的故事是这样的。三年前，赵浏兰和魏老板闹离婚闹到了法庭上。法院根据他们私下谈好的协议，判定离婚，小孩归魏老板。魏老板则答应私下给赵浏兰一万块钱，结果婚是离了，魏老板这一万块钱一直赖着不给。赵浏兰跑去找他要，魏老板说，小孩归我养了，你有工作有工资，又不陪我睡觉了，凭什么还跟我要钱。赵浏兰要不到钱，便要小孩，魏老板说，要小孩可以，小孩给你了，钱还是没有。法院将小孩判给我的，你愿意养小孩那是你的事，你活该。

魏老板很快就结了婚，赵浏兰为了一万块钱，三天两头跑去吵。魏老板知道她的用心，说你不是来要钱，你是来找不痛快的，这一万块钱给了你，你也不会放过我。我就不给，你能拿我怎么办，我们看谁狠。还是那句话，小孩我不稀罕，想要的话，最好你接走。

赵浏兰说："你说话不算话。"

魏老板说："要是说话都算话，早就共产主义了。"

赵浏兰咬牙切齿地说："你个狗日的不得好死。"

魏老板说："我是狗日的，你也不像人日出来的。我们俩算是遇到对手，半斤对八两，都不是东西。"

赵浏兰随手就给了魏老板一个耳光，她火冒三丈，才不管这是在魏老板家里。离婚前，他们经常打架，每次都是赵浏兰先动手。赵浏兰不仅手快，而且下手又狠又重。她觉得自己答应离婚是上了当，答应把小孩判给魏老板是上了当，相信魏老板会给自己一万块钱也是上当。现在她再也按捺不住心头的怒火。

魏老板捂着脸，憋着一肚子火，说："好男不跟女斗，这个耳光算是我欠你的，我们现在两清了。"

赵浏兰说："放你妈的臭屁，我说过了，你这个狗东西不会有好死。"

魏老板新结婚的太太看不过去，冲出来指责赵浏兰，赵浏兰正等她来，指着她的鼻子说："你这个烂货离老娘远一些，要不然我一起打。老娘我破罐子破摔，不活了，跟你们拼了。"

魏老板说："你昏了头，这是你撒野的地方？"他对着赵浏兰的脸狠狠地揍了两拳，赵浏兰被打呆了，想还手，他朝她肚子上又是一脚。女人当然不是男人的对手，赵浏兰又一次吃了亏，吃了大亏。过去魏老板也打过她，手从来没有这么重过。

魏老板没想到这次揍赵浏兰，在日后会付出惨重代价，他只是不想在现在的妻子面前丢面子。赵浏兰死活也忘不了这次的挨揍。日子一天天过去，渐渐地，向魏老板报复，就成了赵浏兰活着的目标。只要是能报复魏老板，让她干什么都行。要是不能报复魏老板出口恶气，赵浏兰死不瞑目。居委会主任刘大妈的看法是，赵浏兰为了要不到一万块钱，喊人把魏老板杀死在自家门口的可能性并不大。无论有多大的刻骨仇恨，还不至于做出这么不近情理的事情。女人就是一张嘴不好，不能因为赵浏兰不止一次说过要喊人把魏老板杀掉，就因此认为赵浏兰是谋杀的幕后指挥。刘大妈认为，嘴上说自己想杀人的人，并不等于真的会杀人。

3

大马发现在魏老板之后，可以列出一连串男人的名单。魏老板为赵浏兰走向堕落，提供了一个堂而皇之的借口。和魏老板很快就结婚不一样，赵浏兰在和荣昌再婚前，在两性关系上变得肆无忌惮。很多男人在回答大马的问题时，都毫不隐瞒地承认，赵浏兰在和他们私通前后，都流露过让他们揍魏老板的意思。事实上，报复魏老板，既是目的又是借口。对于魏老板被杀一案，大马所作的大胆假设之一，就是凶手很可能是这串名单上的某个男人。

这个假设的重要前提就是，某个男人为什么要帮着赵浏兰谋杀魏老板。几乎所有和赵浏兰有关系的男人，都认为在赵浏兰身上，并不具备男人们要为她卖命的东西。男人是很难拒绝一个女人肉体上的诱惑的，女人隙开了大门，男人便会乘虚而入。大马注意到在这些关系之间，报复魏老板只是一个堂而皇之的借口，一个让赵浏兰走向堕落的借口，让别的男人勾引她的借口。这个借口离报复的目的遥远得很。一个其貌不扬的男人曾十分正经地对大马说过，赵浏兰对魏老板的仇恨已到了这种地步，那就是只要你对她控诉魏老板的不是，你便有机会和她上床做爱。

“如果有人真会为了赵浏兰，而去谋杀魏老板的话，这个人会是谁？”大马一次又一次近乎徒劳地问着同样的问题。

“这个人并不存在。”人们都这么回答，答案是一致的。

大马问：“为什么不存在？”

答案是：“不可能存在。”

没有一个男人承认自己曾经认真想过对赵浏兰的许诺。事实上，许多人连这种许诺都没有，不过是咒骂了几句魏老板，便轻而易举地和赵浏兰上了床。赵浏兰对魏老板的仇恨已经到了变态的地步，不止一个男人承认，赵浏兰不仅为了要男人报复魏老板主动献身，她甚至在献身的时候，也念念不忘对魏老板的刻骨仇恨。很多男人都遇到过共同的滑稽场面，这就是他们一边调情，一边像哄小孩一样地诅咒魏老板。魏老板在无形之间起着拉皮条的作用，而且对魏老板的攻击，还有助于刺激赵浏兰的性欲。最让大马感到哭笑不得的，是许多男人都吞吞吐吐地指出，赵浏兰经常在对魏老板的大声咒骂中进入高潮。

调查的结果证明，能够为赵浏兰去杀人的男人，根本不存在。一条街上的人都知道赵浏兰恨不能杀了魏老板，为了达到这一目的不惜一切手段，但是一条街上的人都觉得这只是一个笑话。男人们在私下里谈论着这个笑话，相互交流经验，有时还互相讥笑对方。甚至魏老板有时候也加入这种谈话，男人们并不觉得魏老板有什么太大的不好，恰恰相反，他们觉得魏老板有意无意地成全了大家。没有了魏老板，很多有趣的事就不复存在。赵浏兰算不上绝色，而且都不能算出色，然而仅仅就靠陪着她骂几句魏老板，就白白地和她睡一觉，这毕竟是一件惠而不费的好事。一条街上的男人几乎都是抱着同样的占便宜心理对待赵浏兰。

从魏老板和赵浏兰翻脸闹开，到他像僵硬的蝙蝠一样，死在赵浏兰家的防盗门上，这期间整整过了三年时间，如果有人愿意为赵浏兰出头的话，魏老板早就应该归天。这三年里，魏老板不仅好好地活着，而且和一条街上的男人，共同地谈着赵浏兰的荒唐之处。随着调查的深入，大马意识到从赵浏兰的情人中寻找线索是个误区。

4

大马所作的假设之二，就是有人故意栽赃。由于大家都知道赵浏兰想置魏老板于死地，于是凶手便利用了这个幌子。魏老板一旦遇害，人们很自然地就会想到赵浏兰。调查表明，魏老板最近在生意场上很不得意，他借过一笔高利贷，为了还清这笔款子，他的元气已经大伤。炒股票也狠狠地赔了一把。一起做生意的人，提到他时，已不怎么把他放在眼里。一位曾经给他当过伙计的小老板，在接受大马的调查时，悻悻地说："他小子欠我的一笔货款还没还呢，他这一死，我他妈跟谁去要钱？"

魏老板在生意场上显然是个不讲信用的人。他是个滑头，到处摆阔，做出很有钱的样子，其实四处欠债。大马决定暂时把赵浏兰搁在一边，从和魏老板有生意关系的人查起。这是件很难做的工作，因为魏老板人已死，说不清他生前和哪些人有来往。能找到的，全是想跟魏老板要债的，而那些欠魏老板债的人，绝对不会主动找公安部门。

大马注意到了吴大成。吴大成在魏老板遇害的那天晚上，去过赵浏兰家。他去的目的很简单，就是走这条街上许多男人已经走过的老路。赵浏兰再婚以后，仍然不拒绝那些对魏老板有意见的男人。吴大成向她攻击魏老板，诉说魏老板的种种对不起自己之处，但是他的运气不好，赵浏兰没有像人们所说的那样立刻陪他上床，而是情绪不太好地请他赶快回家。连续几次都是这样，吴大成不知道自己在什么地方出了差错，怏怏地回了家。当大马找到他问话时，他已经知道魏老板的死讯，而且知道自己已经受到了牵连，因此显得有些慌乱。大马发现他坐立不安，当问起他对魏老板之死有什么看法的时候，吴大成断然否定自己和他的死有任何关系。

大马说：“我们并没有说你和他的死有关系。”

吴大成说：“那你们找我干什么？”

大马又说：“我们也没说你和他的死没关系。”

吴大成的脸色顿时变成死灰色，他既紧张，又有些不服气。

大马不说话，他注意着吴大成的表情。吴大成急于要表白的神态，让大马对可能出现的破案线索产生了希望。他知道现在没有必要逼吴大成，野兽真掉在陷阱里了，是逃不了的。果然吴大成头上开始出汗，他牙齿咬着嘴唇，低头想了一会，说自己没吃到鱼，惹了一身腥。他说他不过是哄哄赵浏兰，这条街上说过类似话的人多着呢。吴大成说：“我只是嘴上说说而已，真弄死他了，我还不是要抵命的。”

大马让吴大成谈一下出事的那天晚上自己的活动，吴大成略迟疑了一下，吞吞吐吐地交代起来。吴大成的交代大有文章可做，出事的那天晚上，他去过赵浏兰那里，不过待的时间很短，不一会儿就走了，因为她似乎不太欢迎他。吴大成解释自己去的原因，只是偶尔路过那里。从赵浏兰家里出来，他去浴室洗了个澡，然后在街上的大排档里吃了些东西，便回去睡觉。那天晚上，他老婆和十七岁的女儿回他丈母娘家去了，因此只有他独自一个人在家。他看了一会儿电视，人困了，然后一觉睡到大天亮。

大马几乎立刻看出了这段交代上的漏洞。首先，路过之说不可能成立，吴大成去找赵浏兰显然有什么目的。大马向吴大成指出此案的关键，那就是他必须有足够的证据，证明自己那天不在作案现场。吴大成非常着急，因为他根本无法证明。他反反复复强调自己那天确实是一个人在家里睡觉。他赌咒发誓，说到最后，连眼泪都流了下来。有趣的是，吴大成口口声声说自己是一个倒霉的男人，他并不属于众多在赵浏兰身上留下标记的男人名单上的人，吴大成一再强调自己并不是不想，而是还没有来得及。他甚至承认出事的那天晚上，他去找赵浏兰的目的，不排除是为了成全好事。他听很多成功的男人说过，让赵浏兰上钩的办法非常简单，那就是说你愿意为她报仇。

“你们为什么不去找那些男人呢？”吴大成非常沮丧地说。

5

吴大成没办法证明自己那天确实不在作案现场，但是公安部门也没有充分的证据证实他就是凶手。魏老板的后脑勺上被人用棍子狠狠地敲了一记，就这一记能让他毙命，显然是打巧了。大约是脑子里某根重要的血管破了，解剖发现魏老板的大脑里严重充血。大马在附近的工地上，见到一些堆放着的木料，这些木料是建筑用剩下来的，很短，大约六七十厘米长，有棱有角，抓在手上就是很好的凶器。法医证实魏老板后脑勺的伤痕，肯定是被类似的木棍所伤。

赵浏兰在接受大马调查时，也说到吴大成那天在她家没有待多少时间就走了。在谈话中，赵浏兰无意中泄露出一个秘密，一周前，她和吴大成曾经打算通过黑道上的人，买魏老板的一条大腿。

这样的细节大马当然不能放过，他立刻就这问题深入下去，赵浏兰想否认已经来不及。尽管在主观上，大马想把赵浏兰暂时撇开，可是她总是不知不觉地走到大马的视野中来。赵浏兰显然是一个威胁着魏老板存在的危险女人。大马顺藤摸瓜，很快找到了他们打算雇用的打手蔡包子。这是个从牢里放出来的惯犯，他被带到了大马面前，十分坦然地回答了大马的讯问，并且有充分的证据证明自己当时不在作案现场。蔡包子显然是一个和公安部门打交道的老手，大马让他谈谈刚发生不久的这件事情的经过，吴大成和赵浏兰是怎么请他帮忙买魏老板一条大腿的。

“有这事?”蔡包子做出很吃惊的样子。

大马点了点头，告诉他确有其事。

蔡包子知道抵赖不了，笑着说：“你们说有这事，当然是有这事。不过也只是闹着玩玩，这事怎么能当真。”

一个星期前，赵浏兰的确托吴大成找过所谓黑道上的人物蔡包子，其实这蔡包子只是个无赖，他开口就是五千块钱，赵浏兰和他讨价还价。蔡包子说，人命关天，这种事不还价，要不然你去找别人。赵浏兰舍不得钱，又不肯放过魏老板，于是反反复复向蔡包子控诉魏老板的不是。蔡包子不耐烦地说，你这人真没劲，我眼睛里没什么好人坏人，你们的恩恩怨怨和老子没关系。我这人最没出息，就认钱不认人，你心疼钱，我马上就走人。最后，蔡包子从赵浏兰那里要了一千元钱走路，又立刻跑到魏老板那里，对他说：喂，有人想花五千元钱买你的一条腿，你看看，我一千元钱的定金都拿了，你是不是也花些钱，把自己的这条腿买回去。魏老板立刻想到了赵浏兰，他二话没说，从皮夹子里抽出两千元钱，交给蔡包子，皱着眉头说：那好，这两千块钱算我倒霉，我买的货便宜，你帮我扇那婊子两记耳光。

蔡包子把钱往怀里一揣，笑嘻嘻地说：魏老板这话是不是当真？

魏老板想了想，摇头说：算了，这女人我惹不起，躲得起。

蔡包子笑得更开心，说：这样更好，我得了钱，你们二位了掉恩怨，大家不吃亏。我譬如做好人好事吧，你说是不是？

经过反复的调查取证，发现蔡包子和魏老板之死，的确没什么牵连。他有充分的不在现场的证据，出事的那天晚上，他在外地一个朋友家。蔡包子不过是白得了一笔钱。不仅蔡包子可以被排除，而且连吴大成的嫌疑也可以基本排除。吴大成是个心理素质极差的人，为了不能证明自己不在杀人现场，他害怕得连续多少天都不能睡觉。他的神经太脆弱了，就害怕公安部门以他没有不在现场的证据办他的罪。他急于洗脱自己，像他这样的性格，真做了什么事，不像是能藏得住的人。由于吴大成一度被作为重点嫌疑犯，法医对魏老板后脑勺上的骨裂进行了重新鉴定，鉴定结果表明，从骨裂受击的力度和角度来看，都不像吴大成所为。吴大成人高马大，如果他是凶手，其创伤表面将是另外一个模样。除非吴大成在袭击魏老板时，故意将自己蹲下来，这种可能性非常小。从背后袭击魏老板的人应该比吴大成矮得多，魏老板所以一棍子就被打死了，不是因为打得狠，而是因为打得巧，打得准。

6

大马对魏老板被杀一案所作的第三个假设是，凶手会不会是赵浏兰的丈夫荣昌。尽管荣昌有不在现场的证据，但是这一证据并不是无懈可击。出事的那天晚上，荣昌在街的另一头一位姓张的人家里，足足打了一夜的麻将，这期间，除了上厕所，他一直没有离开牌桌。据一起打麻将的人说，荣昌有一次出去上厕所的时间非常持久，害得等他打牌的人，都怀疑他是掉到厕所里去了。

荣昌不是一个强壮的男人，如果他身上有足够的男子气，赵浏兰也用不着千方百计地找别的男人向魏老板复仇。荒唐之处就在于，赵浏兰一年前之所以会嫁给荣昌，不是因为他许诺要为赵浏兰报复魏老板，恰恰是因为在众多和她有性关系的男人中，他是唯一不利用她对魏老板的仇恨的男人。他从未对她开过要报复魏老板的空头支票。他喜欢赵浏兰，即使在她和许多男人睡过觉以后，仍然愿意和她结婚。事实上，荣昌也是赵浏兰离婚以后唯一想和她结婚的人。

不能说荣昌没有谋杀的动机，赵浏兰毕竟是他现在的老婆，尽管和他老婆发生性纠葛的远不止魏老板一个人，然而毫无疑问的一点是，这一切的过错，都是从魏老板开的头。魏老板是一长串名单上的起跑线，他的存在成为赵浏兰继续放荡的借口。许多人都说荣昌是一个没有嫉妒心的男人，他知道常常有男人会去找自己的老婆，因此他总是识相地在外面通宵不回家。大马产生了这样的疑问，为什么不能说这些只是假象呢？

随着调查一步步地深入，大马开始怀疑是赵浏兰夫妇合谋把魏老板杀了。也许他们事先约定了时间，当魏老板准时来到赵浏兰家的时候，荣昌从背后狠狠地给了他一下。这个设想中最大的不可能就是，赵浏兰夫妇怎么才能在时间上不出任何差错。荣昌从麻将桌上溜出去上公共厕所，如果他不是真的去上厕所，而是一路小跑，赶回自己家把魏老板打死在防盗门上，然后再匆匆溜回麻将桌，这事便可以干得天衣无缝。

荣昌因为自己的软弱，一定遭到过赵浏兰的无数次讥笑。当她受到别的男人欺骗时，她便把所有的仇恨都转移到荣昌身上。她告诉他谁谁谁和自己睡过觉，还有谁谁谁想和自己睡觉。在结婚前，她很放荡，结婚后，仍然不断地给荣昌戴了无数顶绿帽子。她不止一次地大骂他是活乌龟。像荣昌这样苦大仇深的男人，一怒之下动手杀人，完全是在情理之中。

大马在讯问荣昌的时候，曾经问过他有没有过想到要杀魏老板。

荣昌想了想，说："没有，杀人要偿命，我杀人干什么？"

大马问赵浏兰有没有要他杀过魏老板。

荣昌说："她做梦都想把那家伙杀了。"

大马说："你们有没有商量过如何动手？"

荣昌眨巴着眼睛，很认真地说："商量过。"

大马说："你们打算怎么办？"

"不知道。"

"不知道？"

荣昌若无其事地说："我们没商量出什么结果。"

要从荣昌的话中，问出一些破绽来，并不是一件很难的事。荣昌显然没什么心计，刚开始，大马还觉得他是在装糊涂，可是经过一段时间的讯问，大马发现他这人是真的有些糊涂。大马的假设又遇到了障碍。荣昌不仅对自己老婆和别的男人通奸，抱无所谓的态度，而且还不无得意地告诉大马，他也和别的女人睡过觉。大马从未遇到过如此古怪的男人，他好像对什么事都无所谓。

据荣昌说，在出事的那天晚上，他曾在公共厕所的门口见到过魏老板。他没有理他，但是先办完事的魏老板在门口等着他，等他出去以后，拍着他的肩膀说：“喂，赵浏兰跟我的仇越结越深，老这么下去也不是个事。你跟她说一声，我认她狠了，她是我娘，她是我奶奶，我给她认错了，行不行？”

荣昌说：“这话你自己跟她去说，我告诉你，她是吃了你的心都有，她要能饶了你，除非太阳能从西边出来。”

魏老板说：“知道她干了些什么，她竟然要找人买我的一条腿！”

荣昌急着要去麻将台上，没时间跟他啰嗦：“她没找人买你的鸡巴就算客气的了。”

魏老板说：“你怎么这么说话，她现在是你老婆。”

荣昌说：“正因为是我老婆，我才这么说。”

荣昌最初没有谈到和魏老板会面的细节。他告诉大马，是赵浏兰让他不要说的，因为他这么一说，警察便会怀疑到他。一条街上的人都知道赵浏兰对魏老板恨之入骨，魏老板被人杀了，别人当然首先会怀疑她的男人。如果别人知道他和魏老板见过面，事情会说不清楚。事实上，荣昌就只是在厕所门口说了那几句话，后来魏老板如何就遇害了，他一无所知。那天晚上，荣昌的手气很不好，连着四圈都没开和，出来上趟厕所，也是为了去掉一些晦气。魏老板当时的脸色很难看，透过昏黄的路灯，荣昌注意到了他一脸的倒霉相。

7

大马有一种豁然开朗的感觉。看来魏老板那天之所以遇害，和他为什么在街上闲转有关系。也许他意识到了什么威胁，也许一种不祥的预感正在他身边徘徊。除了荣昌之外，事实上，还有两个人在那天晚上也见到了魏老板。为什么他突然想到要与赵浏兰和解？从厕所出来以后，魏老板又去了什么地方，如果这个关键问题能够解决，答案也许就找到了一大半。

魏老板去了赵浏兰家。大马意识到自己忽视了一个显而易见的细节，既然魏老板是死在赵浏兰家的防盗门上，他当然是去了赵浏兰家。根据他和荣昌的谈话可以分析出，魏老板是在和荣昌谈话后，才决定去赵浏兰家的。那么也就说明，魏老板对赵浏兰的拜访带有一定的即兴性质。他突然想到干吗不自己找上门去把话说说清楚。

几乎一条街上的人，都知道赵浏兰要找人报复魏老板。由于这是一个公开的秘密，大家很自然地就在赵浏兰找什么人上面动脑筋。没人会想到赵浏兰会亲自动手，因为她如果想动手，早就见之于行动了。对于魏老板来说，赵浏兰只是一个危险的女人，她为了报复他，不惜一次次牺牲自己的肉体。魏老板已经感到一种危险的存在，他正在试图消除这种危险，他做梦也不会想到消除危险同样是一种玩火。仇恨的火焰在赵浏兰的体内已经熊熊燃烧，魏老板如果贸然前去找她的话，很可能是火上浇油。

大马把赵浏兰请到了公安局，让她就一个最简单的问题，作出回答。这个问题就是，出事的那天晚上，她是否见到过魏老板。

这问题，赵浏兰过去已经不止一次否认过，她显得很不耐烦，觉得这样的问题根本不需要回答。但是审讯室的气氛使她感觉到这一次有些不一样，她没有像以往那样一口回绝，而是以沉默来对抗大马的盘问。

大马提醒赵浏兰注意，今天这个问题必须回答，必须要想想好再回答，因为她说的话不仅要被记录在案，而且还会在法庭上被当作证据。赵浏兰的表情好像是有些不明白大马的话，她无动于衷地看着大马，仿佛正在等答案的人不是大马，而是她自己。她舔了舔自己的嘴唇，突然把眼睛转向别处。

大马说："那天晚上你见到死者了，见到了那个魏老板。"

赵浏兰脸上的表情似乎是不明白大马正在说什么。她仍然不说话，脸上开始有了些红晕。大马知道这是好兆头，他感觉到问题已经接近于解决。赵浏兰变得很烦躁，她使劲地捏着自己的手指，两只手来回捏着，眼睛不愿意再看大马。看得出她的思想正在斗争，看得出她就要说什么了。与其说赵浏兰现在是紧张，还不如说是她不在乎，她沉默的时间已经够长的了，因此她决定让大马听到一个满意的回答。

赵浏兰告诉大马，那天晚上她见到过魏老板。

大马松了一口气，承认见到魏老板一定有什么难言之隐，否则赵浏兰绝不会逼到这一步，才把这件事说出来。她所以迟迟不说，是知道这话一说就大有麻烦。既然她已经承认，那么她将不可回避地把一连串的问题说清楚，她必须说明自己在什么地点和魏老板见了面，必须说明自己和他谈了些什么。防线一旦崩溃，赵浏兰必定溃不成军。

赵浏兰试探地说："你们是不是怀疑我杀了他？"

大马对这样的问题不作正面回答。他告诉她，警方希望她能证明自己不是凶手。这一点对她来说非常重要，公安部门的职责就是不冤枉一个好人，当然也不想放过一个坏人。

赵浏兰的脸色突然变得苍白，她忿忿地说：“魏老板就不是什么好人。”

大马看着赵浏兰，由于他没有否定她的话，因此他的沉默也可以看成是赞成她的话。对魏老板的刻骨仇恨再次在赵浏兰的胸中燃烧，她苍白的脸上又一次出现红晕。大马现在面对的是一个被仇恨折磨得疯狂的女人。这种疯狂的女人什么事都可能干出来。

赵浏兰咬牙切齿地说：“像他这样的坏人，死得活该。”

8

赵浏兰并没有很爽快地将问题全部交代出来，她像挤牙膏似的，一点一点往外挤。经过近十次的审讯，赵浏兰才吞吞吐吐地把失手打死魏老板的事情说清楚。她很笨拙地想掩盖一些实质性的东西，然而所有的遮遮掩掩没有任何用处。当一切已经无可抵赖的时候，赵浏兰完全不像大马想象的那么干脆，这一点非常出乎大马的意外。根据大马的假设，既然事情已无可隐瞒，被仇恨之心蒙蔽了的赵浏兰，应该很爽快地说明一切。

大马对于案情的发展作了最后的假设，他这一次所作的假设和事实基本吻合。既然赵浏兰已经承认魏老板那天和她见过面，而且是在她家见的面，那么那天他们之间的谈话便很重要。据赵浏兰交代，那天魏老板主要是向她认错。由于他出现得很突然，赵浏兰全无思想准备。魏老板开门见山地说明了他的来意，手足无措的赵浏兰勒令他立刻滚出去。魏老板不肯走，赵浏兰跑到厨房里去抓了一把菜刀，冲出来指着他的鼻子喝道：“姓魏的，你再不走，不要怪我菜刀砍下来。”

魏老板说：“你真是想要砍我，我走不走，都躲不过这一刀。”

赵浏兰说：“我们的事，不能就这么算完。”

魏老板说：“你还想怎么样，出一千块钱买我的大腿这种事都做出来了，我认你狠好不好，看在当年我们也好过几天的情分上，你饶我一把怎么样？一夜夫妻百日恩，过去的事，我不说，你也不会全忘了。我不好，你抬抬手，放我过去算了，我欠你什么，以后我一起还怎么样？”

魏老板说完就走了，他走出去一会儿，赵浏兰才想到要去追他。赵浏兰在工地附近追上了魏老板。三年以前，她曾在这个地方向魏老板讨过钱。那天，她打算去他家，在这个地方遇到了魏老板。当时这里还是成片的旧房子，赵浏兰自然没要到钱，很多人围着看热闹，看着她出丑，魏老板当众赖账，当众羞辱她，当众和她对打。这情景仿佛就发生在昨天，赵浏兰热血沸腾，突然想到要在这儿向他讨还公道。她喊住了魏老板，再一次告诉他，说他们之间的事情，不能这么轻易就算完。魏老板说：“你何苦逼人太甚，我已经认错了，你还想怎么样？”

赵浏兰咬牙切齿地说：“我对你恨之入骨，凭什么你说几句认错的话，就算完结？”

魏老板说：“我这一阵生意做得不好，待我日后手头缓过来了，我不会亏待你。我欠你的，都加倍还，行不行？还钱，也还情，行不行？”

赵浏兰现在要的既不是钱，也不是情，要什么她自己也说不清楚。除了单纯的仇恨，她脑子里什么也没有。她说：“你害得我差不多和一条街上的男人都睡过觉了，这事你得负责，就为这，我也不能轻易放过你。”

魏老板有些哭笑不得：“这也怨我？”

赵浏兰说：“不怨你怨谁？”

魏老板皱着眉头说：“好好好，怨我，都怨我。”

赵浏兰随手捡起一根木棍，眼泪流了下来，她哆嗦着说：“你要是早点认错，我也不会成为今天这样子。我现在已经成了整条街的笑柄。”

魏老板苦笑着强调说他也是这笑柄中的一部分。

不远处有人骑自行车走过，魏老板回头去看，赵浏兰情不自禁地对他后脑勺上就是一记。魏老板一下子被打懵了，他用手捂着头，半天没明白过来怎么一回事。这一记打得很重，仿佛是敲在一个皮球上，凝聚着对魏老板的所有怨恨。赵浏兰感到自己的手被震了一下，她立刻意识到自己失手了，为了掩饰自己的恐慌，她丢了木棍，掉头就走。魏老板一手捂着脑袋，像个木头人似的，迈着僵硬的步伐，跟在她背后。赵浏兰走出去几步，回头看魏老板还跟在自己身后，便对他喊道：“好吧，你滚，我们的事就算完了。”

魏老板不说话，他跌跌撞撞继续往前走。赵浏兰开始害怕，她飞快地逃回家，带上了防盗门。魏老板像喝醉了酒一样，摇摇晃晃站不稳，一下子扑到防盗门上。隔着防盗门的铁栅栏，赵浏兰注意到魏老板的头上并没有流血，但是他的眼神有些不对头，嘴角也歪了，他想说什么，说不出来。他好像已经认不出来赵浏兰是谁。赵浏兰不知道自己应该再对他说什么，不得不用严厉来掩饰自己的慌张，她恶声恶气地说：“你滚吧，你快滚，我们之间的事，这次真完了。”说完，她随手把里面的大门砰的一声关上。

天亮时，荣昌恐怖的喊声把她惊醒，她从床上爬起来，打开房门，发现魏老板已经死了。

在大马的假设中，赵浏兰那天晚上没有睡好，她在床上翻来覆去睡不着。而事实却是，赵浏兰睡得很好，自从魏老板背叛她以后，她从来没有睡得这么好过。当荣昌惊慌的声音将她吵醒的时候，她正在做着美梦。她梦到了过去的岁月，那时候她是个很单纯的姑娘，一个她不认识的漂亮男人正搭讪着向她献殷勤。她不知道这个男人是谁，然而芳心已动。正是因为不认识，正是因为陌生，这个男人因此特别有魅力。

一九九六年元月三日

纪念葛锐

1

潘永美第一次见到葛锐，是在纪念一二九歌咏大会上。各个中学的演出队都集中在学校的大会堂里。葛锐穿着一身破旧的紫色中装棉袄，十分滑稽地坐在后台一扇高大的窗台上，两条细腿跷在半空中不安分地晃来晃去，他的模样更像是电影上的人物，是乡下人打扮，但是看上去却不像。葛锐在节目中扮演一个地主的狗腿子，他只是跑跑龙套，戏开场了，上去绕一大圈，引得许多同学一阵哄笑，便神气活现地溜下台来。他那张白白净净的娃娃脸，给大家留下的印象，比戏中的主角更深。

在首次开往第七农场的列车上，潘永美第一眼就认出了葛锐。她立刻想到了那次演出时的情景。他们那节车厢都是去新疆第七农场的支边青年，都是一些学习成绩不好，或者家庭出身有问题不能上高中的学生娃娃。时间是一九六五年，当汽笛拉响的时候，一车厢的年轻人，立刻有哭有笑，大家都从车窗里扑出身去，对站台上送行的亲人挥手，对自己的爸爸妈妈爷爷奶奶兄弟姐妹大声道别。谁是谁的亲人也分不清楚。火车开始加速，白颜色的水泥站台上的人影很快就看不见了。很多人都是第一次离家出远门，心情特别激动，大家以原来所在的学校，分成不同的小圈子，聊天的，打扑克下棋的，开始了最初的集体生活。

列车往西开出去一天一夜以后，原有的学校界限已经被打破。大家有说有笑，互相交换自己的来历。潘永美注意到葛锐一声不吭坐在窗口，眼睛直直地盯着窗外。他身边正好空着一个座位，潘永美走了过去，等他把头掉过来，好和他打招呼，然而葛锐像雕像一样，半天也不动弹一下。远处是红红的落日，葛锐的侧影衬在夕阳里，对如画的景色并不在意。

“喂，你是师范附中的吧？”潘永美主动向他进攻，明知故问。

葛锐回过头来，点点头，不是很热情地反问：“你是哪个学校的？”

潘永美告诉他自己的学校。她希望葛锐会招呼她坐下来，但是他显然没有这意思。葛锐有时连起码的敷衍都不会。他们就这么一个站着一个坐着说了好半天，东一句西一句地说着，葛锐的情绪开始好起来，他越说话越多，手不停地挥着，一直说到武金红走过来。潘永美站得有些腿酸，多少次想坐下来，没有好意思。武金红是潘永美的同学，她大大咧咧地走过来，看看潘永美，又看看葛锐，往他们中间空着的座位上一屁股坐下，笑着问：

“你们原来认识？”

列车轰隆轰隆开了四天四夜，又坐了四天的汽车，然后打着红旗，步行整整一天，才到达目的地。大家都知道是出远门，远到了这种程度，却是事先没想到。一个个都很狼狈，首先是身上的肮脏，别人不说，自己也闻得到。天一会儿热一会儿冷，车厢里又闷，一路上，只要停车的时间长一些，一个个便赶紧跳下车去，抓紧时间洗脸擦身。男同学们都还方便，女同学就惨了。潘永美和武金红正好在途中来了例假，两个人一趟趟去厕所，生怕出洋相。

第七农场终于到了，大家松了一口气。虽然一切才刚刚开始，可是大家最初的感觉，却是一切终于结束了。一路上实在是太辛苦。天上黑压压的飞着乌鸦群，大片的空地上，砌着矮矮的地窝子。这些刚离开校门的学生娃娃不敢相信，他们日后就将住在这些黑黑的叫做地窝子的土房里。西边的那一排地窝子是女生宿舍。潘永美在去女宿舍途中，无意中回头，看见葛锐正对着自己的背影望。她对他摆了摆手，葛锐却做出没看见的样子。

2

潘永美和葛锐是第七农场第一对谈恋爱的。因为是开了这不太好的头，所以他们的一举一动，特别引人注目。初到农场，一切都是集体行动，男男女女很少有机会单独在一起，谈恋爱是一件不可思议的事情。人们想不明白他们是怎么好上的。大家都在背后议论，说好说坏的都有。有人开了风气之先，少男少女的心头一个个开始不安分起来。

潘永美和葛锐自己也说不清楚他们是怎么好上的。才到农场，大家喜欢互相取绰号。有着一张娃娃脸的葛锐总是讨女孩子喜欢，大家便叫他贾宝玉。贾宝玉是小伙子们起的绰号，女孩子喊了几次，觉得不好，给他另外换了一个绰号。新的绰号来源于葛锐在歌咏会上扮演的角色，叫狗腿子，自然是潘永美想起来的。狗腿子的绰号要比贾宝玉有趣得多，先是女孩子们喊喊，后来连小伙子也这么叫他。

潘永美的绰号是大妈。一是因为她年龄偏大，二是因为她是干部，管的事多。她有意无意地老喜欢管葛锐的事。葛锐做错了什么，她饶不过他，做了好事，又一定要在大庭广众表扬他。时间长了，大家都注意到了她对葛锐和对别人不一样，人前背后就拿葛锐开玩笑。

有一次潘永美生病了，许多人都骂葛锐，说大妈平时对你那么好，你小子没良心，也不去看看她。女孩子们骂得最凶，葛锐本来想去看她的，被大家一说一骂，反倒不好意思。潘永美病好了以后，对葛锐不去看她似乎有些计较。终于抓住机会，忍不住说出来，葛锐红着脸，解释了原因。潘永美生气地说："这是什么话，我平时待你好，你倒反而这样，那我下次再也不会待你好了。"葛锐神秘兮兮地说："我有话对你说，太阳下山的时候，你在干渠附近的小土丘边上等我。"

太阳快下山的时候，潘永美在小土丘那里等葛锐，一直等到太阳下山，葛锐都没出现，气呼呼地往回走，却在半路上碰到了他。葛锐歉意地说着："真倒霉，我来迟了。"

潘永美说："真倒霉的应该是我。"

葛锐解释自己为什么迟到，潘永美不想听。葛锐又约明天在老地方见面，潘永美说她反正不去了，要去他自己去。第二天，潘永美果然没去。第三天，葛锐说，我们一人失约一次，今天老时间老地方见面，怎么样？潘永美说，你有话说就是了，搞什么鬼名堂。葛锐不说话，咬着嘴唇暗笑。潘永美看葛锐暗笑，自己也暗笑。

结果也没什么话要说。两人坐在干渠边上，默默地看着太阳一点一点往下落。葛锐时不时捡起土块往渠里扔，身边的土块扔光了，潘永美便把自己身边的土块递给他，他接过来，一块接一块再往渠里扔。两个人就这么连续在干渠边坐了好几天，想到什么说什么，谈自己家里的事，谈农场里的事，越谈时间越迟，越谈废话越多。

大家发现了他们的秘密，相约来捉他们。偷偷地躲在一边看，没发现有任何行为不规矩的地方，于是便用土块袭击他们。潘永美大怒，捡起土块英勇还击。葛锐抱着头作躲避状，潘永美说："别装蒜，准备战斗。"葛锐被她这么一说，也来了劲，立刻捡土块还击。周围的土块大多数已被他扔到渠里，他弯着腰到处找土块，敌方人多势众，小土块雨点般地落在他们身上。潘永美看看形势不好，笑着说："我们逃吧。"于是两个人开始往戈壁深处撒腿就跑，一边跑，一边笑。敌方也不追，只是怪叫。

当潘永美和葛锐被大家误认为已经谈恋爱的很长一段时间里，其实他们还没有正式开始谈情说爱。他们一开始，并没有到达那一步。他们之间的关系，在某种意义上，是被大家的玩笑促成的。男的在背后审问葛锐，女的却盯住潘永美不放。他们就算是有一百张嘴也说不明白。说多了脸皮也厚了，辩不明白干脆就不争辩，有趣的是，他们中间的那层薄纸，却很长时间捅不破。潘永美一直在等待葛锐捅破它，但是葛锐似乎很犹豫，几次话到嘴边，都缩了回去。潘永美想，这种事，当然是应该男的先开口的，她不能太主动。

3

当葛锐又和武金红好上的消息传开时，第七农场一片愤怒。大家都为潘永美打抱不平，都觉得葛锐脚踩两只船的做法不可饶恕。

潘永美是大家心目中的好人。有人看见葛锐和武金红在干渠西边的小土丘下面约会。葛锐似乎已经是这方面的老手，看见的人说，葛锐搂着武金红的腰坐在那儿，两人的嘴在对方的脸上亲来亲去。

有一次，潘永美和武金红在窄路上相逢，前后没有别的人。武金红憋了好久，对潘永美说："我和葛锐的事，你都知道了？"

潘永美不吭声。

武金红说："葛锐说了，他和你之间，并没有发生过什么。"

潘永美晚上因为这句话，一夜没睡好。这句话实在刻骨铭心。她老想到自己第一次看见葛锐的情景，他穿着那件破旧的紫色中装棉袄，坐在高大的窗台上，吊儿郎当地晃动着两条细腿。他们在干渠边上单独见了那么多次面，他们之间说了那么多的废话，但是他们之间的确并没有发生什么。这句话像鱼骨头似的卡在喉咙口，潘永美感到非常难受。

第二天一早，潘永美堵在地窝子门口，等候葛锐出来。见了葛锐，直截了当地约他晚上在他们过去经常约会的地方见面。葛锐有些犹豫，潘永美说，自己在那里等他，如果他不去，她就在那儿等他一夜。她的坚决态度，充分表明她是说到做到。她和他说话的时候，不时地有人从他们身边走过，眼里都带着一些惊奇，走出去一大截了，还要回过头来偷看一眼。这时候，武金红出现在远处，她看着他们，眼睛里流出了敌意。

葛锐结结巴巴地说："有什么话不能现在说？"

潘永美扭头就走。到晚上，葛锐前来赴约，潘永美没想到武金红会陪着葛锐一起来。两人来到潘永美面前，武金红先发制人，给葛锐话听："有什么你们快说，我等你们。"

葛锐很狼狈，讪讪地笑着。潘永美从来没受过这样的伤害，半天说不出话来。她不服气武金红凭什么这么猖狂。干渠正是灌水的日子，平时干枯的水坝里，现在灌满了水，汩汩的流水正在干渠里流着。武金红气很盛的样子，她看着葛锐，酸酸地说："你们有什么话快说，要不然我走了。"

潘永美对葛锐说："我当然有话要说，不过等她走了我再说。"

武金红做出要走的样子："那我走了。"

葛锐想说什么。

武金红盛气凌人地说："那好，我真走了。"

潘永美和葛锐都不说话。武金红只能先走，她知道自己这时候完全可以不走。她一走，形势就会完全改变。她一走，再后悔就来不及了。武金红慢慢腾腾地走了，她的背影终于消失在土丘后面。葛锐的表情极不自然，他想走，又想听听潘永美究竟想对自己说什么。潘永美说："你走吧，别在这儿受罪了。"

葛锐被她说得有些不高兴，孩子气地撅了撅嘴。潘永美看在眼里，又看看快要落山的太阳，自言自语地说："你告诉武金红，说我们之间没发生什么，你这话是什么意思?"葛锐不明白她为什么说这话。潘永美又自言自语地说："那你们之间，又发生了什么?"她回过头来，用一种从来没有过的严厉表情看着葛锐。葛锐被她炯炯的眼神看得有些心虚，很尴尬地想笑。潘永美说："你不要笑。"

接下来，很长时间都不说话。这情景，仿佛又回到他们最初约会的时候，葛锐弯腰去捡土块，终于捡到了一块，想往干渠里扔。潘永美说："你不能和武金红结婚。"葛锐手举在半空中，等她后面的话。潘永美坚定地说："你应该和我结婚。"葛锐的手放了下来，他没想到潘永美会这么说。潘永美咬牙切齿地说，他们才是注定的夫妻，她不会放过葛锐的。

4

潘永美和葛锐结婚，所有的家具都是农场里的战友帮着打的。战友对潘永美说："大妈，我们这是看你的面子，要冲着葛锐那小子，我是不会帮他打家具的。这小子是花肚肠，日后非欺负你不可。"

结婚的那天，武金红多喝了几杯酒，笑着对潘永美说："葛锐真不值得我们两个人抢来抢去。你喜欢，我让给你好了。"

潘永美也喝了不少酒，说："什么让不让的，葛锐本来就是我的，你不过是把他还给我。"

大家都灌葛锐，潘永美拦着不让灌，结果和葛锐一起喝醉。送走了客人，两人趴在床上呼呼大睡，睡到天亮时，都爬起来吐，吐了再睡。潘永美和葛锐开了头，干渠西边的小土丘成了男女约会的情人岛，农场里便开始接二连三地举行婚礼。大家对丰富多彩的集体生活已经开始感到厌倦，终于都明白还是成双结对小两口子过日子有意思。在武金红没找到正式的对象之前，潘永美对葛锐看得很紧。她曾经失去过葛锐，现在，她不想再一次地失去他。

武金红和农场养猪的老朱谈上了对象。老朱生得人高马大，篮球打得很不错。武金红好像并不是真心地喜欢老朱，她和他的关系定下来以后，又偷偷地约葛锐出去见面。葛锐糊里糊涂地就赴约了，几次下来，走漏了风声。老朱是个粗人，捉住了葛锐一顿死打。葛锐被打得鼻青脸肿，全农场的人都觉得他太无耻。潘永美也气得直流眼泪，葛锐摇摇晃晃地走回来，她对他只有一句话：

“你活该！”

葛锐叹气说：“我是活该。”

事情总要过去。过去了以后，有一次无意中谈起这事，葛锐把责任都推到了武金红身上。潘永美说，你真不要脸，你说这话，我都为你脸红。葛锐说，我说的是事实。潘永美知道葛锐说的是事实，但是她觉得自己丈夫这么做，缺少男子气。同时她又觉得幸好这是事实，要不然事情更糟。

武金红和老朱结婚的时候，潘永美和葛锐送了一对热水瓶给他们。葛锐很尴尬，老朱看到他时也不是很开心。潘永美和武金红却像什么事也没发生过一样地热烈敷衍。这两个女人都觉得自己欠着对方的情，她们互相约定，今后将好好地过日子，过去的事，大家都不计较。

5

潘永美从来没有觉得自己在农场的日子艰苦。幸福和艰苦，都是在日后离开农场，重新回味时才能有所感觉。在回味中，潘永美突然感到她和葛锐当年的日子，实在是太苦。没完没了地吃包谷面，粗糙的包谷面把喉咙吃粗了，把胃撑大了，可是还是不觉得饱。在第七农场的那些年头里，大家总是觉得饿，刚吃饱，一转身就又饿了。肉是难得吃到的，蔬菜得看季节，青黄不接的日子里，咸萝卜条是唯一的佳肴。

潘永美真的从来没感觉到过苦。大家一心一意地过日子，无病无灾就是幸福。平时都是潘永美照顾葛锐，他是她的丈夫，但是实际上，更像是一个小弟弟。女大三，抱金砖，潘永美比葛锐足足大了两岁，因此她遇事都让着他。有时候也生气，也有意见，一想到他当年坐在后台的窗台上晃动两条细腿的调皮模样，气就消了，再大的意见也没了。农场的日子无论多艰苦也无所谓，潘永美一想到自己拥有着葛锐，心里就感到特别踏实。

潘永美生第二个小孩的时候，正是青黄不接的日子。有人对葛锐说，你老婆脸色不太好，你还不想办法找点好吃的给她补一补身体。葛锐满脸愁容地问潘永美想吃什么，潘永美笑着说："吃什么，你能有什么给我吃？"葛锐不说话，晚上睡觉时，两只眼睛孩子气地看着屋顶，直叹气。潘永美说："你真是傻，只要你心里有我，我比吃什么都补身体。"葛锐说："我心里没你，还能有谁？"第二天，他一个人跑到戈壁滩深处去找鸟蛋，鸟蛋是找了不少，可是人迷了路，在戈壁滩上冻了一夜，差点把小命冻掉。

潘永美这一急，把本来就不多的奶水都急掉了。有人看见葛锐往戈壁深处走，曾警告过他迷路的危险。潘永美在情急之中，第一次想到可能会真的失去葛锐。很多人都被惊动了，人们打着火把，在气温急剧下降的戈壁滩上，徒劳地喊着葛锐的名字。月子里的潘永美卧在床上，外面呼唤葛锐的喊声，隐隐约约地传进来，阴森森的。一种不祥的预感，荡漾在潘永美的心头，她第一次失态地像小女孩一样大声哭起来。在这之前，潘永美是农场最坚强的女人，是农场最果断最有主意的老大姐，她放肆的哭声，使得大家的心头一阵阵地揪紧，仿佛已经真的发生了什么不幸似的。

葛锐的身体就是因为这一次冻坏的。他从此就没有恢复过来，即使是在夏天里，他也是忍不住像犯气管炎一样咳嗽。他总是不轻不重地咳着。潘永美陪着他去县医院看过一次病，县医院很远，光路就要走一天。医生说葛锐没什么病，潘永美嫌医生看得不仔细，满怀希望能查出什么病来，又害怕真的查出什么病。那天晚上，他们住在县广播站，农场的一位战友在那里当广播员。战友准备了一瓶酒，葛锐喝到一半，一推酒杯，摇手说不能喝了，径自走到门前的空地上去呕吐。战友和潘永美连忙赶出去，葛锐已经吐完了，很平静地抬头望明月，嘴里说："我没事，我们就在外面站一会儿吧。"

那天的月亮非常大，很圆，有些暗红色。潘永美喊葛锐回去，葛锐对潘永美说，不知道现在葛文葛武在家干什么。葛文和葛武是他们的两个儿子。潘永美心头一阵说不出的悲哀，她觉得葛锐这时候想到两个孩子，有些不合适。为什么不合适说不清楚，只是觉得不应该在这时候想。晚上睡觉前，葛锐又一次站在窗前看月亮，看着看着，他让潘永美好好地想一想，他们第一次见到这么好的月亮，是在什么时候。潘永美立刻想到他们一起在干渠边闲坐的日子。那时候，他们一收工就惦记着干渠边的约会，膝盖挨着膝盖坐在那儿，时间不知不觉地就过去了。葛锐摇摇头，说最初见到这么美好的月亮，应该是他们踏上西行列车的头天晚上。

潘永美说："你想家了？"

葛锐不说话。

潘永美又说："你后悔到这鬼地方来？"

葛锐说："和你在一起，我没什么后悔的。"

6

很多年以后，当年的那些支边青年，重新回到他们出生的城市。这时候，葛锐的大儿子葛文已经出国留学，小儿子葛武也快大学毕业。潘永美仍然没有再嫁。当年一起的战友都劝她重新找个伴，聚会时，纷纷给她做媒。潘永美从来不一口拒绝，但是她不拒绝，只是不想扫别人的兴。她不想让别人觉得她还在记恨他们。

潘永美最后和一位离婚的男人结了婚，那男人当年也是支边青年。他的一句话打动了潘永美，他说他们都拥有一段难忘的日子。那男人说："我们如果能结合在一起，不是为了能缅怀过去，而是为了忘记过去。"再婚之夜，两鬓斑白已经不再年轻的潘永美，又一次不可遏制地想到了葛锐。葛锐坐在高大的窗台上，调皮地晃动着两条细腿，和第一次见面时没有二样。她仿佛能感受到此时此刻葛锐的矛盾心情，既有些嫉妒，又真心地希望她能幸福。爱的真谛就是为了让对方能够幸福。潘永美相信她的再婚，是因为受了冥冥之中葛锐的暗示和许诺。这个男人是葛锐为她找到的，他只是以他的世俗之身，来显葛锐的在天之灵。她十分平静地告诉那男人，她想忘了葛锐，然而忘不掉。

葛锐死的那一年，小儿子葛武才两岁多一点。医生说他营养不良，可能有些贫血。所有在农场的支边青年都营养不良，葛锐并不把医生的话放在心上。他继续干咳，老是觉得累。不干活闲在家里也难受，干活却是力不从心。和潘永美不一样，葛锐在同事中没有什么人缘，大家不是很喜欢他。他有时候偷些懒，别人当面不说，却忍不住要给他脸看，背后还要议论。葛锐知道大家对他的态度，他不是那种要强的人，别人要议论由他们议论去。

水坝里的水在农场里有着重要地位。冬天里，水坝里结着厚厚的冰，得在冰上面敲个窟窿才能取水。人畜都要饮水，水坝紧挨着大路，维族老乡赶着牛车驴车从这儿路过，在坝旁边歇脚，就便打些水喝。水于是一天天见少，冰面上留下一摊摊牛屎驴尿。春天里冰化了，牛屎和驴尿都渗到水里去了，水的颜色黄里带绿，不能喝也得喝。这时候的水是大家的生命线，虽然已经不干净，却和油一样贵重。

水坝北面是茫茫的戈壁滩，为了不让水流进干枯的戈壁滩，用推土机推出了一道拦河堤坝。这一年的春天来得特别早，三月里冰就开始溶化。那堤坝的土被冻酥了，不知怎么被冲出一个小洞。葛锐他们正在不远处干活，连忙奔过来。那小河口刚开始还不到一尺宽，转眼之间，就超过了一尺。大家连忙脱下棉衣堵口子。正好手头有铲子，用棉衣裹着土往缺口里扔，刚扔进去就被冲走了。葛锐说，看来只好人下去挡住水流，否则堵不住决口。

毕竟是初春，人们有些犹豫。葛锐又重复了一遍只有人下去才行的话，结果有人用话噎他，说你说得好听，你自己怎么不下去。水哗哗地淌着，葛锐急得直跺脚，牙一咬，扑通一声跳进水里。说话的人见他真跳下去了，连忙说你小子不要命了，赶快上来。葛锐在冰水里冻得直哆嗦，说："我不冷，赶快填土。"

大家手忙脚乱地干着，不断地有人赶来支援。堤坝上的缺口刚被填上，就又冲开，好不容易被堵住了，葛锐被大家拖了上来，人早就冻僵了，像一个冰疙瘩，面如白纸，牙关紧咬，说不出话来。潘永美赶了过来，第一句话就是忿忿不平的质问，说你们都知道他身体不好，为什么要让他下去。一起的人无话可说。

总得有人跳下去才行，大家没想到会是体弱的葛锐跳下去。人们不心疼葛锐，都觉得有些对不住潘永美。潘永美扑过去搂住葛锐，葛锐还在哆嗦，好半天才喘过气来。他说："不怪他们，是我自己要下去的。"

潘永美想尽一切办法让葛锐发汗。整个连队能搜集到的生姜，都被她要了去煮汤喝。夜里睡觉时，葛锐的身上一会儿发热，一会儿发冷，热的时候仿佛烧红了的炭，冷的时候却像是一块冰。总以为他会得一场大病，然而他就是这么好好坏坏，病歪歪地拖了好几个月。医生说不出什么病来，葛锐自己也说不出有什么不对劲的地方。反正身体越来越虚弱，在家里闲不住，想去干活，铲了没几锹土便喘不过气来。

潘永美说："不想活了，你给我好好地在家歇着。"

于是葛锐就成天在家门口晒太阳。夏日里骄阳似火，葛锐想在太阳底下烤出汗来。人都快烤焦了，依然不出汗。有一天，葛锐喂鸡，家里养的一头大公鸡骄横无比，撒一把饲料在地上，它不许别的鸡吃，谁要是试图僭越，便狠狠地啄它。葛锐看不过去，站起来干涉。他想把那只公鸡撵开，没想到发怒的公鸡朝他扑过来，竟然把他扑了个跟头。潘永美和儿子在一旁看着，先还觉得好笑，突然意识到事情不太妙。

潘永美找了两个人用马车送葛锐去医院。送到县医院，医生一看，说情况很严重，是恶性贫血，血色素只有四克，要立即输血。在场的几个人都捋起袖子准备献血，可血型不对，于是立刻连夜赶回去搬救兵。第二天傍晚，农场的拖拉机拖了一车子生龙活虎的年轻人来，都是自愿赶来献血的，乱哄哄地围在急救室周围，七嘴八舌地恳求医生一定要救葛锐的命。医生说："如果能救，我们当然要救。”

农场的一位领导说：“血若是不够，我明天再给你拖一车子小伙子来。这人实在太年轻了，医生，我代表农场，求你们救救他。”

医生竭尽了全力，葛锐似乎有了一些转机，但是最终还是没有抢救过来。大家十分悲伤地把葛锐的尸体放在拖拉机上运回农场，一路上，潘永美像木头人一样，坐在驾驶员身边。人们看她心碎的样子，一个个心里都很难过，也找不出什么话安慰她。大家心里都觉得有些对不住葛锐。拖拉机驶近农场时，一个小伙子实在忍不住了，他站起来，怪声怪气地喊着，大家没听清他喊什么，知道是冲着葛锐说的，都跟着那声调，一起失声痛哭起来。

葛锐临死前，曾对潘永美说，他的病和别人没什么关系，他让她不要再抱怨那次堵决口的事。他不跳下去堵决口，别人最终也会跳下去。葛锐临死前说的最后一句话，是觉得冷，要潘永美多给他穿一些衣服。葛锐死在潘永美的怀里，他的脸色苍白，眼睛紧闭，跟睡着了一样。

一九九六年一月十五日

蒋占五

1

蒋占五留下的遗书，很快像一阵飓风一样，成了全校的话题。发现遗书的是李萍，她第一个进办公室，那遗书就在桌子上放着，旁边还有一张小纸条，上面写着：

“请见到此留言条的人，速将我的遗书送交校长李。”

李萍一开始并不明白这意味着什么，她将留言条上的内容又读了一遍，眼睛停留在蒋占五的落款上。蒋占五的签名她是熟悉的，李萍身兼系工会委员，每次发放物品的时候，蒋占五总是毕恭毕敬地签字。他的签名和他的为人一样拘谨死板，一笔一画，横是横，竖是竖，仿佛是在刻钢板。

装着蒋占五遗书的信封，并没有封口，很多人不相信李萍在送交校长李之前，没看过遗书的内容。从一开始，遗书的内容就显得很神秘，很重要。消息传开以后，不断地有人来向李萍打听。事情显然比想象的还要复杂，大家知道李萍是个有心机的女孩子，她所以不肯把遗书的内容透露出来，是因为有些话不便说。

打听消息的人，内心都有些恐慌，尽管人人都扬言自己问心无愧，但是不止一个人担心，遗书的内容会对自己不利。蒋占五在决定自杀前，曾找好几个人谈过话。这些人，大都是他认为故意与他作梗的人。在校长办公室里，他和校长李大声嚷嚷，脸气得像青菜叶子一样发绿。校长李说：“就凭你这态度，我就不评你当副教授，你又能拿我怎么样？”蒋占五无疑是把他逼火了。办公室的金明妹已经年过半百，当了近十年的校长办公室副主任，从来没见过校长李发这么大的脾气。

“这事也不能全怪校长李，你们系里的态度很明确的，不让蒋老师当副教授，是你们系里一致的意见。”金明妹在女厕所里堵住了李萍，想从她嘴里套些关键性的话出来。“蒋老师不可能只是针对校长李一个人，如果真这样，他就应该将遗书寄到省教委去。”

李萍说：“说不定他已经寄了呢？”

金明妹眼睛发亮，这时候有人来上厕所，她话到嘴边，又像咽一块热豆腐似的，吞了下去。两人一起往厕所外走，金明妹光顾着说话，一边走，一边赶紧系裤带：

“蒋老师的信上，真说他给省教委写信了？”

李萍说：“我又没有看过信，怎么知道？”

2

所有的人，都觉得蒋占五仅仅为了没有评上副教授，就寻短见自杀，实在不值得。人固有一死，不能重于泰山，也不应该轻于鸿毛。在和校长大声嚷嚷以后，人们看见蒋占五怒气冲冲地从办公室出来。在后来的几天里，蒋占五的脸上总是带着一种绝望。他没有像以往那样，逮住了谁便喋喋不休控诉。他坐在自己的办公桌前发怔，上课铃已经打响了，学生们正在教室里等待上课，他仍然坐在那里不动弹。

蒋占五的工龄已经足够长了，他的工资和副教授相比，差不多是一样的，副教授的头衔就算真评给他了，也不过是做做样子。只有蒋占五这种书呆子，才会把副教授的头衔看得这么重，只有像蒋占五这样酸腐的人，才会把副教授看成是自己的生命。学校里关于他想当副教授的笑话，多得数不清楚。其中最著名的笑话，莫过于他老婆因为他当不了副教授，坚决不让他上床。他老婆是商场的营业员，嫁给他，完全是看中他的知识分子身份。蒋占五六十年代初毕业于南方的一所名牌大学，他的同学中，不用说当副教授，当教授和博士导师的已有许多。以他的资历，学校的校长李甚至都不能和他比，可就是评不上一个副教授的职称。如今高校里报批副教授的，已经是那些八十年代初毕业的大学生，一提到这种现状，蒋占五就有一种自己白活了二十年的感叹。

十五年前，蒋占五刚调进这所新成立的大学，在填自己的资历时，就感觉良好地填了“相当于副教授”。相当于副教授成了以后一系列笑话的开始，以后的十五年里，他一直是“相当于”。去夜大学兼课，别人付报酬，很自然地要问到他的职称，这是一提到就让他揪心的事，因为他只能说自己是“相当于”。他喋喋不休地向别人诉说自己的经历，谈那些已经成为名人的大学同学。只要一提到职称，他就成了一名地道的受害者。他像祥林嫂一样到处诉说着自己的不幸，怨气冲天，满脸受委屈的样子。凡是认识蒋占五的人，就一定知道他评不上副教授的故事。评不上副教授已经成为他的心病。

副教授离蒋占五总是一步之遥，一伸手似乎就能触摸到了，可是偏偏不肯成为事实。蒋占五进入这所新成立的大学以后，刚开始评职称的时候，就出师不利。命运似乎故意在和他开玩笑，蒋占五永远是差一点，永远在等下一轮。虽然他毕业于名牌大学，可是从各个学校调来的老先生，一个个资格都比他还老，要评也得等老的评完了才能轮到他。想不服气，也得服气。他的运气永远也好不了，好不容易把老的一个个都送上班车，副教授的指标又没有了。蒋占五永远上不了副教授的这班车。

时过境迁，老先生们评得差不多了，评职称的条件又开始发生变化。和老的相比，蒋占五稍稍年轻了一些，和年轻的相比，他又稍稍地年长了一些。根据旧的规定，像蒋占五这样的老讲师，要等评上的老先生退休了以后，让出指标来才能评，老的不去，他就永远没有机会。根据新的规定，年轻的副教授因为不占指标名额，结果蒋占五只能眼睁睁地看着那些乳臭未干的年轻人，一个个蹿到了他的前面去。等到年轻人上得差不多了，最新的规定是每个系只能有多少高级职称，按照这个规定，蒋占五所在的系，不管年纪轻的，还是工龄长的，都没有再评上的机会。

很多人都劝他不要把副教授的头衔看得太重，要想开一些。这年头，卖鸡蛋，胜过造导弹，是个正教授都没什么了不起，何况还是副的。运气好的年轻人，大学毕业没几年，就可以混上副教授的头衔，蒋占五都快退休了，犯不着为这副教授的名义走火入魔。

“不是走火入魔，我是咽不下这口气！”蒋占五气急败坏地说。

3

蒋占五的遗书引起了轩然大波。他的死使事情的性质发生了变化，过去，人们只是觉得这事情有些可笑，现在，大家突然意识到事情并不是那么简单，纷纷跳出来打抱不平。蒋占五显然是受害者，显然应该有人对他的死负责。几位领导之间的矛盾，顿时激化起来，谁都想推卸责任。

蒋占五的老婆哭着来学校兴师问罪，人们把她送进了校长办公室，然后等在办公室门口听动静。校长李的表情很严肃，他让办公室的副主任金明妹负责接待，自己找借口想脱身。

蒋占五老婆说："姓李的，你逼死了我男人，别想跑。"

校长李十分诚恳地说："我真的是有事。"

蒋占五老婆说："你跑不了！"

校长李又说："我真的有事。"

蒋占五老婆说："我不管你有事没事，你到哪里，我跟到哪里。反正我豁出去了，大不了也和我男人一样！"

校长李让她这么一说，吓得真不敢跑了。他劝蒋占五老婆不要着急，有话好好说，慢慢说。蒋占五老婆说，事情都到这一步了，还能有什么好好的话可以慢慢说。校长李说，蒋老师他只是一时想不开，职称的事，其实还没有最后定，他真没必要这么做。蒋占五老婆说，没什么必要不必要的，你逼死了我男人，我就跟你要人，你还我男人。

校长李说，蒋老师究竟能不能评上副教授，也不是我一个人说了算，这是大家的意见。

蒋占五老婆大吵大闹。校长李知道很多人在看笑话，一肚子不痛快。没有评蒋占五当副教授，这责任不应该由他一个人来负。他早就听说过蒋占五的老婆厉害，蒋占五评不上副教授，成天受老婆的气，连爱都不让做。现在出了这事，他突然觉得应该给几句话她听听：“蒋老师会这样，不能说你就一点责任也没有！”

蒋占五老婆一怔。

校长李想她是被自己吓唬住了。

“放你妈的臭屁，”蒋占五老婆突然大怒，扬手给校长李就是一记耳光，“你逼死了我男人，还想倒打一耙！”

这记耳光的响声几乎把全校都惊动了。校长李平时在学校里说一不二，这记耳光立刻让他威风扫地。人们奔走相告，仿佛自己亲手扇了校长李一记耳光似的。在校长办公室的周围，聚了越来越多看热闹的人。大家不便说校长该打，于是在蒋占五是否应该评副教授这一点上，异口同声，说现成话。虽然高评委投票表决时，蒋占五常常连一票也没有，可是现在谁都觉得他是当之无愧。过去人们可以找到一大堆证据，足以证明蒋占五不配当副教授，现在，又有了相反的一大堆证据，大家一下子都认为，像蒋占五这样的资格，不让他当副教授，还有谁配？

4

人们想象着离家出走的蒋占五，会用什么办法，结束自己的生命。投河，上吊，服安眠药，跳长江大桥。学校方面已经报过警，警方仔细询问了蒋占五的特征，做了记录。大家开始注意登在晚报夹缝里的“认尸启事”，既阅读本地的，也浏览外地的，一有消息就奔走相告。每一具无名男尸，都被人们认作可能是蒋占五。在郊区的公路上，一具男尸被急驰而过的汽车撞得面目全非，由于特征只有一点和蒋占五一样，也是穿着一双八成新的黑皮鞋，学校里立刻派人前去辨认。可以结束生命的办法有许多种，整个学校里都在关心这事，教学秩序大乱，人们碰到一起就眉飞色舞地说蒋占五。

很多人都被认为与蒋占五的寻短见有关，很多人义愤填膺，很多人良心不安。蒋占五是一个不折不扣的受害者。寻短见是下下策，然而却是他唯一有效的反击。迫害致死的罪名总得安在谁头上，总得找一个罪魁祸首出来。大家似乎找到了一个发泄自己不满的借口，学校里仿佛正开展着一场轰轰烈烈的清查运动，一些自认为与蒋占五之死无关的人，都成了文化大革命中的造反派，跳出来又指手又画脚。

“这年头，非他妈的要死了人才行。”

“人他妈的都死了，你们还有什么话好说?”

学校里有一种要趁机把校长李搞倒的意思，墙倒众人推，有小道消息说，上级领导要给校长李行政处分。人命关天，这一劫，校长李能耐再大，也躲不过。谣言四起，几位副校长都站出来辟谣，说自己并没有僭越正校长一职的野心。上级领导部门迟迟不表态，让下面的群众闹，闹得差不多了，终于发话，说这不行。校长是上级领导部门任命的，让不让校长李继续当校长，得上级领导部门说了才算。

蒋占五的老婆也不敢到学校来闹了，据说让她老实下来的原因，是校长李给她看了她丈夫遗书的复印件。另一种说法，是上级领导对她明确表了态。这女人的嚣张气焰，突然不知道到什么地方去了。不仅是蒋占五的老婆，那些兴师问罪的造反派，很快也一个接着一个鸦雀无声。校长李的脸色重新开始明亮起来，终于有一天，学校里开大会，他干咳了几声，压低了嗓子说:

“蒋老师为一个职称，就闹成这样子，以后还要不要评职称了？我们做领导的，评了这个，那个去死，评了那个，这个去死，我们的工作怎么做？”

大家好像已经闹够了，都不吭声。

校长李又说：“谁能保证自己的工作就不出差错？”

在会场上，就有人说蒋占五是白死了，说这话的是李萍。散了会，各系开小会讨论，有人对蒋占五是否真的死了，提出疑问。这一下，捅了马蜂窝，人们争论不休，思路重新活跃起来。事到如今，蒋占五真是白死，还是小事，他要是还没死，事情反倒麻烦了，难道他还有脸活着回来。大家七嘴八舌，都在假设蒋占五要是不想死了，怎么办。有人终于从传统的思维里突围出来，一针见血地说：既然是白死，还不如老着脸回来，死不死都一样，又在乎什么。

一九九六年十二月二日